A CASA
ASSOMBRADA

Obras de John Boyne publicadas pela Companhia das Letras

A casa assombrada
A coisa terrível que aconteceu com Barnaby Brocket
O garoto no convés
O ladrão do tempo
O menino do pijama listrado
Noah foge de casa
O pacifista
O Palácio de Inverno
Tormento

A CASA ASSOMBRADA

JOHN BOYNE

Tradução

HENRIQUE DE BREIA E SZOLNOKY

COMPANHIA DAS LETRAS

Grafia atualizada segundo o Acordo Ortográfico da Língua Portuguesa de 1990, que entrou em vigor no Brasil em 2009.

A citação original de *Hamlet* foi retirada de *William Shakespeare — Teatro completo*, da editora Nova Aguilar, com tradução de Barbara Heliodora.

Título original
This House is Haunted

Capa
Sabine Dowek

Preparação
Lígia Azevedo

Revisão
Thaís Totino Richter
Renata Lopes Del Nero

Dados Internacionais de Catalogação na Publicação (CIP)
(Câmara Brasileira do Livro, SP, Brasil)

Boyne, John

A casa assombrada / John Boyne ; tradução Henrique de Breia e Szolnoky. — 1ª ed. — São Paulo : Companhia das Letras, 2015.

Título original: This House is Haunted.
ISBN 978-85-359-2526-5

1. Ficção irlandesa I. Título.

14-12634 CDD-ir823.9

Índice para catálogo sistemático:
1. Ficção : Literatura irlandesa ir823.9

2015

Todos os direitos desta edição reservados à
EDITORA SCHWARCZ S.A.
Rua Bandeira Paulista, 702, cj. 32
04532-002 — São Paulo — SP
Telefone: (11) 3707-3500
Fax: (11) 3707-3501
www.companhiadasletras.com.br
www.blogdacompanhia.com.br

Para Sinéad

1

Londres, 1867

Culpo Charles Dickens pela morte do meu pai.

Ao relembrar o momento em que minha vida passou da serenidade ao horror, distorcendo a realidade até transformá-la no indizível, me vejo sentada na sala de estar da nossa pequena casa com varanda, próxima ao Hyde Park, observando as bordas gastas do tapete à frente da lareira e me perguntando se seria hora de investir em um novo ou de tentar consertá-lo eu mesma. Pensamentos triviais, caseiros. Chovia naquela manhã, um chuvisco indeciso, mas constante. Quando desviei o olhar da janela para ver meu reflexo no espelho acima da lareira, fiquei triste com minha aparência. É verdade que nunca fui atraente, mas minha pele aparentava mais palidez do que o normal; meus cabelos escuros estavam armados e despenteados. Sentada, com os cotovelos apoiados na mesa e uma xícara de chá nas mãos, meus ombros pareciam encurvados; tentei relaxar, em uma tentativa de corrigir a postura. Em seguida, fiz uma tolice: sorri para mim mesma, esperando que uma manifestação de alegria melhorasse a imagem, e me assustei quando vi um segundo rosto, muito menor do que o meu, me encarando pelo canto inferior do espelho.

Perdi o ar, pus a mão no peito e então ri do meu engano, pois a figura que vi não passava do reflexo de um retrato da minha falecida mãe, pendurado na parede atrás da minha cadeira. O espelho capturava nossas fisionomias lado a lado, e a comparação não me beneficiava, pois mamãe foi uma mulher belíssima, com olhos grandes e luminosos, enquanto os meus eram pequenos e opacos; ela tinha um maxilar com delicadeza feminina, o meu tendia à severidade masculina, e uma constituição esbelta, já a minha sempre me pareceu rechonchuda e ridícula.

O retrato me era muito familiar, claro. Estava pendurado naquela parede havia tanto tempo que eu talvez tivesse deixado de notá-lo, do mesmo jeito que muitas vezes ignoramos coisas familiares, como almofadas ou parentes. Entretanto, naquela manhã a expressão em seu rosto chamou minha atenção, e me descobri revivendo o luto por sua perda, apesar de ela ter partido deste mundo havia mais de uma década, quando eu não passava de uma criança. Naquele instante, me questionei sobre a vida após a morte, sobre o destino de seu espírito; se ela tinha tomado conta de mim por todos aqueles anos, deleitando-se com meus pequenos triunfos e lamentando meus inúmeros equívocos.

A névoa matinal começava a baixar lá fora e um vento insistente forçava entrada pela chaminé, criando uma corrente através das pedras irregulares e quase não se atenuando ao invadir o aposento, forçando-me a cobrir os ombros com o xale. Senti um arrepio e quis voltar ao conforto da minha cama.

Fui tirada do meu devaneio por uma exclamação de alegria de papai, sentado à minha frente, os filés de arenque e ovos pela metade, passando os olhos pelas páginas do *Illustrated London News*. Aquela edição estivera largada desde o último sábado em uma pequena mesa na sala, não lida, e eu pretendia descartá-la naquela manhã, mas algum impulso fez papai folhear as páginas durante o desjejum. Olhei para ele, surpresa. Um som fez parecer que alguma coisa lhe tinha descido de mau jeito pela garganta, mas seu rosto estava tomado por entusiasmo. Papai dobrou o jornal em dois, batendo o dedo no papel diversas vezes ao estendê-lo para mim.

"Veja, querida", ele disse. "Que coisa maravilhosa!"

Peguei o jornal e passei os olhos pela página que ele indicou. O artigo parecia ter alguma relação com uma grande conferência a ser sediada em Londres antes do Natal, para que fossem discutidas questões relacionadas ao continente norte-americano. Li alguns parágrafos, mas logo me perdi no linguajar político, que parecia feito para insultar e instigar o leitor ao mesmo tempo. Então olhei mais uma vez para papai, confusa. Ele nunca tinha demonstrado interesse pelos assuntos americanos. Pelo contrário; em mais de uma ocasião professara sua crença de que aqueles que viviam do outro lado do Atlântico não passavam de ignóbeis grosseiros e hostis que nunca deveriam ter conquistado a independência, num ato de deslealdade contra a Coroa pelo qual Portland deveria ser amaldiçoado para todo o sempre.

"Sim? O que tem?", perguntei. "O senhor decerto não planeja estar lá para protestar, não é? Creio que o museu não veria seu envolvimento em assuntos políticos com bons olhos."

"Quê?", ele disse, sem me entender, antes de negar com a cabeça, resoluto. "Não, não", continuou. "Não o artigo sobre aqueles miseráveis. Não perca tempo com essa gente; foram eles que criaram essa situação, agora que lidem com isso. Por mim, podem ir todos para o inferno. Veja do lado esquerdo. A propaganda na lateral da página."

Peguei o jornal outra vez e vi de imediato ao que ele se

referia. Anunciava-se que Charles Dickens, o renomado romancista, faria uma leitura de seu trabalho na noite seguinte, sexta-feira, na galeria Knightsbridge, que ficava a menos de meia hora de caminhada de onde morávamos. Era recomendado que os interessados chegassem cedo, pois, como todos sabiam, o sr. Dickens atraía um público considerável e muito entusiasmado.

"Precisamos ir, Eliza!", papai se exaltou, irradiando felicidade e abocanhando um grande pedaço de arenque para comemorar.

Lá fora, uma telha despencou do telhado, arrancada pelo vento, e se espatifou no quintal. Eu podia ouvir outros deslocamentos nos beirais da casa.

Mordi meu lábio e li o anúncio mais uma vez. Papai vinha sofrendo de uma tosse persistente que pesava em seu peito havia mais de uma semana e que não demonstrava sinal de melhora. Ele estivera no médico dois dias antes e lhe foi receitado um frasco de um líquido verde e pegajoso que precisei forçá-lo a tomar, mas que, na minha opinião, não aparentava surtir muito efeito. Na verdade, ele parecia estar piorando.

"O senhor acha mesmo uma boa ideia?", perguntei. "Ainda está doente, e com esse clima impiedoso... Seria mais sensato ficar em casa, na frente da lareira, por mais alguns dias, não concorda?"

"Bobagem, minha querida", ele respondeu, sacudindo a cabeça, com uma expressão desolada por eu querer lhe recusar um grande deleite. "Estou quase curado, posso garantir. Amanhã à noite, serei eu mesmo de novo."

Em seguida, como se para desmentir a afirmação, ele teve um acesso profundo e demorado de tosse que o forçou a virar para o lado, o rosto vermelho, os olhos lacrimejando. Corri para a cozinha, enchi um copo d'água e o coloquei diante dele, que bebeu em um gole só, até que pôde, enfim, sorrir para mim com uma expressão que sugeria travessura. "É a doença saindo do meu corpo", ele disse. "Garanto que estou melhorando a cada minuto."

Olhei pela janela. Se fosse primavera, se o sol estivesse brilhando entre os galhos das árvores em flor, eu talvez fosse persuadida com mais facilidade. Mas era outono. E me parecia imprudente que ele arriscasse agravar seu estado de saúde para ouvir o sr. Dickens se apresentar em público, quando as palavras do escritor podiam ser encontradas entre as capas de seus romances — e talvez fossem até mais honestas ali.

"Vejamos como o senhor estará amanhã", respondi, tentando uma resposta conciliatória, pois nenhuma decisão precisava ser tomada naquele instante.

"Não, vamos decidir agora e pronto", ele insistiu, deixando o copo de lado e estendendo o braço para pegar o cachimbo. Bateu os restos de fumo da noite anterior em um pires antes de reabastecê-lo com a marca de tabaco que era sua preferida desde a juventude. Um aroma familiar de canela e castanhas veio até mim; o tabaco de papai tinha uma presença forte da especiaria e, toda vez que sentia aquele cheiro em outros lugares, me lembrava da ternura e do conforto de casa. "O museu permitiu que eu ficasse longe do meu posto até o fim da semana. Ficarei em casa hoje e amanhã o dia todo, e então, de noite, vamos vestir nossos sobretudos e vamos juntos ouvir a leitura do sr. Dickens. Eu não perderia por nada neste mundo."

Suspirei e concordei com a cabeça, sabendo que, por mais que escutasse meus conselhos, aquela era uma decisão que ele estava determinado a tomar por conta própria.

"Extraordinário!", ele exclamou, acendendo um fósforo e permitindo que queimasse por alguns segundos para dispersar o enxofre antes de encostá-lo no fornilho e puxar a fumaça pela piteira, o que fez com tanto prazer que não pude evitar um sorriso pela satisfação que aquilo lhe proporcionava. A escuridão do aposento, combinada com as luzes das velas, da lareira e do cachimbo, fazia com que sua pele parecesse fantasmagoricamente frágil, e meu sorriso cedeu um pouco ao reconhecer quão rápido ele envelhecia. Em que momento, perguntei-me, nossos papéis se inverteram a ponto de eu, a filha, ser quem dava autorização para ele, o pai, sair de casa?

2

Papai sempre foi um leitor ávido. Ele mantinha uma biblioteca cuidadosamente seleta no escritório do térreo, aposento para o qual se retirava quando queria ficar sozinho com seus pensamentos e suas memórias. Uma das paredes abrigava inúmeros volumes dedicados a estudos em sua área, entomologia, assunto que o fascinava desde a infância. Quando era menino, ele me contou, horrorizava os pais ao criar dezenas de insetos em uma caixa de vidro no canto do quarto. No lado oposto havia outra caixa transparente, que exibia os restos post mortem. A progressão natural dos insetos de um lado do quarto para o outro era fonte de muita satisfação para ele. Não que ele quisesse vê-los morrer, é claro; preferia estudar seus hábitos e interações enquanto ainda estavam vivos. Escrevia com diligência uma série de diários relacionados aos seus comportamentos durante o crescimento, a maturidade e a decomposição. Como se pode imaginar, as criadas reclamavam da obrigação de limpar o quarto — uma delas chegou a pedir demissão por receber tal ordem —, e a mãe dele se recusava até mesmo a entrar ali. (Sua família tinha dinheiro na época, o que explica a presença de criadas. Depois, um irmão mais velho, morto há muitos anos, esbanjara toda a herança; por isso, tivemos poucas extravagâncias desse tipo.)

Acumulada perto dos volumes que descreviam os ciclos de vida dos cupins, os tubos digestivos dos besouros longicórneos e os hábitos de acasalamento dos estrepsípteros estava um conjunto de pastas que abrigavam sua correspondência de anos com o sr. William Kirby, seu mentor, que, em 1832, quando papai acabara de chegar à maioridade, lhe ofereceu seu primeiro emprego remunerado, como assistente em um novo museu em Norwich. Depois, o sr. Kirby levou papai a Londres para ajudar na fundação da Sociedade Entomológica, atividade que, com o tempo, o levaria a se tornar curador de insetos no Museu Britânico, cargo que ele amava. Eu não compartilhava sua paixão. Considerava insetos um tanto repugnantes.

O sr. Kirby falecera havia cerca de dezesseis anos, mas papai gostava de reler suas cartas e seus bilhetes, deleitando-se em acompanhar o progresso de aquisições que tinha levado a sociedade e, por fim, o museu a possuir aquela coleção admirável.

Todos aqueles livros, os "livros de insetos", como eu me referia a eles com ironia, ficavam cuidadosamente organizados na estante perto de sua mesa, em uma ordem inusitada que apenas papai entendia por completo. Guardada na parede oposta, próxima a uma janela e a uma poltrona para leitura — onde a luz era muito melhor —, havia uma coleção mais diminuta de livros, todos romances, e o autor que dominava aquelas prateleiras era, claro, o sr. Dickens, que, na mente de papai, era inigualável.

"Se ele escrevesse um romance sobre uma cigarra ou um gafanhoto em vez de um órfão", comentei certa vez, "o senhor estaria no paraíso."

"Minha querida, está se esquecendo de *O grilo da lareira*", respondeu papai, cujo conhecimento sobre o trabalho do romancista não podia ser superado. "Sem contar aquela pequena família de aranhas que passa a morar no bolo de casamento não comido da sra. Havisham. Ou os cílios de Bitzer em *Tempos difíceis*. Como é mesmo que ele os descreve? 'Como as antenas de insetos atarefados', se não me falha a memória. Insetos aparecem com regularidade na obra de Dickens. É apenas uma questão de tempo até que ele dedique uma quantidade mais substancial de páginas a eles. É um verdadeiro entomologista, creio eu."

Também li a maioria desses romances e não tenho tanta certeza se aquilo era verdade, mas não era por causa dos insetos que papai lia Dickens; era pelas histórias. Aliás, a primeira vez que me lembro dele sorrindo de novo depois do falecimento de mamãe, assim que voltei da casa das minhas tias na Cornualha, foi quando ele relia *As aventuras do sr. Pickwick*, cujo protagonista conseguia sempre reduzi-lo a risos que levavam a lágrimas.

"Eliza, você precisa ler isso", ele me disse quando eu tinha catorze anos, depositando uma cópia de *A casa soturna* em minhas mãos. "É uma obra de mérito extraordinário e muito mais atual do que aqueles livros baratos que você gosta." Abri o volume com pesar, e meu desalento ficou ainda maior conforme tentei entender o significado e a moral do processo de Jarndyce contra Jarndyce, mas é claro que papai estava certo, pois, uma vez que eu venci aqueles primeiros capítulos, a história se abriu para mim e passei a sentir profunda empatia pelas experiências de Esther Summerson, e fui completamente arrebatada pelo amor entre ela e o dr. Woodcourt, um homem honesto que a amava, apesar da desafortunada aparência da moça. (Nisso, me identifiquei bastante com Esther, apesar de ela ter perdido a beleza por causa da varíola; eu nunca cheguei a ter a doença.)

Antes da batalha contra problemas de saúde, papai era

um homem vigoroso. Independentemente do clima, ele ia e voltava do trabalho todos os dias a pé, desconsiderando o ônibus que o levaria quase direto da nossa porta até o museu. Quando, durante uns poucos anos, tomamos conta de um vira-lata chamado Bull's Eye, uma criatura muito mais dócil e tranquila do que o maltratado companheiro de Bill Sikes, ele fazia exercícios complementares duas vezes por dia, levando o cachorro até o Hyde Park para uma caminhada, jogando um graveto para ele em Kensington Gardens ou permitindo que o animal corresse sem coleira pelas margens do Serpentine — onde papai disse ter visto, certa vez, a princesa Helena sentada à beira da água, chorando. (Por quê? Eu não sei. Ele a abordou, perguntando se ela passava mal, mas a princesa apenas fez um gesto pedindo que ele se afastasse.) Papai nunca deitava tarde e dormia um sono profundo ao longo de toda a noite. Controlava a comida, não bebia em excesso, não era magro ou gordo demais. Não havia nenhum motivo para acreditar que ele não viveria até uma idade avançada. Mas não viveu.

Eu talvez devesse ter sido mais enfática quando tentei dissuadi-lo de ir à palestra do sr. Dickens, mas no fundo sabia que, mesmo que ele gostasse de dar a impressão de que me escutava nos assuntos domésticos, não havia nada que eu dissesse que o impediria de cruzar o parque até chegar a Knightsbridge. Apesar de sua paixão por leitura, ele ainda não tivera o prazer de ouvir o grande autor falar em público, e todo mundo sabia que suas performances no palco eram equivalentes, senão superiores, a qualquer coisa que pudesse ser encontrada nos teatros de Drury Lane ou da Shaftesbury Avenue. Por conta disso, fiquei calada; submeti-me à sua autoridade e concordei que fôssemos ao evento.

"Não exagere, Eliza", ele disse quando íamos sair de casa naquela noite de sexta-feira e eu sugeri que ele devia, no mínimo, usar mais um cachecol, pois estava um frio surpreendente lá fora e, apesar de não ter chovido o dia todo, o céu assumia uma coloração acinzentada. Mas papai não gostava de ser tratado como criança e optou por ignorar meu conselho.

Caminhamos de braços dados até Lancaster Gate, passando pelos Italian Gardens à nossa esquerda conforme cruzamos o Hyde Park pelo caminho central. Vinte minutos depois, ao passarmos pelo Queen's Gate, pensei ter visto um rosto familiar surgindo na neblina e, quando forcei a vista para enxergar melhor a figura, perdi o fôlego — não seria aquele o mesmo semblante que eu tinha visto no espelho na manhã do dia anterior, o reflexo de minha mãe falecida? Puxei papai para mais perto e parei no meio da rua, incrédula. Ele se virou para me olhar, surpreso, no mesmo instante em que a senhora em questão emergiu das brumas e meneou um cumprimento. Não se tratava de mamãe, claro — como poderia? —, e sim de uma moça que poderia ser irmã dela, ou prima, pois a semelhança dos olhos e das sobrancelhas era espantosa.

E então, de repente, a chuva começou, caindo com intensidade, gotas imensas despencando sobre nossa cabeça e nosso casaco enquanto as pessoas corriam em busca de abrigo. Fui tomada por um calafrio. Um grande carvalho na beira da calçada um pouco à frente oferecia cobertura e apontei naquela direção, mas papai negou com a cabeça, batendo o dedo no relógio de bolso.

"Chegaremos em cinco minutos, se nos apressarmos", ele disse, andando com mais pressa pela rua. "Acho que perderíamos a leitura se buscássemos abrigo."

Amaldiçoei a mim mesma por ter esquecido meu guarda-chuva, que deixei perto da porta da frente durante a conversa sobre o cachecol, e por isso corremos pelas poças que se formavam até nosso destino, sem nada para nos proteger. Quando chegamos, estávamos encharcados. Senti arrepios no vestíbulo, despindo as luvas empapadas, e desejei estar no conforto de casa, diante da lareira. Ao meu lado, papai teve um acesso de tosse que pareceu subir das profundezas de sua alma, e detestei os outros visitantes que olharam para ele com desprezo ao passar. Foram necessários alguns minutos para ele se recuperar. Eu já estava chamando uma charrete de aluguel para nos levar de volta para casa, mas ele não queria saber daquilo e foi em frente, para dentro da galeria. Considerando as circunstâncias, o que eu poderia fazer senão segui-lo?

Lá dentro havia talvez mil pessoas amontoadas, todas ensopadas e desconfortáveis, um fedor de lã molhada e suor permeando o ar. Olhei à volta, esperando encontrar um canto mais calmo do aposento para nos sentarmos, mas àquela altura quase todas as cadeiras estavam ocupadas e não tivemos escolha além de dois assentos vagos no meio de uma fileira, cercados pelo público que tremia de frio e espirrava em abundância. Felizmente, não tivemos que esperar por muito tempo, pois dentro de poucos minutos o sr. Dickens em pessoa surgiu e foi recebido por aplausos ruidosos. Todos levantaram para recebê-lo, aclamando-o com vivas e gritos, para seu evidente deleite; ele abriu bem os braços, como se quisesse abraçar a todos nós, reconhecendo a recepção enérgica como se não merecesse nada menos do que aquilo.

O sr. Dickens não demonstrou nenhum sinal de querer que a ovação diminuísse e passaram-se talvez cinco minutos antes de ele enfim ir para o centro do palco, fazendo gestos com as mãos para indicar que poderíamos suspender nossa admiração por alguns instantes e sentar outra vez. Sua feição era desbotada e seus cabelos e sua barba estavam deveras desgrenhados, mas seu terno e colete eram de um tecido tão sofisticado que tive um curioso impulso de sentir a textura com a ponta dos dedos. Perguntei-me como seria sua vida. Era verdade que ele explorava com a mesma facilidade os becos escuros do East End de Londres e os corredores privilegiados do Castelo de Balmoral, no qual a rainha em luto o teria convidado a se apresentar? Será que ele ficava mesmo tão confortável na presença de ladrões, marginais e prostitutas quanto na sociedade, com bispos, ministros e industriais? Em minha inocência, não consegui imaginar como seria viver a vida daquele homem tão conhecedor do mundo, famoso nos dois lados do oceano, amado por todos.

Ele encarou todos nós com um traço de sorriso no rosto.

"Há senhoritas presentes, hoje", ele começou, a voz ecoando pela câmara. "Naturalmente, isso me encanta, mas também me deixa aflito; espero que nenhuma delas tenha a sensibilidade característica de seu gênero. Pois, meus caros leitores, meus amigos, meus *literati*, não é minha intenção entretê-los esta noite com um punhado das afirmações mais absurdas daquela estimável criatura, Sam Weller; tampouco pretendo animar vosso espírito com a valentia do meu amado Copperfield. Nem buscarei provocar vossa emoção recontando os últimos dias daquele anjinho desafortunado, a pequena Nell Trent, que Deus tenha piedade de sua alma." Ele hesitou, permitindo que nossa expectativa crescesse; observamos com atenção, arrebatados por sua presença. "Em vez disso", ele continuou depois de uma longa pausa, sua voz agora mais grave e melosa, as palavras emergindo devagar, "minha intenção é ler uma história de fantasma concluída por minhas mãos há pouco tempo, que será publicada na edição de Natal de *All the Year Round*. É um conto aterrorizante, senhoras e senhores; escrito para inquietar o sangue e atordoar os sentidos. Fala sobre o paranormal, sobre os mortos que permanecem entre os vivos, sobre essas criaturas trágicas que vagam em busca de reconciliação eterna. Traz um personagem que não está vivo nem finado; que não tem corpo, mas não é espírito. Escrevi para congelar o sangue dos meus leitores e enviar demônios ao coração pulsante de seus sonhos."

Quando ele terminou a frase, um grito ecoou do meio da galeria e me virei, assim como a maioria dos presentes, para ver uma moça com a minha idade (vinte e um) levantando as mãos e disparando pelo corredor, assustada. Suspirei e a desprezei secretamente por desgraçar o próprio gênero.

"Caso outras senhoritas desejem ir embora", disse o sr. Dickens, que parecia ter adorado a interrupção, "devo pedir que o façam agora. Não gostaria de interromper o fluxo da história, e chegou o momento de começar."

Com essas palavras, um menino apareceu na lateral do palco, foi até o romancista e fez uma ampla reverência antes de estender um maço de folhas na direção dele, então foi embora correndo. O escritor folheou o que segurava, olhou à volta com uma expressão desvairada no rosto e começou a ler.

"Olá! Aí embaixo!", ele bradou, em um rugido tão extraordinário e inesperado que não pude evitar um salto da cadeira. Uma senhora atrás de mim praguejou baixinho e um cavalheiro no corredor derrubou os óculos. Aparentando ter gostado da reação que seu grito provocou, o sr. Dickens parou por alguns instantes antes de continuar, e logo me vi hipnotizada por sua história. Um único foco de luz iluminava seu rosto, e sua entonação flutuava entre os personagens, descrevendo medo, incompreensão e angústia com apenas uma discreta mudança na modulação da voz. Seu senso de ritmo era impecável, e ele era capaz de dizer uma coisa que provocava nosso riso, outra que nos perturbava e uma terceira que nos fazia saltar de pavor. Ele caracterizou os dois personagens principais da narrativa — um sinaleiro que trabalhava perto de um túnel ferroviário e um visitante — com tanto gosto que quase seria possível acreditar que havia dois atores no palco, cada um assumindo um papel. O conto propriamente dito era, como o autor explicara no início, muito desconcertante, centrado na crença do sinaleiro de que um espectro o estaria avisando de calamidades iminentes. O fantasma apareceu uma vez e um terrível acidente veio em seguida; apareceu uma segunda vez e uma senhorita morreu no vagão que passou por ali. Apareceu uma terceira vez, gesticulando com urgência, implorando que o sinaleiro saísse do caminho, mas nenhum infortúnio tinha acontecido até então, e o ansioso sujeito estava angustiado pelos pensamentos dos horrores vindouros. Na minha opinião, o sr. Dickens parecia quase diabólico na maneira como apreciava atiçar as emoções do público. Quando ele sabia que estávamos assustados, provocava-nos ainda mais, acentuando a sensação de perigo e ameaça que nos apresentara, e então, quando tínhamos certeza de que uma coisa terrível aconteceria, ele contrariava nossas expectativas, a paz voltava a reinar, e nós, que segurávamos o fôlego ao antecipar outro horror, estávamos livres para respirar aliviados — e era nesse momento que ele nos surpreendia com uma única frase, fazendo com que gritássemos quando achávamos que poderíamos relaxar, aterrorizando-nos até as entranhas da alma e permitindo-se um leve sorriso pela facilidade com que manipulava nossas emoções.

Conforme lia, comecei a temer que não conseguisse dormir naquela noite, tamanha minha certeza de que estava cercada pelos espíritos daqueles que deixaram suas formas corpóreas para trás, mas que ainda não tinham feito a passagem pelos portões do céu e que, portanto, foram largados para vagar pelo mundo, guinchando em desespero, provocando desordem e tormento onde quer que passem, sem saber se teriam liberdade para chegar à paz do além-túmulo e à promessa tranquilizadora de descanso eterno.

Quando o sr. Dickens terminou a leitura, fez uma reverência com a cabeça e o público ficou em silêncio por talvez dez segundos antes de explodir em aplausos, todos ao mesmo tempo, levantando-se de imediato, implorando por mais. Virei-me para papai, que, em vez de estar emocionado como eu esperava, tinha uma expressão pálida, uma camada de suor reluzindo em seu rosto conforme inspirava e expirava em fluxos pesarosos, encarando o chão sob seus pés, seus punhos cerrados em uma mistura de determinação para recuperar a saúde e medo de não conseguir fazê-lo.

Nas mãos, ele segurava um lenço manchado de sangue.

Ao sair do teatro e adentrar a noite fria e úmida, eu ainda tremia por causa da leitura dramática e tinha certeza de que estava cercada por aparições e espíritos — mas papai parecia ter se recuperado e declarou que foi a noite mais prazerosa que passara em muitos anos.

"Ele é tão bom ator quanto escritor", disse papai quando voltávamos pelo parque, seguindo o trajeto reverso da nossa caminhada de antes, a chuva recomeçando conforme andávamos, a neblina fazendo com que fosse quase impossível enxergar além de alguns passos à frente.

"Creio que faça leituras dramáticas com frequência", respondi. "Na casa dele e na de amigos."

"Sim, li sobre isso", concordou papai. "Não seria maravilhoso sermos convidados para..."

Outro acesso de tosse o dominou, e ele se esforçou para recuperar o ar, reclinando-se para a frente e assumindo uma posição indigna no meio da rua.

"Papai", eu disse, passando meu braço por seus ombros ao tentar endireitá-lo. "Precisamos ir logo para casa. Quanto antes o senhor tirar essas roupas molhadas e tomar um banho quente, melhor."

Ele meneou e continuou a caminhar com esforço, tossindo e espirrando enquanto seguia apoiado em mim para evitar uma queda. Para meu alívio, a chuva chegou a um fim abrupto quando fizemos a curva na Bayswater Road, em direção à Brook Street, mas, a cada passo que eu dava, podia sentir meus pés ficando mais e mais encharcados dentro dos sapatos, e tive medo de pensar quão molhados deviam estar os de papai. Enfim, chegamos em casa, e ele se forçou a ficar na banheira de metal por meia hora antes de vestir o pijama e o roupão e se juntar a mim na sala.

"Nunca esquecerei esta noite, Eliza", ele comentou quando estávamos sentados lado a lado perto da lareira, bebendo chá quente e comendo torradas com manteiga, o aposento mais uma vez preenchido pelo aroma de canela e castanhas do cachimbo. "Ele é um homem admirável."

"Eu o considerei muito aterrorizante", respondi. "Aprecio as obras dele quase tanto quanto o senhor, claro, mas preferia que ele tivesse lido um dos romances dramáticos. Não gosto de histórias de fantasma."

"Tem medo?"

"Elas só me incomodam", eu disse, negando com a cabeça. "Qualquer história que se dedique ao além-túmulo e às forças que a mente humana não pode compreender arrisca inquietar o leitor. Mas creio que nunca passei pela experiência do medo da mesma maneira que outras pessoas. Não entendo o que é ficar verdadeiramente assustado, apenas o que é estar desconcertado ou incomodado. O sinaleiro da história, por exemplo. Ele se apavorou por causa dos horrores que sabia estarem vindo em sua direção. E aquela mulher do público, que saiu da galeria correndo e gritando. Não consigo imaginar o que é sentir tanto medo assim."

"Não acredita em fantasmas, Eliza?", ele perguntou, e me virei para olhar para ele, surpresa com a pergunta. A sala estava na penumbra, e papai era iluminado apenas pelo brilho dos carvões em brasa, que faziam seus olhos parecerem mais escuros do que o normal e sua pele reluzir com as cores das chamas esporádicas.

"Não sei", respondi, sem entender meus sentimentos em relação à pergunta. "Por quê? O senhor acredita?"

"Acredito que aquela mulher era uma imbecil", declarou papai. "É nisso que acredito. O sr. Dickens mal tinha começado a falar quando ela se assustou. Deveria ter saído assim que ele avisou, se tinha um temperamento tão sensível."

"Na verdade, sempre tive preferência pelas histórias mais realistas dele", continuei, desviando o olhar. "Os romances que narram a vida de órfãos, seus contos de triunfo sobre a adversidade. Os pequenos Copperfield e Twist, o sr. Nickleby... Eles terão sempre mais do meu afeto do que o sr. Scrooge ou o sr. Marley."

"*Antes de mais nada, Marley estava morto*", bradou papai com voz grave, imitando o escritor com tanta habilidade que senti um calafrio. "*Sobre este fato, não há dúvida.*"

"Pare", eu disse, com um riso involuntário. "Por favor."

Não demorei a dormir depois de me deitar, mas tive um sono hesitante e agitado. Meus sonhos foram substituídos por pesadelos. Encontrei espíritos onde deveria ter vivido aventuras; meus cenários foram de cemitérios obscuros e paisagens instáveis em vez de picos alpinos ou canais venezianos. Ainda assim, dormi a noite inteira e, quando acordei, me sentindo grogue e descontente, a luz matinal já entrava pelas cortinas. Olhei para o relógio na parede; já eram quase sete e dez e praguejei, sabendo que me atrasaria para o trabalho. Ainda tinha que preparar o desjejum de papai. Quando entrei em seu quarto alguns minutos depois para ver se sua saúde tinha melhorado durante a noite, pude constatar de imediato que ele estava muito pior do que eu imaginava. A chuva do dia anterior o tinha vencido, e o frio parecia ter chegado até seus ossos. Papai estava mortalmente pálido, a pele úmida e pegajosa, e fiquei bastante assustada; vesti-me de imediato e corri até o fim da ruela, onde o dr. Connolly, médico e amigo de longa data, morava. Ele voltou comigo e fez tudo o que pôde — disso não tenho dúvida —, mas me disse que não havia nada a fazer além de esperar que a febre parasse de subir, ou rezar para isso, e passei o resto do dia ao lado da cama de papai, implorando a um deus que não costuma se importar com meus pensamentos. No início da noite, quando o sol tinha descido outra vez para ser substituído por nossa perpétua e angustiante neblina londrina, senti a mão de papai ficar cada vez mais fraca sob a minha até ele me soltar e se esvair por completo, recolhendo-se em silêncio, deixando-me órfã como os personagens sobre os quais eu falara na noite anterior, se é que alguém pode ser considerado órfão aos vinte e um anos.

3

O funeral de papai aconteceu na manhã da segunda-feira seguinte, na igreja de St. James, em Paddington, e encontrei certo consolo no fato de que meia dúzia de seus colegas de trabalho do Museu Britânico e três das minhas colegas da St. Elizabeth's School (onde eu trabalhava como professora de uma classe de meninas) compareceram para oferecer condolências. Não tínhamos parentes vivos e por isso havia pouquíssimos presentes; entre eles estava a viúva que morava na casa ao lado da nossa, mas que parecia sempre relutante em reconhecer minha existência quando me encontrava na rua; um jovem estudante, educado e tímido, a quem papai aconselhava em seus estudos sobre insetos; nossa criada de meio período, Jessie; e o sr. Billington, o vendedor de fumo da Connaught Street que fornecera a papai o tabaco com canela até onde minha memória alcançava, e cuja presença me deixou muito comovida e grata.

O sr. Heston, superior imediato de papai no departamento de entomologia do museu, segurou minha mão, esmagando-a de leve, e me disse o quanto respeitava o intelecto de papai, enquanto uma tal srta. Sharpton, mulher culta cuja contratação a princípio causara certo desconforto a papai, me contou que sentiria falta de sua alegre perspicácia e de seu excelente senso de humor, afirmação que de certa maneira me surpreendeu, mas que mesmo assim me consolou. (Existiu um lado de papai que não conheci? Um homem que contava piadas, galanteava mocinhas, boêmio? Era possível, imaginei, mas, ainda assim, um tanto surpreendente.) Fiquei muito admirada com a srta. Sharpton e desejei ter tido a oportunidade de conhecê-la melhor; eu sabia que ela tinha se graduado na Sorbonne, apesar de as universidades inglesas não reconhecerem, como era de esperar, e pelo que consta até sua família a isolou por causa daquilo. Papai me contou que certa vez perguntou se ela estava ansiosa para que chegasse o dia em que se casaria e, portanto, não precisaria mais trabalhar; a resposta — ela preferiria beber tinta — o escandalizou, mas me deixou instigada.

Do lado de fora da igreja, minha chefe, a sra. Farnsworth, que foi minha professora quando eu era pequena e depois me contratou, sugeriu que eu dedicasse o restante da semana ao luto, mas afirmou que trabalho intenso poderia ser um restaurador extraordinário e que ela estaria de braços abertos para me receber de volta na escola na próxima segunda-feira. Não estava sendo desalmada; perdera o marido no ano anterior e o filho um ano antes. Luto era um sentimento que ela compreendia.

Misericordiosamente, a chuva não se manifestou enquanto entregávamos papai ao descanso eterno, mas a névoa nos cercou com tanta intensidade que mal pude enxergar o caixão conforme ele foi baixado na cova e — o que talvez tenha sido uma bênção — perdi o momento em que se percebe que está pousando os olhos no caixão pela última vez; ele pareceu apenas ter sido engolido pelas brumas. Somente quando o vigário se aproximou para me cumprimentar e desejar que tudo ficasse bem percebi que o enterro tinha terminado e que não havia mais nada que eu pudesse fazer além de ir para casa.

Mas optei por não fazer isso imediatamente; em vez disso, caminhei pelo cemitério durante algum tempo, observando pela neblina os nomes e as datas gravados nas lápides. Alguns pareciam justificados — homens e mulheres que viveram até os sessenta ou, em alguns casos, até os setenta anos. Outros pareciam aberrações: crianças levadas no início da vida, jovens mães enterradas com seus bebês natimortos nos braços. Passei pelo túmulo de Arthur Covan, meu colega de outrora, e tive calafrios ao me lembrar da nossa antiga amizade e da desgraça que veio depois. Desenvolvemos uma relação durante algum tempo, Arthur e eu; uma que eu esperava ver florescer e se tornar algo maior. A memória desse sentimento, combinada com a consciência dos danos que aquele rapaz perturbado tinha causado, só serviram para me deixar ainda mais aflita.

Percebendo que aquele talvez não fosse o lugar mais sensato para passar meu tempo, olhei à volta em busca do portão, mas me descobri perdida. A névoa tinha ficado mais densa ao meu redor, a ponto de não conseguir mais ler as palavras nas lápides, e, à minha direita — que coisa extraordinária! —, pude ouvir um casal rindo, tenho certeza que ouvi. Virei-me, imaginando que tipo de pessoa se comportaria daquela maneira em um cemitério, mas não consegui ver ninguém. Apreensiva, estendi minha mão e não pude enxergar nada além da ponta dos meus dedos cobertos pela luva. "Olá?", perguntei um pouco alto, sem saber se queria mesmo ouvir uma resposta; mas não houve nenhuma. Alcancei um muro e torci para encontrar um portão; mudei de direção e quase caí em um amontoado de lápides antigas jogadas em um canto, e naquele momento meu coração começou a acelerar de ansiedade. Ordenei a mim mesma que ficasse calma, que respirasse e depois encontrasse a saída, mas, quando me virei outra vez, gritei quando me vi frente a frente com uma menina que não devia ter mais do que sete anos, parada no meio do caminho sem casaco, apesar do frio.

"Meu irmão se afogou", ela me disse; abri a boca para responder, mas não encontrei palavras. "Falaram que não devia ir para o rio, mas ele foi. Ele foi desobediente. E se afogou. Mamãe está sentada no túmulo dele."

"Onde?", perguntei, e ela esticou um dedo, apontando para trás de mim. Dei meia-volta, mas não pude ver mulher nenhuma na neblina. Virei-me de novo e vi o momento em que a menina deu meia-volta e saiu correndo até desaparecer na névoa. O pânico cresceu dentro de mim; teria virado histeria se eu não tivesse me forçado a andar rápido pelas ruelas do cemitério até que, enfim, para meu grande alívio, eu estava de volta à rua, onde quase trombei com um homem obeso que suspeitei ser o membro local do Parlamento.

Voltando para casa, passei pelo Goat and Garter, um pub no qual é claro que nunca entrei, e fiquei chocada ao ver a srta. Sharpton sentada perto da janela, bebendo um pequeno caneco de cerveja escura e absorta na leitura de um livro acadêmico enquanto fazia anotações num caderno. Atrás dela, pude ver a expressão no rosto dos homens (naturalmente, eles estavam horrorizados e deviam supor que ela era algum tipo de excêntrica), mas desconfiei que suas opiniões não a preocupariam nem por um segundo. Como eu queria entrar naquele estabelecimento e me sentar ao lado dela! Diga-me, srta. Sharpton — eu poderia ter falado —, o que devo fazer com minha vida agora? Como posso melhorar minha situação e meus prospectos? Ajude-me, por favor, porque estou sozinha neste mundo e não tenho amigos nem benfeitores. Diga-me o que devo fazer a seguir.

As outras pessoas tinham amigos. Claro que tinham; era a ordem natural das coisas. Existem aqueles que se sentem confortáveis na companhia de outros, no compartilhamento de intimidades e segredos do dia a dia. Nunca fui assim. Eu era uma moça estudiosa que adorava ficar em casa com papai. E não era bonita. Na escola, as outras garotas formavam alianças que sempre me excluíam. Chamavam-me de coisas vulgares; não repetirei aquelas palavras. Tiravam sarro do meu corpo arredondado, da minha pele anêmica, dos meus cabelos indômitos. Não sei por que nasci assim. Afinal, papai era um homem bem-apessoado; mamãe, uma beleza rara. Mas, de alguma maneira, a prole de ambos não foi abençoada com a mesma aparência.

Eu teria dado qualquer coisa por uma amiga naquele momento, uma amiga como a srta. Sharpton, que talvez me persuadisse a não tomar a decisão precipitada que por pouco não me destruiria. Que talvez ainda me destrua.

Olhei pela janela do Goat and Garter e desejei com toda força que ela levantasse o rosto, visse-me, sacudisse os braços e insistisse que eu me juntasse a ela. Mas a srta. Sharpton não o fez. Dei meia-volta com o coração pesaroso e voltei para casa, onde fiquei sentada na poltrona perto da lareira durante o resto da tarde e, pela primeira vez desde a morte de papai, chorei.

Antes do fim da tarde, alimentei o fogo com mais carvão e, decidida a alcançar algum tipo de normalidade, fui até o açougue em Norfolk Place, onde comprei duas costelas suínas. Não estava com muita fome, mas achei que, se ficasse em casa o dia inteiro sem comida, afundaria em uma melancolia inexorável e, apesar da natureza recente do meu luto, estava determinada a não permitir que isso acontecesse. Ao passar pela mercearia, presenteei-me com cem gramas de balas e comprei também uma cópia do *Morning Post* para ler mais tarde. (Afinal, se a srta. Sharpton podia estudar na Sorbonne, eu decerto poderia, no mínimo, me familiarizar com os acontecimentos da nossa nação.)

Em casa, meu ânimo desmoronou por completo quando percebi meu erro. *Duas* costelas de porco? Para quem era a segunda costela? O hábito venceu a necessidade. Fritei ambas e, pesarosa, comi a primeira com uma batata cozida; dei a segunda ao *spaniel* da vizinha viúva, pois não suportaria guardá-la para mais tarde nem comê-la naquela hora. (E papai, que amava cães, teria ficado muito contente com minha caridade, não tenho dúvida.)

Conforme a noite chegou, voltei para minha poltrona, deixei duas velas em uma mesa de canto e o saquinho de balas no meu colo, e abri o jornal, folheando-o depressa, sem conseguir me concentrar em nenhuma notícia. Estava prestes a jogar tudo aquilo no fogo quando vi "Ocupações Disponíveis", onde um anúncio específico chamou minha atenção.

Um tal H. Bennet, de Gaudlin Hall, no condado de Norfolk, requisitava uma governanta para se dedicar aos cuidados e à educação das crianças da casa; o cargo precisava ser preenchido sem demora por um candidato qualificado e prometia-se uma remuneração satisfatória. Candidaturas deveriam ser enviadas de imediato. Sem mais explicações. H. Bennet, quem quer que fosse, não especificou quantas crianças requeriam supervisão, tampouco ofereceu detalhes sobre a idade delas. A coisa toda carecia de certa elegância, como se tivesse sido escrita com afobação e enviada ao jornal sem mais considerações — mas, por algum motivo, me vi atraída pela urgência do apelo, relendo-o várias vezes, perguntando-me sobre a aparência de Gaudlin Hall e que tipo de sujeito H. Bennet poderia ser.

Eu saíra de Londres apenas uma vez na vida, uma dúzia de anos atrás, quando tinha nove anos, uma das consequências imediatas da morte da minha mãe. Nossa pequena família viveu em um estado de considerável harmonia durante os primeiros anos da minha infância. Meus pais tinham uma característica marcante que os distinguia dos pais da maioria dos meus colegas de escola: eram afetuosos entre si. Coisas que pareciam naturais na nossa casa — o fato de se despedirem todas as manhãs com um beijo; de se sentarem lado a lado de noite, enquanto liam, em vez de ficarem em aposentos separados; de compartilharem o quarto, rirem juntos e serem generosos na frequência com que se tocavam, contavam piadas ou comentavam quão felizes eram — eram estranhas na casa dos outros. Eu tinha plena consciência desse fato. Nas raras ocasiões em que visitei minhas colegas vizinhas, pude perceber um distanciamento entre os pais, como se não fossem duas pessoas que se conheceram e se apaixonaram, trocaram intimidades e se vincularam em um altar com o intuito de passar a vida juntos, e sim uma dupla de estranhos, companheiros de cela, talvez; jogados em um confinamento compartilhado e com pouca coisa em comum exceto as décadas durante as quais seriam forçados a aturar a presença do outro.

Meus pais não poderiam ter sido mais diferentes em comportamento, mas, se o carinho que tinham um pelo outro era óbvio, nem se comparava com o afeto que demonstravam por mim. Eles não me mimavam; ambos eram anglicanos convictos e confiavam demais em disciplina e autocontrole para que isso fosse possível. De qualquer jeito, deleitavam-se com minha presença e me tratavam com muita bondade; fomos uma família feliz até que, quando eu tinha oito anos, eles me pediram para sentar e informaram que eu teria um novo irmão ou irmã na primavera. Como era de esperar, estavam extasiados — havia muito tempo que queriam a bênção de ter um segundo filho e, com o passar dos anos, começaram a acreditar que não a teriam. Mas, para a grande felicidade dos dois, anunciaram que, em breve, nosso pequeno grupo de três aumentaria para quatro.

Ao pensar naqueles meses, confesso que não me comportei com a dignidade que gostaria. Não senti a mesma alegria que meus pais com a ideia de dar boas-vindas a um bebê em nossa casa. Eu tinha sido filha única por tanto tempo que o egoísmo talvez tivesse se embrenhado no meu coração e se mostrou em crises de desobediência em diversas ocasiões. Comportei-me tão mal, fui tão atipicamente desaforada, que papai me chamou para uma conversa durante o último mês de gestação de mamãe e disse para eu não me preocupar, que nada mudaria, pois havia amor suficiente na casa para ser dividido com um bebê, e que eu olharia para trás algum dia e acharia difícil imaginar minha vida sem esse irmão ou irmã mais novo, que eu logo viria a amar.

Infelizmente, essa perspectiva, com a qual eu começava a me acostumar, não se concretizaria. Mamãe sofreu muito durante o parto, dando à luz uma segunda filha que, dentro de poucos dias, estava dentro de um caixão, acolhida nos braços da senhora que a carregara durante nove meses, sob uma lápide que dizia: ANGELINE CAINE, 1813-1855, AMADA ESPOSA E MÃE, E PEQUENA MARY. Papai e eu agora estávamos sozinhos.

É claro que, considerando o grande amor que ele tinha por minha mãe, sofreu muito para lidar com sua morte, isolando-se no escritório, incapaz de ler, mal se alimentando, sucumbindo inúmeras vezes ao vício do álcool, negligenciando o trabalho, os amigos e, acima de tudo, a *mim* — situação que, se tivesse continuado, poderia ter levado nós dois a um asilo para os pobres ou à prisão por causa de dívidas. Ainda bem que as coisas melhoraram com a chegada das duas irmãs mais velhas de papai, Hermione e Rachel, que vieram da Cornualha nos visitar sem aviso e ficaram chocadas ao descobrir as condições nas quais agora viviam seu irmão e sua sobrinha. Elas assumiram a tarefa de limpar a casa de cima a baixo, apesar dos protestos de papai. Ele tentou expulsá-las com uma vassoura, como alguém faria com uma praga, mas elas não aceitaram e se recusaram a ir embora até que a óbvia decadência do nosso padrão de vida fosse revertida. Pegaram as roupas e objetos pessoais de mamãe, separaram alguns itens mais preciosos — suas poucas joias, por exemplo, ou um vestido bonito que eu talvez pudesse usar dali a uma década — e distribuíram o restante entre os pobres da paróquia, gesto que provocou a fúria de papai; mas elas, sábias e ponderadas senhoras, mal deram atenção à raiva do irmão e simplesmente continuaram a cuidar das coisas.

"Nós nos recusamos a dar espaço à autopiedade", elas me disseram quando assumiram o controle da despensa, jogando fora a comida que tinha estragado e substituindo por produtos frescos. "Nunca fomos do tipo que chafurda na adversidade. E você também não deve ser, Eliza", elas insistiram, sentadas comigo, uma de cada lado, tentando equilibrar a bondade e a compaixão com a reprovação do nosso estilo de vida negligente dos últimos dias. "Sua mãe faleceu e agora está com o Senhor. É uma coisa triste e terrível, mas é o que é. A vida, para você e para nosso irmão, precisa continuar."

"A vida, para mim, terminou", respondeu papai, amargurado, de pé na soleira, fazendo com que pulássemos de susto, pois não tínhamos percebido que entreouvia nossa conversa. "Meu único desejo agora é me juntar à minha querida Angeline no lugar escuro de onde nenhum homem volta."

"Quanta bobagem, Wilfred", disse tia Rachel, levantando-se e indo até ele, mãos na cintura, a expressão misturando fúria e compaixão, emoções que se digladiavam para ver qual prevaleceria. "Nunca ouvi tanta asneira em toda a minha vida. E você não acha cruel dizer uma coisa assim na frente da criança, que já sofreu uma perda tão terrível?"

O rosto de papai afundou na mais pura miséria — ele não queria me causar mais sofrimento, mas sua dor era tanta que não conseguia resistir ao discurso autocomplacente — e, quando olhei para ele e ele desviou o rosto, incapaz de me olhar de volta, caí no choro, com a sensação nítida de que a única coisa que eu queria era sair correndo para a rua e me afastar o máximo possível daquele lugar, desaparecer na multidão anônima de Londres e me tornar uma indigente, uma nômade, uma ninguém. Antes que eu me desse conta, minhas tias estavam alvoroçadas à nossa volta, criticando-nos e confortando-nos em partes iguais, tentando controlar sua compreensível frustração. Em pouco tempo, ficou claro que papai estava perdido demais no luto para cuidar de mim, e foi decidido que eu iria à Cornualha passar o verão com tia Hermione, enquanto tia Rachel ficaria em Londres para cuidar do irmão mais novo, decisão que se revelou muito sensata, pois passei um verão feliz no campo, aceitando minha perda e aprendendo a lidar com ela, enquanto tia Rachel de alguma maneira resgatou papai das profundezas do desespero e o deixou em condições de voltar a cuidar da própria vida, das responsabilidades e da filha. Quando voltei a Londres no outono e nos reconciliamos, sabíamos que o pior tinha passado. Sentiríamos saudades de mamãe, é claro, e falaríamos sobre ela com frequência, mas nós dois viemos a entender que a morte era um fenômeno natural, ainda que muito triste para os que ficam para trás, mas algo que todos os homens e mulheres precisavam aceitar como o preço que se paga pela vida.

"Receio ter decepcionado você", disse papai quando estávamos sozinhos em casa outra vez. "Não acontecerá de novo, prometo. Cuidarei de você para sempre, Eliza. Manterei você a salvo."

Nós nos tornamos uma dupla feliz, mesmo que um tanto resignada, a partir desse dia. Como era de esperar, encarreguei-me das tarefas domésticas. Assumi a preparação da comida e o salário de papai nos permitia ter uma criada duas tardes por semana para todos os outros serviços, uma moça escocesa chamada Jessie que limpava tudo de cima a baixo e reclamava das dores nas costas e da artrite nas mãos, mesmo sendo apenas um ou dois anos mais velha do que eu. Apesar de mal-humorada, eu era grata por podermos pagá-la, pois detestava limpar, e ela assumia essa função.

Na St. Elizabeth's School, que frequentei quando menina, fui sempre uma excelente aluna e, logo depois de terminar os estudos, recebi uma oferta para um cargo de professora, posição com a qual me identifiquei tanto que se tornou permanente dentro de apenas seis meses. Era um grande prazer cuidar das minhas pequenas alunas, que tinham entre cinco e seis anos; eu ensinava os rudimentos da soma e da ortografia, a história dos reis e rainhas da Inglaterra, e as preparava para as matérias mais difíceis que seriam seus desafios nas mãos calejadas da srta. Lewisham, às quais eu as entregaria, trêmulas e chorosas, dali a doze meses. Era difícil não me apegar às minhas pequeninas. Tinham temperamentos tão agradáveis e tanta confiança no relacionamento que estabeleciam comigo... Mas aprendi cedo que, se eu quisesse progredir como professora — e eu tomava por certo que seria sempre professora, pois um casamento parecia improvável, considerando que não tinha dinheiro nem posição de destaque na sociedade e, o pior de tudo, tinha um rosto que minha tia Hermione disse certa vez ser capaz de azedar leite ("Não digo isso como um insulto, criança", ela acrescentou ao perceber meu desconforto, deixando a meu cargo decidir qual poderia ter sido sua verdadeira intenção) —, deveria equilibrar afeto com resiliência. Essa noção não me desagradava, no entanto. Eu viveria como uma solteirona, teria minhas meninas para ensinar e as férias de verão para pequenas viagens, talvez — sonhava em conhecer os Alpes franceses ou Veneza, e às vezes eu até me perguntava se conseguiria um trabalho como dama de companhia durante esse tempo —, e cuidaria de papai e da casa. Seria solidária com as inúmeras inflamações de Jessie e perguntaria se ela já tinha limpado os rodapés. Não me preocuparia com pretendentes, e eles decerto não se preocupariam comigo, então eu encararia a vida com seriedade e uma perspectiva positiva. Com tudo isso, estava satisfeita e contente.

A única pequena variação nessas circunstâncias veio com a chegada de Arthur Covan como professor das meninas mais velhas e com quem, como mencionei antes, estabeleci uma amizade especial. O sr. Covan veio até nós de Harrow e cumpria um ano de experiência com ensino antes de seguir para a universidade para ler os clássicos. Ele me fazia rir — era um mímico excelente — e me lisonjeava com sua atenção. Era um moço bonito, um ano mais novo do que eu, com cabelos pretos bagunçados e sorriso fácil. Para minha vergonha, permiti-me as fantasias mais indulgentes sobre como seria se "escapássemos" juntos, apesar de ele nunca ter feito nada para encorajar tais devaneios. E, mesmo quando tudo veio à tona alguns meses depois, quando seu nome estava nos jornais e o público clamava por sangue, ainda não conseguia condená-lo por completo, apesar de nunca mais ter falado com ele, lógico. E, então, ele pôs fim à própria vida. Mas chega desse assunto por enquanto. Estava falando sobre minha função na St. Elizabeth's, não me entregando a sonhos sentimentais.

Foi somente naquele momento, sem papai, que me ocorreu quão sozinha eu era; perguntei-me se aquele plano simples para meu futuro seria suficiente para satisfazer todas as minhas necessidades. Minhas tias faleceram nos últimos anos. Eu não tinha irmãos para tomar conta e ninguém que tomaria conta de mim; nenhum primo cuja vida poderia me interessar e ninguém que se interessaria pela minha. Estava totalmente sozinha. Se desaparecesse na calada da noite, se fosse assassinada ao voltar da escola um dia qualquer, não haveria ninguém que sentiria minha falta ou questionaria meu sumiço. O que me sobrou foi ser uma figura solitária.

Talvez por isso o anúncio para a posição de governanta em Norfolk parecesse uma oportunidade tão convidativa.

Será que eu deveria ter esperado mais antes de tomar minha impetuosa decisão de ir embora? Talvez. Mas não estava com a cabeça no lugar, tão abalada que fiquei pela tristeza que tomou conta de mim. E uma batida na porta naquela noite foi o ponto final da questão: fui confrontada por um brutamontes que disse se chamar sr. Lowe e que me informou que a casa em que cresci na verdade não pertencia a papai. Éramos apenas inquilinos, afirmação que comprovou com papéis incontestáveis.

"Mas pensei que agora a casa seria minha", respondi, abismada, e ele sorriu para mim, revelando uma fileira de dentes amarelos e um preto.

"Pode ser, se você quiser", ele disse. "Mas é este o valor do aluguel e espero receber o dinheiro todas as terças, sem atraso. Seu pai nunca me deixou na mão, que Deus tenha piedade da sua alma."

"Não tenho esse dinheiro", respondi. "Sou apenas uma professora."

"E eu sou um homem de negócios", ele rosnou. "Se não

tem esse dinheiro, é melhor empacotar suas coisas. Ou arrumar um inquilino. Uma moça quietinha, ouviu? Nada de homens. Não admito uma casa de libertinagem."

Enrubesci, humilhada, e senti vontade de chutá-lo. Não entendi por que papai nunca me contou que a casa não pertencia a ele, tampouco por que nunca pediu que eu contribuísse com o aluguel quando arrumei um emprego. Em outra situação, eu teria ficado aflita com aquilo, mas naquele instante me pareceu apenas mais um infortúnio; mais tarde, depois de me lembrar do anúncio no jornal, escrevi uma carta de apresentação e a coloquei na caixa dos correios nas primeiras horas da manhã seguinte, antes que eu pudesse mudar de ideia. Terça e quarta foram dias atarefados — pus em ordem alguns assuntos de papai e, com a ajuda de Jessie, arrumei seu quarto de maneira que não sobrassem sinais do antigo ocupante. Escrevi ao sr. Heston, do museu, e ele respondeu sem demora, aceitando minha oferta dos livros de insetos e correspondências de papai. Coloquei todos os romances do sr. Dickens em uma caixa e os escondi no fundo de um guarda-roupa, pois não suportaria lidar com eles naquele momento. Na quinta-feira de manhã, chegou uma carta de Norfolk, expressando contentamento por minhas qualificações e me oferecendo o cargo, sem entrevista. Fiquei surpresa, é claro. O anúncio enfatizara urgência, mas, considerando o pouco que H. Bennet sabia sobre mim, eu poderia ser um erro crasso de contratação; ainda assim, ele parecia disposto a colocar o bem-estar dos filhos em minhas mãos.

Como era de imaginar, eu tinha dúvidas se uma transformação tão radical na minha vida seria sensata, mas, com a oferta à minha frente, acreditei que aquela mudança de conjuntura poderia ser bem o que eu precisava; encontrei-me com a sra. Farnsworth em seu escritório na manhã seguinte para entregar meu pedido de demissão, que aceitou com bastante aborrecimento, apontando que eu os estava abandonando em uma situação muito difícil, em pleno ano letivo, e quem é que ela poderia encontrar para ensinar as meninas em tão curto prazo? Aceitei a culpa e usei bastante meu luto, criatura nefasta que sou, para evitar mais repreensões, e enfim ela percebeu que eu não mudaria de ideia e, com relutância, me cumprimentou e desejou o melhor para meu futuro. Naquela tarde, fui embora da St. Elizabeth's School dividida entre sentimentos de entusiasmo e puro terror.

Quando chegou sexta-feira, menos de uma semana desde que eu e papai seguimos para Knightsbridge sob a chuva torrencial, antes de sete dias inteiros desde o instante em que o sr. Dickens entrou na galeria e descobriu mais de mil de seus fiéis leitores amontoados, emitindo vapores de transpiração, eu tinha fechado nossa casa, despedido-me de Jessie com um pagamento de uma semana extra e agora estava sentada em um trem que seguia para um condado que eu nunca tinha visitado, para trabalhar para uma família que eu nunca tinha visto em um cargo que eu nunca tinha exercido. Dizer que foi uma semana agitada e emotiva seria subestimar consideravelmente a situação. Mas sugerir que foi mais chocante do que os acontecimentos que viriam nas semanas seguintes seria uma grande mentira.

4

O dia estava surpreendentemente ensolarado quando fui embora de Londres. A cidade fizera suas maquinações para assassinar meu amado pai e, agora que tinha sido bem-sucedida em sua empreitada cruel, se dedicava em ser benevolente outra vez. Senti grande antipatia por aquele lugar ao partir, uma emoção que me surpreendeu, pois sempre amei a capital; mesmo assim, conforme o trem se afastou da estação de Liverpool Street, o sol se derramando pela janela e cegando meus olhos, eu a considerei dura e injusta, um velho amigo que me traiu sem motivo e cujas costas agora estava contente em ver. Naquele momento, acreditei que poderia levar uma vida feliz sem nunca mais pousar os olhos em Londres.

No vagão, sentado no banco oposto ao meu, estava um rapaz com idade próxima à minha e, apesar de não termos trocado nenhuma palavra desde o embarque, me permiti várias olhadelas clandestinas em sua direção, pois ele era bastante atraente; constatei que, por mais que eu tentasse desviar a vista e focar minha atenção nos campos e fazendas que passavam pela janela, não conseguia evitar seu rosto. Ele me lembrava Arthur Covan, era essa a verdade. Conforme o trem se aproximou de Colchester, notei que ficou pálido e seus olhos se encheram de lágrimas. Ele os fechou por um momento, talvez na esperança de estancar o fluxo, mas, quando abriu outra vez, lágrimas desceram por suas bochechas e ele usou um lenço para enxugá-las. Ao me flagrar observando, ele passou a mão no rosto e senti uma vontade desesperada de perguntar se estava tudo bem, se ele gostaria de conversar um pouco, mas, fosse qual fosse a dor que morava em seu coração, o trauma que fazia com que perdesse o controle das emoções, era algo que não seria compartilhado e, quando o trem partiu da estação, ele se levantou, constrangido, e foi para outro vagão.

Pensando em retrocesso, posso enxergar que as decisões que tomei naquela semana foram impulsivas e tolas. Eu estava em choque, perdida; meu mundo todo tinha desmoronado ao longo de sete dias, e, embora eu devesse ter procurado consolo no meu trabalho, na minha escola, nas minhas pequeninas e até na companhia de pessoas como a sra. Farnsworth e Jessie, tomei a decisão apressada de me desarraigar de tudo o que conhecia; das ruas próximas ao Hyde Park, onde eu brincava quando criança; do Serpentine, que ainda me enchia de memórias de Bull's Eye; das curvas e esquinas que me levavam da minha casa até a familiaridade da sala de aula. Eu estava sedenta por mudança, mas as cortinas daquele aposento escuro no topo das escadas, que tinha reivindicado a vida dos meus pais e da minha irmã mais nova, poderiam ter sido abertas; as janelas poderiam ter sido escancaradas, o quarto poderia ter sido arejado por inteiro com o ar bom e honesto de Londres, poderia ter sido redecorado e tornado acolhedor outra vez, um lugar para viver, não para morrer. Eu estava largando todas essas coisas e seguindo para uma parte do país que eu nunca tinha visitado, e para fazer o quê? Ser governanta de sabe-se lá quantas crianças, para uma família que não tinha nem enviado um representante para me entrevistar antes de oferecer o cargo. Tola. Você poderia ter ficado. Poderia ter vivido uma vida feliz.

O sol de Londres cedeu espaço para um vento gelado em Stowmarket, que soprou contra o trem e fez com que eu me sentisse insegura; quando chegamos a Norwich no início da noite, ele tinha sido substituído por uma névoa densa, do tipo que me fazia lembrar minha casa, apesar de estar fazendo tudo o que podia para suprimir a memória daquele lugar. Conforme nos aproximamos da estação Thorpe, tirei da mala a carta que tinha recebido na manhã anterior e li do início ao fim talvez pela décima vez.

Gaudlin Hall, 24 de outubro de 1867
Prezada srta. Caine,

Candidatura bem recebida. Experiência aceitável. Oferecido à senhorita emprego remunerado como governanta, valores e condições especificados no Morning Post *(edição de 21 de outubro). Senhorita é esperada na tarde do dia 25, trem das cinco. Heckling, o zelador de Gaudlin, buscará senhorita com carruagem. Por favor, não se atrase.*

Atenciosamente,
H. Bennet

Ao reler, ocorreu-me, assim como nas vezes anteriores, quão inusitada era a carta. A construção das frases era apressada e, de novo, não havia nenhuma menção à quantidade de crianças que ficaria sob minha responsabilidade. E quem era esse H. Bennet? Será que se tratava mesmo de um cavalheiro, ou talvez do provedor de uma diminuta casa de família? Com o que ele trabalhava? Não havia nada que sugerisse uma resposta. Suspirei e senti certa ansiedade conforme o trem entrou na estação, mas resolvi ser forte, independentemente do que estivesse por vir. Isso, pelo menos, me seria útil nas semanas seguintes.

Desci os degraus do trem e olhei à volta. Era quase impossível enxergar qualquer coisa na sombria neblina cinzenta, mas a direção para a qual os outros passageiros iam sugeria que, se os seguisse, talvez encontraria a saída, e comecei a caminhar, ouvindo as portas dos vagões do trem serem fechadas para a viagem de volta e o apito do sinaleiro. Inúmeras pessoas passaram correndo por mim, apressando-se para embarcar antes da partida; talvez por não ter me visto nas brumas, uma delas trombou comigo, derrubando minha mala e deixando a própria cair ao mesmo tempo.

"Perdão", disse a moça, sem soar muito sincera, mas não me incomodei, pois era óbvio que ela não queria perder o trem. Abaixei-me para pegar sua mala, que tinha caído à minha esquerda, e a devolvi; conforme o fiz, reparei no monograma vermelho gravado no couro marrom: H.B. Encarei as letras por um instante, sem entender por que aquelas iniciais pareciam ter importância. Naquele momento, meus olhos e os da mulher se encontraram e foi quase como se ela soubesse quem eu era, pois me observou com uma expressão de reconhecimento que misturava pena e arrependimento antes de puxar a mala das minhas mãos, sacudir a cabeça rápido e desaparecer na neblina para entrar no vagão mais à frente.

Fiquei ali, surpresa com a grosseria, e então lembrei porque H.B. me parecia tão familiar — mas era uma noção ridícula, claro. Uma coincidência, nada mais. A Inglaterra devia estar cheia de gente com aquelas iniciais.

Dei meia-volta e fiquei bastante desorientada. Andei na

direção que acreditava ser a da saída, mas, como não havia mais passageiros chegando ou saindo, era difícil ter certeza. À minha esquerda, os motores do trem que voltaria a Londres ficavam cada vez mais barulhentos, preparando-se para a partida; à minha direita, havia outro trilho, e pude ouvir mais um trem se aproximando. Ou vinha do outro lado? Era difícil saber. Virei-me de novo e perdi o ar; para qual direção deveria seguir? Havia barulho por todo lado. Estendi a mão para tatear algum objeto que pudesse ajudar a me orientar, mas nada estava onde eu esperava que estivesse. O som de vozes foi ficando mais alto e agora havia pessoas outra vez, forçando passagem com malas e valises; como conseguiam ver para onde iam, perguntei-me, se eu não enxergava nem minha própria mão estendida na frente do rosto? Não sentia tanta angústia desde aquela tarde no cemitério. Uma onda de pânico começou a crescer dentro de mim, uma sensação de agouro e terror implacável, e imaginei que, se não seguisse em frente com determinação, acabaria abandonada naquela plataforma para sempre, incapaz de enxergar ou de respirar, e viveria meus últimos dias ali. Então, segurando o coração com as mãos, ergui meu pé direito e comecei a ir em frente mais uma vez, no exato momento em que um som alto de apito — vindo do segundo trem — se transformou em um grito violento e então, para meu horror, senti um par de mãos em minhas costas me empurrando com um tranco; tropecei e estava para cair quando uma terceira mão agarrou meu cotovelo e me puxou bruscamente. Fui tropeçando nos meus próprios pés até uma parede, na qual me apoiei. Em seguida, a neblina se dissipou um pouco e pude ver o homem que me tirou com tanta força de onde eu estava.

"Por Deus, senhorita", ele disse, e agora pude ver seu rosto; era gentil e tinha traços bonitos, usava óculos muito elegantes. "Não viu onde andava?", ele perguntou. "Quase entrou na frente de um trem. Teria morrido na hora."

Observei-o por um instante, sem entender, e então olhei para o lugar de onde tinha me arrancado, e lá estava o segundo trem, guinchando enquanto freava. Se eu tivesse dado mais um passo à frente, teria caído e sido esmagada por ele. Tal pensamento me deixou tonta.

"Não foi minha intenção...", comecei.

"Mais um segundo e teria ido parar embaixo dele."

"Alguém me empurrou", eu disse, olhando em seus olhos. "Com as duas mãos. Eu senti."

Ele negou com a cabeça. "Não é verdade", respondeu. "Eu estava observando a senhorita. Vi para onde estava indo. Não tinha ninguém atrás da senhorita."

"Mas eu senti", teimei. Olhei para a plataforma, engoli em seco e voltei a olhar para ele. "Eu senti!"

"É apenas um choque, só isso", disse o homem, como se rejeitasse a ideia e me considerasse uma histérica. "Gostaria de alguma coisa para acalmar os nervos? Sou médico. Um chá, talvez? Há um café ali, não é muita coisa, claro, mas..."

"Estou bem", respondi, sacudindo a cabeça, tentando me recompor. Decidi que ele devia estar certo. Se me observava e não viu ninguém comigo, devia ter sido minha imaginação. Foi a névoa, só isso. Estava pregando peças na minha mente. "Peço desculpas", continuei depois de um momento, tentando amenizar o incidente com bom humor. "Não sei o que deu em mim. Senti uma tontura. Não conseguia enxergar nada."

"Ainda bem que peguei a senhorita", ele respondeu, sorrindo e exibindo um conjunto simétrico de dentes brancos. "Ah, puxa", ele acrescentou. "Isso soou terrivelmente pomposo, não? Como se eu esperasse que a senhorita pendurasse uma medalha de bravura na minha lapela."

Sorri; gostei dele. Um pensamento absurdo me ocorreu. Ele me aconselharia a abandonar todos os planos em Gaudlin e me convidaria para ir embora com ele. Para onde? Eu não sabia. Quase ri daquele disparate. O que havia de errado comigo naquele dia? Primeiro o rapaz no trem, e agora aquilo. Era como se tivesse abandonado toda a decência.

"Ah, aí vem minha esposa", ele disse depois de um momento, e me virei para ver uma mulher jovem e bonita que se aproximava; uma expressão de preocupação surgiu em seu rosto quando seu marido explicou o que acabara de acontecer. Tentei sorrir.

"Deveria vir conosco", disse a sra. Toxley — esse era o sobrenome deles — enquanto me observava com preocupação genuína no rosto. "Está muito pálida. Seria bom tomar alguma coisa para melhorar o ânimo."

"A senhora é muito gentil", respondi, na dúvida se faria uma coisa tão improvável, se seria apropriado. Eles talvez me deixassem cuidar de seus filhos, se tivessem, e eu não precisaria ir a Gaudlin Hall. "Eu gostaria muito, mas..."

"Eliza Caine?"

Uma voz vinda da nossa esquerda fez com que virássemos, surpresos. Um homem estava parado ali. Tinha sessenta e poucos anos, eu diria; vestia roupas rústicas e tinha o rosto avermelhado de um jeito nada saudável. A barba não era feita havia dias e o chapéu não combinava com o capote, o que lhe dava uma aparência um tanto ridícula. Senti cheiro de tabaco nas roupas e de uísque no bafo. Ele coçou o rosto e as unhas se mostraram escuras e imundas, tão manchadas de amarelo quanto os dentes, e ele não disse nenhuma outra palavra, esperando que eu respondesse.

"Isso mesmo", eu disse. "Conheço o senhor?"

"Heckling", ele respondeu, cutucando o peito com o polegar várias vezes. "A charrete está ali."

Com isso, ele nos deu as costas e seguiu na direção da

charrete; fiquei com as malas, meu salvador e sua esposa, que se viraram para me observar, um tanto constrangidos pela cena e pela aspereza extraordinária daquele homem.

"Sou a nova governanta", expliquei. "Em Gaudlin Hall. Ele foi enviado para me buscar."

"Ah", disse a sra. Toxley, olhando para o marido, que, pude perceber, devolveu o olhar por um instante antes de desviar o rosto. "Entendo", ela acrescentou depois de uma longa pausa.

Um silêncio desconfortável se instalou entre nós — a princípio, achei que eu tinha ofendido os Toxley de alguma maneira, mas então me ocorreu que era impossível, pois eu não tinha dito nada impróprio, apenas explicara quem eu era —, mas a gentileza e a generosidade de minutos atrás tinham, de repente, sido substituídas por ansiedade e desconforto. Que pessoas estranhas, pensei, ao pegar a mala, agradecer a ambos e seguir para a charrete, antes pareciam tão amáveis!

Enquanto caminhava, alguma coisa me fez olhar para trás, na direção dos dois, e vi que me encaravam como se quisessem dizer alguma coisa, mas não conseguissem encontrar as palavras. A sra. Toxley se virou para o marido e murmurou algo em seu ouvido, mas ele sacudiu a cabeça e pareceu não saber o que fazer.

Refletir sobre tudo em retrocesso é uma coisa maravilhosa. Quando penso naquele momento, vejo Alex e Madge Toxley ali na plataforma da estação Thorpe e quero gritar com eles, quero correr até os dois e sacudi-los, quero olhar diretamente em seus olhos e dizer: Vocês já sabiam, sabiam de tudo. Por que não disseram nada? Por quê?

Por que não me avisaram?

5

Subi na traseira da charrete de Heckling, minha mala foi colocada com cuidado no fundo. Com um rugido vigoroso que pareceu nascer das profundezas do seu ser, o zelador de Gaudlin ordenou que a égua, Winnie, fosse em frente. Tive o ímpeto de olhar para trás outra vez, para observar os Toxley — seu comportamento insólito, combinado com o quase acidente na plataforma, me deixou bastante perturbada —, mas decidi permanecer calma e ser resiliente. O nervosismo incomum que me assolava, pensei, podia ser explicado pelo fato de eu estar em um condado desconhecido, longe da única cidade com a qual tinha familiaridade, e seria necessário algum tempo até que me sentisse à vontade no novo ambiente. Eu não podia permitir que minha mente me pregasse peças. Era o início de uma vida nova; precisava ser otimista.

"A neblina é sempre tão espessa?", perguntei, inclinando-me para a frente em uma tentativa de dialogar com Heckling, que não demonstrou nenhum sinal de querer conversa. A névoa, que se dissipara um pouco na plataforma durante minha conversa com os Toxley, recuperou o aspecto denso ao começarmos nossa jornada, e me perguntei se ele conseguia enxergar o suficiente para seguir pelas estradas que nos levariam ao nosso destino, alguns quilômetros a oeste dos Norfolk Broads. "Sr. Heckling?", eu disse, ao perceber que ele não parecia nem um pouco interessado em responder, e dessa vez tenho certeza de que vi um pequeno enrijecimento em seus ombros. "Perguntei se a neblina é sempre tão pesada."

Ele virou a cabeça um pouco e girou o maxilar de um jeito bastante desagradável, como se estivesse mascando alguma coisa, antes de dar de ombros e se virar para a frente outra vez.

"Sempre forte assim, acho", ele respondeu. "Pelo que lembro, pelo menos. Não é tão ruim no verão. Mas agora é desse jeito." Ele pensou um pouco e meneou a cabeça. "Vivemos assim, fazer o quê?"

"O senhor nasceu e cresceu em Norfolk, imagino", eu disse.

"Isso."

"Deve gostar daqui, então."

"Gostar?", ele murmurou, a voz grave, tomada por uma mistura de tédio e irritação. "Isso, acho que sim. Quer dizer, se é isso que a senhorita diz."

Suspirei e voltei para trás, endireitando-me no banco, sem nenhuma vontade de manter conversa se ele continuasse sendo tão desagradável. Papai, além do desgosto por norte-americanos, franceses e italianos, não tinha muito respeito pelas pessoas de Norfolk, e eu sabia que Heckling, que não era nenhum sr. Barkis e demonstrava completa má vontade, o teria irritado profundamente. Durante o período que trabalhou no museu de Norwich, papai considerou seus habitantes suspeitos e rudes, mas era possível que apenas não gostassem da ideia de um jovem londrino na cidade para fazer algo que um habitante local pudesse fazer com o mesmo profissionalismo. De qualquer maneira, era uma coincidência curiosa o fato de nós dois acabarmos trabalhando naquele condado, e me perguntei se teria a oportunidade de visitar o museu que ele e o sr. Kirby inauguraram juntos, que ficava a uma distância de pouco mais de oitenta quilômetros da propriedade.

Reclinada no assento, observei conforme o cenário — ou o pouco que eu conseguia enxergar dele — passava. A charrete era muito confortável, o que me deixou contente. Havia um cobertor espesso no banco e o estendi no colo, pousando minhas mãos nele e me sentindo muito satisfeita. As estradas pelas quais passávamos eram um tanto esburacadas e a viagem teria sido muito mais difícil se não fosse pelo assento requintado, o que me deu motivos para acreditar que meu empregador era um homem de meios consideráveis. Comecei a pensar em H. Bennet e na vida à qual eu me dirigia. Rezei para que fosse um lar feliz, que os Bennet fossem um casal amável e que seus filhos, independente da quantidade, fossem gentis e acolhedores. Afinal, eu já não tinha mais uma casa e, supondo que o emprego desse certo e que eles se apegassem a mim da mesma maneira que eu esperava me apegar a eles, Gaudlin Hall poderia ser minha residência por muitos e muitos anos.

Na minha mente, visualizei uma casa enorme, com muitos cômodos; um lugar quase palaciano com uma alameda sinuosa que levava até a porta da frente e um gramado que se estendia até onde a vista alcançava. Creio que me inspirei no fato de meu anfitrião chamar-se Bennet, o que associei com a mocinha que era a alma de *Orgulho e preconceito*. A história dela teve desfecho em uma mansão extraordinária, a propriedade do sr. Darcy em Pemberley. Será que os meus Bennet tinham conquistado prosperidade parecida? Obviamente, Elizabeth e suas irmãs faziam parte de uma obra fictícia, e essa casa para a qual eu seguia, não. Ainda assim, ao estender o braço e passar a mão no tecido de boa qualidade do banco, imaginei que deveriam ser pelo menos endinheirados, e isso significaria que Gaudlin era um lugar especial.

"O sr. Bennet", eu disse, inclinando-me para a frente outra vez e enxugando o rosto com as mãos, pois uma garoa fina começara a cair. "Suponho que seja um homem de negócios."

"Quem?", perguntou Heckling, segurando as rédeas com firmeza, mantendo os olhos atentos na estrada sombria à frente.

"O sr. Bennet", repeti. "Meu novo empregador. Gostaria de saber o que ele faz da vida. É um homem de negócios? Ou..." Não me ocorreu outra possibilidade. (E, na verdade, eu mal tinha noção do que "de negócios" significava, exceto que um grande número de homens se descrevia dessa forma e não tinha a menor vontade — ou não sabia — definir o termo de um jeito mais compreensível.) "Ele é o representante local do Parlamento? Sei que muitas famílias ricas preparam o homem da casa para a vida política."

Dessa vez, Heckling fez o favor de se virar e olhou fixo para mim com uma expressão irritada — ou melhor, como se eu fosse um cachorro saltitando a seus pés, desesperado para chamar a atenção, latindo e levantando a pata, enquanto tudo o que ele queria era ser deixado em paz com os próprios pensamentos. Outra pessoa na minha situação talvez tivesse desviado o olhar, mas sustentei o meu; não deixaria que ele me intimidasse. Eu era a governanta, afinal de contas, e ele era apenas o zelador de Gaudlin.

"Quem é esse?", ele perguntou, enfim, com desdém.

"Quem é quem?", respondi e então sacudi a cabeça, incomodada pela rapidez com que absorvia seu comportamento de Norfolk. "O que o senhor quer dizer com *quem é esse*?", perguntei.

"A senhorita que falou do sr. Bennet. Não conheço nenhum sr. Bennet."

Eu ri. Seria algum tipo de piada? Um jogo que ele e os outros criados inventaram para fazer a nova governanta ficar desconfortável? Se fosse o caso, era uma coisa cruel e mal-intencionada, e eu me recusaria a participar daquilo. Ensinando minhas pequeninas, aprendi que, se demonstrasse o menor sinal de vulnerabilidade no começo, estaria perdida para sempre. Eu era mais forte do que aquilo, e estava determinada a provar tal fato.

"Francamente, sr. Heckling", eu disse, rindo de leve, tentando manter o tom de voz casual. "É claro que conhece. Afinal, foi ele quem o enviou para me buscar."

"Me mandaram buscar a senhorita", concordou Heckling. "Mas não foi nenhum sr. Bennet."

Um golpe súbito de vento me forçou para trás no banco conforme a chuva começou a ficar mais pesada, e eu desejei que Heckling tivesse trazido a charrete coberta em vez da aberta. (Tola! Ainda flutuava nas minhas fantasias de Pemberley. Na minha cabeça, havia uma frota inteira de carruagens esperando por mim em Gaudlin Hall, uma para cada dia da semana.)

"Então quem o mandou foi o responsável pela casa?", perguntei.

"O sr. Raisin me mandou", ele respondeu. "Ou melhor, o sr. Raisin e a srta. Bennet. Foram os dois, isso."

"E quem, por obséquio, é o sr. Raisin?", perguntei.

Heckling coçou o queixo e, com a noite se aproximando, reparei que seu bigode escuro ficava cada vez mais acinzentado sob a luz da lua. "Advogado, o sujeito, é isso", ele disse.

"Advogado?", perguntei.

"Isso."

Pensei no assunto. "Mas advogado de quem?"

"Advogado de Gaudlin."

Não respondi; apenas amontoei os fatos na minha cabeça e tentei entendê-los. "O sr. Raisin é o advogado da família", eu disse, mais para mim do que para ele. "E deu ordens para me buscar na estação. Mas, então, quem é essa srta. Bennet? Irmã do senhor da casa, talvez?"

"Que senhor da casa?", perguntou Heckling e, sinceramente, já bastava daquela brincadeira.

"O senhor de Gaudlin", respondi, com um suspiro.

Heckling riu e depois pareceu ter se arrependido. "Não tem senhor nenhum em Gaudlin", ele disse, enfim. "Não mais. A senhora cuidou disso, foi sim."

"Não há um senhor?", perguntei, tentando entender qual seria a brincadeira tola que ele estava fazendo comigo. "É claro que há um senhor. Deve haver. Quem pode ser essa srta. Bennet, então, se não for parente do senhor da casa? Foi ela quem me contratou, afinal. Imaginei que fosse o responsável pela casa, mas, pelo que me disse, parece que não."

"A srta. Bennet era só uma governanta", ele disse. "Como a senhorita. Nada mais, nada menos."

"Mas isso é ridículo. Por que a governanta faria um anúncio em busca de uma nova governanta? Vai muito além das responsabilidades dela."

"Ela estava indo embora, foi isso", explicou Heckling. "Mas ela não ia embora antes de encontrar outra. Eu levei ela de charrete para a estação, ela desceu, falou para esperar, disse que a senhorita viria logo e aqui está. Para pegar o lugar dela. A Winnie aqui não teve nem dez minutos para descansar."

Reclinei-me no assento, boquiaberta, sem saber como lidar com aquelas informações. Parecia absurdo. De acordo com aquele homem, Gaudlin Hall não tinha um patriarca, e meu cargo tinha sido anunciado pela ocupante anterior, que, sabendo da minha chegada ao condado, achou adequado ir embora de imediato. Que sentido poderia ter tudo aquilo? Decidi que aquele homem era louco, ou bêbado, ou ambos, e resolvi que não falaria mais sobre o assunto e ficaria apenas ali sentada, guardando minhas opiniões para mim. Esperaria até chegarmos ao nosso destino, onde certamente todas as questões seriam esclarecidas.

E, então, lembrei. H.B. A mulher que trombou comigo na estação. Devia ser ela. H. Bennet. Olhou para mim e pareceu saber quem eu era. Deve ter ficado à procura de uma moça que se encaixava no perfil, resolvido que era eu e então fugido. Mas por que faria uma coisa dessas? Era um comportamento muito esquisito. Quase incompreensível.

6

Devo ter cochilado logo depois disso. Caí em um sono instável e sem conforto. Sonhei que estava de volta à minha escola, ou melhor, alguma coisa que parecia com a St. Elizabeth's, mas não idêntica, e a sra. Farnsworth estava lá ensinando minhas pequeninas; papai estava sentado na última fileira, envolvido em uma conversa com alguém que identifiquei ser a srta. Bennet, apesar de não ter as mesmas características físicas da mulher na plataforma, que era robusta e ruiva; no meu sonho, era morena e muito bonita, com traços mediterrâneos. Ninguém falava comigo — era como se nem me vissem ali —, e a partir daí as coisas ficaram mais nebulosas e se transformaram (daquele jeito dos sonhos) em uma mistura de estranheza e mistério. Creio ter dormido por um tempo considerável, pois, quando acordei, estava bem mais escuro, já era noite; fazíamos uma curva em uma estrada estreita que depois se abriu para revelar um extraordinário portão duplo de ferro.

"Gaudlin Hall à frente", disse Heckling, parando a égua por um instante e indicando um lugar no horizonte, embora fosse impossível enxergar muito na escuridão na noite. Endireitei a postura no banco, ajustando minha saia sob o cobertor, sentindo um gosto amanhecido e seco na boca e um peso nos olhos. Àquela altura, minhas roupas estavam um tanto úmidas e lamentei o fato de que conheceria meus novos empregadores — quem quer que fossem — em um estado tão desalinhado. Nunca fui uma mulher atraente, mas cuidava da minha aparência para apresentar sempre o melhor aspecto possível; tais refinamentos agora estavam perdidos. Com sorte, depois de chegar, eles me dariam licença para ir ao meu quarto um instante para que eu pudesse fazer alguns ajustes mínimos.

Minha imagem de uma alameda comprida não estava errada e passaram-se alguns minutos até que a casa inteira estivesse à vista. Não era nenhuma Pemberley, claro, mas ainda assim era uma grandiosa mansão rural. Alta e imponente, a fachada tinha certo esplendor barroco, com duas alas que se estendiam a partir de um majestoso pórtico central; suspeitei que fosse do século XVII, uma daquelas casas cuja arquitetura foi influenciada pelas tendências europeias pós-Restauração. Perguntei-me quantos quartos haveria lá dentro (pelo menos uma dúzia, imaginei) e se o salão de baile — pois com certeza haveria um em uma casa daquele tamanho — ainda era usado. Naturalmente, eu não estava nada acostumada àquele estilo de vida, e me imaginar morando em tal lugar era emocionante. Ainda assim, havia também alguma coisa amedrontadora, uma melancolia que, supus, sumiria com a chegada da manhã. De qualquer forma, ao observar meu novo lar, senti um estranho ímpeto de pedir a Heckling que virasse a charrete e me levasse de volta a Norwich; eu me sentaria em um banco na estação Thorpe e esperaria até que o sol nascesse, para então voltar a Londres e esquecer aquela má ideia.

"Aqui, Winnie", disse Heckling quando paramos na frente da porta e ele desceu, as botas roçando o cascalho conforme foi até a traseira da charrete pegar minha mala.

Ao perceber que o homem não tinha educação suficiente para abrir a portinhola para mim, pus a mão na maçaneta para girá-la. Para minha surpresa, ela não cedeu nem um milímetro. Franzi as sobrancelhas, lembrando-me de como tinha sido fácil embarcar na charrete, mas agora a porta parecia chumbada no lugar.

"Vai ficar aí dentro?", perguntou Heckling — sujeito ignorante — do outro lado da charrete, sem fazer nenhuma menção de vir ajudar.

"Não consigo sair, sr. Heckling", respondi. "A portinhola parece estar emperrada."

"Não tem nada de errado com ela", ele disse, escarrando alguma imundice no chão. "É só girar, só isso."

Suspirei e pus a mão outra vez na maçaneta — onde estavam os modos daquele homem? —; conforme tentei girá-la, tive uma súbita lembrança de uma das minhas pequeninas, Jane Hebley, que certo dia decidiu não gostar da escola por algum motivo bobo e se recusou a sair do banheiro. Quando tentei abrir a porta pelo lado de fora, ela segurou firme a maçaneta e, com determinação admirável, conseguiu ficar lá dentro por vários minutos até eu conseguir arrombar a porta. Foi assim que me senti na charrete. Era uma noção absurda, claro, mas parecia que, quanto mais tentava girar a maçaneta, com mais empenho alguma força oculta a mantinha fechada pelo lado de fora. Se não estivesse ao ar livre e se Heckling não fosse a única alma à vista, eu juraria que alguém estava pregando uma peça.

"Por favor", eu disse, virando-me para encará-lo com irritação. "O senhor não pode me ajudar?"

Ele murmurou uma palavra vulgar, jogou minha mala no chão sem a menor cerimônia e contornou a charrete; eu o encarei, nervosa, tentando entender por que estava sendo tão detestável. Esperei pelo momento em que ele mesmo fosse tentar abrir a portinhola e visse que eu não era uma mulherzinha idiota que não sabia girar uma maçaneta, mas, para minha admiração, assim que ele colocou a mão ela se abriu com facilidade — com a mesma facilidade de quando eu tinha entrado na charrete, algumas horas atrás.

"Não é tão difícil", ele grunhiu, afastando-se, recusando-se até mesmo a oferecer a mão para me ajudar na descida, e eu apenas sacudi a cabeça, perguntando-me, afinal, qual era o meu problema. Eu tinha girado para o lado errado? Aquilo era ridículo. A portinhola estava selada. Eu não consegui abri-la. Mas ele conseguiu.

"Gaudlin Hall", ele anunciou ao caminharmos até a porta da frente. Puxou uma corda grossa e ouvi o sino tocar lá dentro. Então ele colocou minha mala no chão ao meu lado e me cumprimentou com um toque no chapéu. "Boa noite, dona governanta", ele disse.

"O senhor não vai entrar?", perguntei, surpresa por ser simplesmente largada ali daquele jeito, como se não passasse de uma bagagem.

"Nunca entro", ele respondeu, afastando-se. "Moro em outro lugar."

Para meu assombro, ele subiu na charrete e começou a descer a estrada; fiquei ali, boquiaberta, imaginando se todos os novos funcionários eram tratados daquele jeito.

Um instante depois, a porta se abriu e me virei, esperando ficar, enfim, frente a frente com meu novo empregador, quem quer que fosse ele ou ela.

Mas não era um homem nem uma mulher à porta, e sim uma menina. Tinha por volta de doze anos, supus — mais velha do que minhas pequeninas —, e a pele era bem branca; era muito bonita. Seus cabelos estavam enrolados em cachinhos que se estendiam até os ombros, talvez um pouco mais. Estava vestida com uma camisola branca, abotoada até o pescoço, que descia até os calcanhares; parada ali, com as velas do corredor a iluminando pelas costas, tinha uma aparência espectral que me deixou um tanto apreensiva.

"Olá", ela disse, baixinho.

"Boa noite", respondi com um sorriso, fingindo que não havia nada de incomum com a situação para me preocupar. "Eu não esperava que a porta fosse atendida por uma das crianças da casa."

"Ah, não? Quem esperava que atendesse? O primeiro-ministro?"

"Ora, um mordomo", respondi. "Ou uma criada."

A menina sorriu. "Vivemos tempos mais modestos", ela disse, depois de uma longa pausa.

Meneei com a cabeça; não pude pensar em uma resposta para aquilo. "Pois bem", eu disse. "Talvez seja melhor me apresentar. Sou Eliza Caine. A nova governanta."

A menina girou os olhos quase imperceptivelmente e então abriu a porta para me deixar entrar. "Foram só algumas horas", ela respondeu.

"Desde o quê?"

"Desde que a última foi embora. A srta. Bennet. Mas, pelo menos, ela se foi. Ela queria ir, com todas as forças. Mas não podia, claro. Não até encontrar alguém para ficar no lugar. Foi gentil da parte dela, acho. Merece crédito por isso. E cá está você."

Entrei sem saber o que achar daquele discurso inusitado. Ao olhar à volta, esperando que a mãe ou o pai descesse a escada (apesar do que Heckling dissera), fiquei impressionada com a magnificência da casa. Era muito tradicional, e nenhum centavo foi poupado na ornamentação — mas, apesar de tudo isso, parecia-me um lar decorado havia muitos anos, e talvez poucos esforços tinham sido feitos nos últimos tempos para mantê-la com aparência de nova. Ainda assim, era limpa e arrumada; a pessoa que tomava conta do lugar fazia um bom trabalho. A menina fechou a porta atrás de mim, que fez um som pesado; virei-me, assustada, e então tomei outro susto, pois, ao lado da entrada, usando um pijama também muito branco e asseado, estava um menininho, talvez quatro anos mais novo do que ela. Eu não o tinha visto antes. Será que estava escondido atrás da porta?

"Eliza Caine", disse a menina, tamborilando o dedo indicador na boca. "Que nome engraçado. Tão comum."

"Todos das classes trabalhadoras têm nomes assim, acho", comentou o menino, contraindo o rosto como se tivesse quase certeza de que aquilo era verdade, mas não absoluta. Olhei para ele, tentando entender se pretendia ser grosseiro, mas ele me ofereceu um sorriso tão amigável que concluí que apenas apontava o óbvio. Se fôssemos falar em termos de classes, creio que eu era, de fato, da classe trabalhadora. Afinal, estava ali para trabalhar.

"Você teve uma governanta quando era pequena?", ele então perguntou. "Ou foi para a escola?"

"Fui para a escola", respondi. "St. Elizabeth's, em Londres."

"Sempre quis saber como seria isso", disse a menina. "Eustace sofreria formidavelmente em uma escola normal, acho", ela acrescentou, indicando o irmão com a cabeça. "Ele é uma criança muito delicada, como você pode ver, e os meninos podem ser terrivelmente brutos. Foi o que ouvi dizer. Eu mesma não conheço nenhum menino. Além de Eustace, claro. Você conhece muitos meninos, srta. Caine?"

"Apenas os irmãos das meninas que ensino", respondi. "Ou ensinava. Eu era professora."

"Na mesma escola em que estudou quando era pequena?"

"Sim."

"Puxa vida", ela disse, com um sorriso quase malicioso. "É como se você nunca tivesse crescido. Ou não quisesse crescer. Mas é verdade o que falei, não é? Sobre os meninos? Eles podem ser terrivelmente brutos."

"Alguns", respondi, olhando à volta, perguntando-me se ficaríamos ali conversando a noite toda ou se eu seria convidada a conhecer meu quarto e apresentada aos adultos. "Então", eu disse, sorrindo para eles e tentando falar com uma postura autoritária. "Em todo caso, aqui estou. Você pode avisar sua mãe que cheguei? Ou seu pai? Eles podem não ter ouvido a charrete."

Reparei que o menino, Eustace, enrijeceu um pouco quando fiz a referência aos pais, mas não disse nada. Já a menina permitiu que seu comportamento fosse um pouco mais evidente; ela mordeu o lábio e desviou os olhos em uma expressão que se aproximava de constrangimento, mas não chegava a ser isso.

"Pobre Eliza Caine", ela disse. "Receio que tenha sido trazida para cá sob falso pretexto. Essa é uma expressão comum, não é?", acrescentou. "Vi em um livro faz pouco tempo e gostei de como soa."

"É uma expressão comum, sim", respondi. "Mas creio que não significa o que você acha que significa. Fui contratada para ser governanta de vocês. Seu pai publicou o anúncio no *Morning Post*." Eu não dava a mínima para o que Heckling tinha dito; a ideia de que a governanta anterior tinha colocado o anúncio era absurda.

"Acontece que não foi ele", disse a menina com leveza. Eustace se virou e grudou o corpo contra o dela, que pôs um braço em torno dele. Era verdade — Eustace era mesmo uma criança delicada. Fiquei com a sensação de que se machucava com facilidade. "Acho melhor nos sentarmos, srta. Caine", ela disse, mostrando o caminho para a sala. "Deve estar cansada da viagem."

Eu a segui, estupefata, achando graça e ao mesmo tempo perturbada com sua postura adulta. Esperou até que eu tivesse me sentado em um grande sofá antes de se acomodar em uma poltrona oposta a mim, como se fosse a senhora de Gaudlin, não a filha dos senhores da casa. Eustace ficou indeciso entre nós e então optou por se sentar na outra extremidade do sofá, onde ficou observando os dedos dos pés.

"Seus pais estão em casa, não estão?", eu disse, sentada diante dela, começando a me perguntar se aquela situação toda não era algum tipo de artimanha elaborada para enganar uma jovem assolada pelo luto, sem nenhum motivo aparente. Talvez todos fossem lunáticos na família.

"Receio que não", ela respondeu. "Somos apenas Eustace e eu. A sra. Livermore vem todos os dias para tomar conta das coisas. Ela sabe cozinhar um pouco e às vezes faz comida para nós. Espero que goste de carne cozida demais e legumes cozidos de menos. Mas ela mora no vilarejo. E você já conheceu Heckling, é claro. Ele tem uma cabana lá perto dos estábulos. Que homem desagradável, não concorda? Ele lembra um macaco. E tem um cheiro estranho, não tem?"

"Ele tem cheiro de cavalo", disse Eustace, sorrindo para mim, deixando à mostra o dente que faltava na frente, e não pude deixar de devolver o sorriso, apesar de todo o meu desconforto.

"Tem mesmo", respondi, e então me dirigi à irmã. "Desculpe", eu disse, meu tom refletindo minha dúvida. "Você não me disse seu nome."

"Não disse?"

"Não."

Ela franziu o cenho e concordou com a cabeça, esperando bastante tempo antes de responder. "Que rude da minha parte. Meu nome é Isabella Westerley. Eu o recebi em homenagem a uma das grandes rainhas da Espanha."

"Isabel de Castela", respondi, usando minha memória de professora.

"Essa mesma", ela confirmou, aparentando satisfação

por eu saber a quem se referia. "Acontece que minha mãe nasceu na Cantábria. Meu pai, por outro lado, nasceu aqui. Nesta casa."

"Então você é metade inglesa, metade espanhola?", perguntei.

"Sim, se quiser me dividir em frações", ela respondeu.

Encarei Isabella por um instante e então olhei à volta. Havia belos quadros no aposento — de antepassados da família, imaginei — e uma tapeçaria fascinante na parede que ficava de frente para o pátio. Ocorreu-me que eu gostaria de estudar aqueles objetos com mais cuidado no dia seguinte, sob a luz do sol.

"Mas vocês não...", comecei, sem saber como frasear aquilo. "Decerto não moram aqui sozinhos, não é? Só vocês dois?"

"Não, é claro que não", respondeu Isabella. "Somos pequenos demais para ficar sozinhos."

Suspirei aliviada. "Graças aos céus por isso", eu disse. "Então, se seus pais não estão aqui, quem está? Você pode chamar o adulto da casa?"

Para meu espanto, sem se mover nem um centímetro de onde estava sentada, Isabella abriu a boca e soltou um grito extraordinário e arrepiante. Ou melhor, achei que fosse um grito, até perceber que, na verdade, ela tinha berrado meu nome. Eliza Caine.

"O que foi isso?", perguntei, pousando a mão no peito de susto. Pude sentir meu coração acelerado. Olhei para Eustace, mas ele parecia impassível, apenas me observando, o branco dos olhos quase reluzente sob a luz das velas.

"Peço desculpas", disse Isabella, com um sorriso tênue. "Mas você pediu que eu chamasse o adulto da casa."

"E você chamou meu nome. *Gritou* meu nome, na verdade."

"*Você* é a adulta da casa", ela insistiu. "Agora que a

srta. Bennet se foi, você assumiu o lugar dela. É a única adulta responsável por aqui."

"Haha!", interveio Eustace, rindo de leve e sacudindo a cabeça, como se a afirmação da irmã não fosse algo em que ele acreditasse por completo. E ele não era a única pessoa que parecia abismada. Eu não conseguia encontrar um sentido naquilo.

"Mas o anúncio...", comecei, já exausta por ter que explicar a situação.

"Foi encomendado pela srta. Bennet", interrompeu Isabella. "Eu já disse. Você é a substituta dela."

"Mas quem é o responsável? Quem, por exemplo, pagará meu salário?"

"O sr. Raisin."

Aquele nome outra vez. Sr. Raisin, o advogado. Então Heckling não estava mentindo sobre *tudo*.

"E onde está esse sr. Raisin, posso saber?"

"Ele mora no vilarejo. Posso mostrar onde amanhã, se você quiser."

Olhei para o relógio de pêndulo, uma bela peça que estava em um canto da sala. Já tinha passado das dez da noite.

"O sr. Raisin paga por tudo", continuou Isabella. "Ele paga a governanta, a sra. Livermore e Heckling. É ele quem nos dá nossas mesadas."

"E ele presta contas aos seus pais?", perguntei, e, dessa vez, Isabella deu de ombros e desviou o olhar.

"Você deve estar cansada", ela disse.

"Sim, estou", concordei. "Foi um dia muito longo."

"Está com fome? Deve ter alguma coisa na cozinha, se..."

"Não", eu disse, sacudindo a cabeça e me levantando abruptamente. Já bastava de tudo aquilo para uma única noite. "Não, o movimento da charrete perturbou um pouco meu estômago. Talvez seja melhor você me mostrar meu quarto. Uma boa noite de sono resolverá tudo, e amanhã poderei encontrar o sr. Raisin e entender o que está acontecendo."

"Como quiser", respondeu Isabella, levantando-se. No mesmo instante, Eustace também se levantou e se agarrou a ela. A menina sorriu para mim, aquela expressão de dona da casa mais uma vez estampada em seu rosto. "Queira me acompanhar."

Subimos as escadas. Era uma escadaria tão esplêndida e sofisticada que não resisti e passei a mão no mármore da balaustrada. O tapete sob nossos pés também era de qualidade excepcional, apesar de parecer intocado por muitos anos, assim como tudo ali.

"Eustace e eu dormimos no primeiro andar", disse Isabella, indicando alguns quartos no final do corredor, difíceis de ver naquele momento, pois apenas a menina carregava uma vela. "Você fica no andar de cima. Espero que se sinta confortável. De verdade."

Olhei para ela, na dúvida se estava tentando ser engraçada, mas seu rosto tinha uma expressão estoica. Continuamos a subir, Isabella com o candelabro três passos à frente de Eustace, ele três passos à minha frente. Vi seus pés descalços de relance. Eram pequenos, e ele tinha dois machucados nos calcanhares, como se usasse sapatos que eram um número menor. Quem cuidava desse menino, perguntei-me, se não havia nenhum adulto por perto? "Por aqui, Eliza Caine", disse Isabella, seguindo por um corredor antes de abrir uma grande porta de carvalho e entrar em um quarto. Ao passar pela porta um instante depois, fiquei agradecida por ela ter usado a vela que carregava para acender as outras três espalhadas pelo aposento e olhei o entorno, agora enxergando um pouco mais. Era um quarto muito bonito, grande e arejado, nem frio nem quente, e a cama parecia confortável. Minha inquietação se dissipou e senti uma disposição favorável pelas crianças e por aquele lugar. Tudo ficaria bem de manhã, decidi. As coisas ficariam claras.

"Então, boa noite", disse Isabella, seguindo para a porta. "Espero que durma bem."

"Boa noite, srta. Caine", completou Eustace, acompanhando a irmã; sorri e cumprimentei ambos com a cabeça, desejei uma boa noite de sono e disse que estava ansiosa para conhecê-los melhor pela manhã.

Quando estava sozinha — pela primeira vez desde que saí de casa naquela manhã —, sentei-me na cama por um instante e respirei fundo, aliviada. Olhei à volta, sem saber se devia cair no choro pela bizarrice daquele dia ou dar risada do absurdo de tudo aquilo. Quando enfim abri as fivelas da minha mala, decidi que por enquanto não tiraria as roupas para guardá-las no armário e na cômoda. Aquilo, decidi, podia esperar até de manhã. Em vez disso, peguei somente minha camisola e a vesti, satisfeita por me livrar das roupas molhadas, e me lavei um pouco na bacia com uma jarra de água que estava em uma mesa de canto. Abri as cortinas para observar a paisagem e fiquei contente ao descobrir que meu quarto era na frente da casa, com vista para o gramado. Tentei abrir as janelas altas para respirar o ar noturno, mas estavam seladas, e nenhuma pressão que eu fizesse nos trincos pôde abri-las. Vi a alameda pela qual eu e Heckling subimos, serpenteando para longe, e a meia-lua reluzia sobre parte da propriedade, agora totalmente vazia. Aliviada, subi na cama, apreciando as molas do colchão e a maciez dos travesseiros. Tudo ficará bem, disse a mim mesma. Tudo sempre fica melhor depois de uma boa noite de sono.

Apaguei a última vela no criado-mudo e puxei o lençol até os ombros, fechando os olhos e permitindo que um bocejo monstruoso saísse da minha boca. À distância, ouvi um bramido bastante desagradável e me perguntei se seria Winnie, preparando-se para dormir, mas então ouvi outra vez e pude perceber que não era o som de uma égua e então pensei que deveria ser o vento passando pelas árvores, pois agora havia um vento intenso, e a chuva começou a martelar na minha janela. Mas resolvi que aquilo não me deixaria acordada, independente de quão horrível fosse o barulho — mais parecido com uma mulher sendo estrangulada do que qualquer outra coisa —, pois eu estava cansada e chateada depois da jornada e da confusão com os três residentes de Gaudlin que tinha conhecido até então.

Fechei os olhos e suspirei, esticando meu corpo, minhas pernas descendo e descendo por baixo das cobertas; esperei o momento em que meus dedos dos pés encostariam na armação de madeira da cama, mas eles não encostaram, e sorri ao perceber que a cama era mais comprida do que eu; poderia me esticar o quanto quisesse, e foi o que fiz, satisfeita ao sentir meus membros doloridos relaxarem conforme chegavam o mais longe que conseguiam, os dedos dos pés dançando sob os lençóis, uma sensação de alívio muito prazeroso, até que duas mãos agarraram meus tornozelos com força, os dedos apertando meus ossos com agressividade conforme me puxaram para baixo na cama e eu perdi o ar, arrastando-me para cima o mais rápido que pude, tentando entender que tipo de pesadelo terrível era aquele. Joguei-me para fora da cama, abri as cortinas e arranquei todas as cobertas, mas não havia nada lá. Fiquei parada, com o coração acelerado. Não tinha sido minha imaginação.

Duas mãos tinham agarrado meus tornozelos e me puxado — eu ainda podia senti-las. Olhei para a cama sem acreditar, mas, antes que pudesse organizar meus pensamentos, a porta se abriu de repente e uma luz cortante preencheu o corredor; havia uma figura branca e fantasmagórica à minha frente.

Isabella.

"Você está bem, Eliza Caine?", ela perguntou.

Arfei e corri até a menina e o conforto da vela. "Tem alguma coisa...", comecei, sem saber como explicar. "Na cama, tinha... Eu senti..."

Ela entrou no quarto e segurou a vela sobre a cama, examinando-a de cima a baixo, do travesseiro até a base. "Está vazia", disse. "Você teve um pesadelo?"

Pensei em tudo aquilo. Um pesadelo era a única explicação que fazia sentido. "Deve ter sido isso", respondi. "Achei que ainda estava acordada, mas devo ter caído no sono. Desculpe por ter acordado você. Não sei... Não sei o que deu em mim."

"Você acordou Eustace, sabia? Ele tem o sono muito leve."

"Peço desculpas", repeti.

Ela levantou uma das sobrancelhas, como se estivesse na dúvida se faria a bondade de me perdoar, e então fez apenas um cumprimento educado com a cabeça e me deixou sozinha, fechando a porta atrás de si.

Fiquei um bom tempo ao lado da cama até conseguir me convencer de que devia ter sido minha imaginação pregando peças. Enfim, deixando as cortinas abertas para permitir que a luz da lua entrasse, subi mais uma vez na cama, puxei os lençóis para me cobrir e me permiti esticar as pernas de novo, bem devagarzinho, sem que encontrassem nada além dos lençóis macios.

Fechei os olhos, sem a menor dúvida de que nunca conseguiria dormir, mas a exaustão deve ter me vencido, pois, quando acordei, o sol brilhava através da janela, a chuva e o vento tinham se dissipado e um novo dia — meu primeiro dia em Gaudlin Hall — começou.

7

O fato de minha primeira manhã em Gaudlin ter sido clara e ensolarada foi um alívio e também uma surpresa, pois eu não esperava que uma noite de chuva pesada tivesse uma consequência tão agradável. Não sabia nada sobre o clima de Norfolk, claro, e esse talvez fosse o resultado corriqueiro de uma tempestade noturna, mas, mesmo com esforço, não consegui me lembrar da última vez que tinha acordado com um céu tão limpo e condições tão agradáveis. Em Londres, havia sempre a tenebrosidade de uma neblina onipresente, o cheiro de carvão em brasa, a sensação de que o corpo estaria coberto por algum resíduo parasita repulsivo e dissimulado, que penetraria nos poros e se instalaria sob a pele, um assassino à espreita; mas ali, olhando pelas imensas janelas o terreno que cercava a casa, senti que, se corresse lá fora e enchesse meus pulmões com o ar saudável e confiável do campo, todos os meus traumas da última semana começariam a se dissolver e deixariam de ameaçar meu estado emocional.

Foi essa sensação otimista que melhorou meu humor; senão, eu teria sofrido de receio e solidão. Mas tivera, quem diria, uma boa noite de sono; os inúmeros acontecimentos desagradáveis do dia anterior — a proximidade da morte na estação de trem, a dificuldade de conversar com Heckling, a incerteza em relação aos meus empregadores, aquele pesadelo esquisito na cama (pois agora eu tinha certeza de que só poderia ter sido um pesadelo, uma fantasia nascida da exaustão e da fome) — pareceram muito distantes. Eu estava determinada que aquele dia, o primeiro da minha vida longe de Londres, seria um bom dia.

O cheiro de comida me conduziu por uma série de cômodos interligados no térreo, o aroma mais forte a cada aposento que eu passava. A sala onde estive com as crianças na noite anterior; uma sala de jantar bastante ornamentada, com uma mesa que poderia receber vinte pessoas; uma pequena sala de leitura banhada por uma luz maravilhosa; um corredor cujas paredes eram decoradas por aquarelas de borboletas; e, enfim, a cozinha. Não sabia onde os Westerley faziam o desjejum, pois não tinha sido convidada para um tour completo pela casa, mas tive certeza de que, se seguisse meu nariz, encontraria a família toda desfrutando do café da manhã, preparando-se para me dar boas-vindas, e toda aquela confusão sobre os pais de Isabella e Eustace seria esclarecida.

Entretanto, surpreendi-me ao encontrar a cozinha deserta, mesmo que o cheiro no ar deixasse claro que alguém estivera ali havia pouco, preparando o desjejum.

"Olá?", chamei, indo para a despensa em busca da cozinheira. "Tem alguém aqui?"

Mas não, não havia. Olhei à volta; as prateleiras estavam bem supridas. Havia verduras e frutas frescas em cestas e também um depósito refrigerado que, quando aberto, revelou cortes de carnes e aves guardados em potes de vidro. Uma tigela com ovos marrons estava sob a janela, perto de um pão de castanhas do qual algumas fatias já tinham sido tiradas. Parada por um instante e pensando o que fazer em seguida, meu foco de atenção se desviou para a impressionante janela românica em arco; através dela, vi uma corpulenta senhora de meia-idade, com o que parecia ser um uniforme elegante de empregada, andando pelo cascalho na direção dos estábulos de Heckling, com uma cesta bem cheia na mão esquerda; um casaco e um chapéu adornavam sua ampla figura. Perguntei-me se aquela seria a sra. Livermore, à quem Isabella tinha se referido na noite anterior. Não procurei saber quem era ela na ocasião, supondo que se tratava de algum tipo de criada, mas a maneira como essa senhora estava vestida sugeria que era a responsável pela administração da casa.

Fui até a porta da copa, mas tive dificuldade com a chave na fechadura, que era dura e parecia não querer sair do lugar — assim como as janelas do meu quarto, que tentei em vão abrir outra vez de manhã. Mas forcei a porta e enfim consegui sair, no mesmo instante em que a senhora fez a curva na casa e desapareceu de vista. Eu a chamei, esperando que me ouvisse e voltasse alguns passos; ela não o fez. Por isso, segui em sua direção em ritmo rápido, determinada a alcançá-la. Alguns momentos depois, quando eu mesma fiz a curva, ela tinha sumido por completo. Olhei à volta, estupefata — não parecia haver nenhum lugar para onde ela pudesse ter ido, e ela tampouco teria conseguido chegar ao outro extremo da propriedade em um intervalo de tempo tão curto. O fato era: ela estivera ali em um momento e desapareceu no seguinte. Olhei para minha esquerda, para além de um grupo de árvores; a égua, Winnie, estava parada e quieta ao lado dos estábulos, olhando para mim, encarando-me de um jeito que me incomodou. Confusa, não consegui pensar em mais nada a fazer além de dar meia-volta e entrar pela porta da copa outra vez.

Para minha frustração, ela tinha se fechado e trancado por dentro — como isso era possível, eu não sabia dizer, pois tinha deixado a porta escancarada e não havia nenhum tipo de brisa para fechá-la —, o que não me deixou alternativa senão contornar Gaudlin Hall até a porta da frente, que estava misericordiosamente destrancada, e retraçar meu caminho pela casa até onde eu tinha começado.

Sentei-me à mesa da cozinha e franzi o cenho, imaginando o que deveria fazer a seguir. Prepararia meu próprio desjejum? As crianças já tinham comido? Aliás, já estavam acordadas, ou era esperado que eu as acordasse? Tinha quase decidido voltar ao andar de cima e bater na porta de Isabella quando, para meu horror, duas mãos agarraram meus tornozelos por baixo da mesa, quase como a criatura nefasta da minha fantasia tinha feito na noite anterior, mas, antes que eu pudesse gritar ou pular da cadeira, vi um menininho embaixo da mesa, que engatinhou para fora com um sorriso endiabrado no rosto.

"Eustace", eu disse, sacudindo a cabeça e levando a mão ao peito. "Você me deu um susto."

"Não tinha me visto embaixo da mesa?"

"Não", respondi, sorrindo. Era impossível ficar brava com ele. "Achei que estivesse sozinha."

"Ninguém nunca está sozinho em Gaudlin Hall", ele disse. "A srta. Harkness dizia que daria o mês inteiro de salário por um único dia de paz e silêncio."

"Prefiro companhia", respondi. "Se quisesse solidão, teria ficado em Londres. E olhe só para você", acrescentei depois de um momento, levantando-me e observando-o da cabeça aos pés. "Como está bonito!"

Era verdade; ele estava muito bem-arrumado. Usava belas calças brancas e camisa e gravata também brancas, além de um casaco de sarja azul que me dava vontade de estender a mão para sentir a textura, do mesmo jeito que o colete do sr. Dickens, uma semana antes, me fez querer sentir na ponta dos dedos um material tão caro como aquele.

Eustace tinha tomado banho; eu podia sentir o cheiro gostoso de sabonete que vinha do seu corpo. Os cabelos tinham sido penteados com cuidado, divididos na lateral, e um pouco de pomada fora aplicado neles. Era como se fosse para um evento de família ou uma missa, tão respeitável era seu aspecto.

"Mamãe gosta que eu me vista bem todo dia", ele disse, em tom de confidência, inclinando-se um pouco para a frente, apesar de não haver mais ninguém na cozinha. "Ela diz que é a diferença de ser um cavalheiro, se vestir em casa como se fosse sair. Afinal, nunca se sabe quem pode aparecer."

"É verdade", respondi. "Mas, quando eu era menina, não muito mais velha do que você, preferia usar minhas roupas batidas quando sabia que não planejávamos receber visitas. Ficava mais à vontade com elas. Não se sente desconfortável com tanto refinamento? Especialmente em um dia como hoje, assim quente?"

"É o que mamãe prefere", ele insistiu e se sentou na cadeira ao lado da minha. "Você gostaria de tomar café da manhã? Deve estar com fome."

"Estou", admiti. "Mas não consegui encontrar a cozinheira em lugar nenhum."

"Não temos cozinheira", disse Eustace. "Não mais. A gente tinha, claro. Srta. Hayes era o nome dela. Cheirava a sopa e estava sempre tentando bagunçar meu cabelo. Tive que falar para ela parar. É tomar liberdade demais, você não acha? Mas era uma cozinheira muito boa", ele acrescentou, meneando com sabedoria. "De qualquer jeito, ela foi embora. Partiu. Depois, quero dizer."

"Depois?", perguntei, mas ele apenas deu de ombros e desviou os olhos. "Ora, então quem prepara as refeições, se vocês não têm ajuda?"

"A governanta, quase sempre. Ou Isabella. Minha irmã

até que é uma boa cozinheira, sabe? Fico provocando que ela vai ser uma criada um dia, mas, sempre que eu faço isso, ela me bate, então acho que eu devia parar."

Olhei à volta, pasma, suprimindo o impulso de rir daquela situação intolerável. Eu seria obrigada a assumir todas as funções daquela casa? Não houve menção nenhuma à necessidade de cozinhar no anúncio, mas eu já tinha começado a perceber quão enganoso tinha sido aquele classificado.

"Mas isso é insustentável", declarei, jogando minhas mãos para cima. "Não sei onde fica nada, não sei o que vocês gostam de comer. E tinha alguém cozinhando aqui esta manhã, disso não tenho dúvida. Ainda posso sentir o cheiro."

"Ah", disse Eustace, indo até o forno e abrindo a porta para olhar lá dentro. "Você tem razão. Veja! Tem dois cafés da manhã esperando por nós aqui dentro. Oba! Isabella deve ter preparado. Ela pode ser muito atenciosa, quando não está sendo violenta. Vamos comer, antes que fiquem nojentos."

Não pude evitar uma risada. Que coisa mais estranha de dizer, pensei. De qualquer forma, havia dois pratos de comida no forno; peguei ambos usando um pano de prato para proteger as mãos e coloquei sobre a mesa. Não era nada muito elaborado: duas linguiças, fatias de bacon e ovos mexidos. Qualquer pessoa poderia ter feito aquilo; porém, de alguma maneira, pensando que tinha sido Isabella, pareceu-me quase intragável. Talvez tivesse passado tempo demais dentro do fogão.

"E quanto a Heckling?", perguntei quando começamos a comer, esforçando-me para que minha primeira pergunta soasse inocente e, assim, a segunda fosse respondida. "Onde ele come?"

Eustace deu de ombros. "Nos estábulos, imagino", ele disse. "Com os cavalos."

"E aquela senhora? A empregada?"

"Que empregada?"

"Eu a vi hoje de manhã, andando pelo jardim. Onde ela come?"

"Não temos empregada."

"Ora, não diga mentiras, Eustace", eu disse a ele, tentando manter um tom leve. "Eu a vi, não faz nem dez minutos. Saí atrás dela, mas a perdi de vista."

"Não temos empregada", ele insistiu.

"Então, quem era a senhora com a sacola e o uniforme que passou pela janela da copa? Simplesmente imaginei a existência dela?"

Ele não disse nada por um instante e resolvi não pressioná-lo. Que responda em seu próprio tempo, decidi. Mas não fale com ele antes disso.

"Não sei muito sobre ela", Eustace disse, enfim. "Ela aparece e vai embora, só isso. Não tenho permissão para falar com ela."

"Quem disse?"

"Minha irmã."

Pensei por um momento. "E por quê?" perguntei. "Isabella e a sra. Livermore não se dão bem? O nome dela é sra. Livermore, não é? Isabella mencionou ontem à noite."

Ele concordou com a cabeça.

"Elas não são amigas?", continuei. "Existe algum desentendimento entre as duas?"

"Não sei por que você acha que somos crianças más", disse Eustace de repente, fechando o rosto ao pousar a faca e o garfo na mesa. Ele se levantou e me encarou com uma expressão sombria. "Acabou de nos conhecer. Acho muito injusto me chamar de mentiroso e dizer que minha irmã é briguenta, sendo que nem nos conhecia na manhã de ontem."

"Mas eu não acho isso, Eustace, de jeito nenhum", respondi, ruborizando de leve. "Você é um menino muito educado, não tenho dúvida. Não foi minha intenção ferir seus sentimentos. Eu estava apenas... ora, não sei, mas peço desculpas mesmo assim. E estou certa de que, se Isabella e a sra. Livermore não são amigas, deve haver algum motivo para isso. Ela parece ter tão boas maneiras quanto você."

"Mamãe acredita que devemos falar bem e agir com decoro", ele respondeu. "Ela insiste nisso. Não permite que nenhum de nós dois seja malcriado. Ela fica muito brava quando somos."

"E onde ela está, sua mãe?", perguntei, imaginando que ele talvez me oferecesse mais informações, agora que a confusão da noite anterior tinha passado. "Estou muito ansiosa para conhecê-la."

Ele se virou em outra direção e respirou com força. "Você não vai comer seu café da manhã?", ele perguntou. "Vai esfriar, e aí não vai prestar."

Baixei os olhos para minha refeição, mas a imagem dos ovos escorrendo pela carne causou certo mal-estar no meu estômago. "Acho que não, não agora", eu disse, afastando o prato de mim. "Meu estômago ainda me incomoda um pouco por causa da viagem de ontem. Como alguma coisa mais tarde."

"Isabella ficará ofendida", ele disse, com voz grave, e eu o encarei, sem saber como responder.

"Bom", eu disse, enfim. "Então vou ter que pedir desculpas, não vou?" Sorri e me inclinei para a frente, tentando conquistar sua amizade. "E por que é que você está tão preocupado? Ela tem uma língua venenosa? Vai me repreender?"

"Claro que não", ele respondeu, afastando-se. "Ela não dirá nada."

"Nada?"

"Isabella diz que nunca devemos falar o que estamos pensando."

"Nunca? Por quê?", perguntei. Ele continuou a respirar com intensidade e baixou os olhos para a mesa, cutucando uma fenda na madeira com o polegar. "Eustace", insisti. "Por que não pode falar o que está pensando?"

"Isabella diz que é melhor não falarmos sobre isso com ninguém", ele murmurou.

"Falar sobre o quê?" Eu olhava fixo para ele, com uma vontade arrebatadora de sacudi-lo. "Do que está falando? O que não está me contando?"

Ele levantou os olhos para mim, as íris marrons flutuando em mares brancos que poderiam derreter os corações mais enrijecidos, e abriu a boca, mas a fechou logo em seguida conforme seu olhar me indicou que alguma coisa, ou alguém, estava atrás de mim.

Saltei da cadeira, assustada, e me virei, praguejando em silêncio. A menina estava tão perto de mim que não entendi como pude não sentir sua presença antes.

"Bom dia, Eliza Caine."

"Isabella", balbuciei, arfando por causa do susto. Ela estava tão arrumada quanto o irmão — seu vestido de renda parecia adequado para ir a um casamento ou a uma sessão no tribunal, e seus cabelos estavam soltos nos ombros, penteados com cuidado. "Não ouvi você entrar."

"Espero que Eustace não esteja entediando você com historinhas bobas", ela disse, perfeitamente imóvel, sua expressão a de mais pura tranquilidade. "Garotinhos podem ser terrivelmente dramáticos, não concorda? Inventam coisas o tempo todo. E mentem. É um fato científico. Li sobre isso em um livro."

"Eu não minto", insistiu Eustace. "E não sou um garotinho. Tenho oito anos."

"Isso é pouco", eu disse, virando-me para ele, que franziu o cenho, contrariado. Arrependi-me no mesmo instante do que tinha dito; teria sido mais gentil apenas concordar com ele.

"Se não vai comer", interveio Isabella, indicando minha comida, "devo levar para os cachorros? Eles moram com Heckling, lá perto dos estábulos, e gostariam muito, diferentemente de você. Afinal, é um pecado desperdiçar comida."

"Sim, você está certa", respondi. "Fico muito agradecida por ter feito isso para mim, mas receio não estar com muita fome hoje."

"Vocês, governantas, nunca têm fome", ela disse, pegando o prato da mesa e indo em direção à porta de serviço. "É uma coisa extraordinária. Não sei como conseguem continuar vivas."

"Isabella!", gritou Eustace, e eu o encarei, alarmada por ele parecer tão horrorizado com aquela escolha de palavras; quando olhei de volta para sua irmã, até mesmo ela parecia um tanto desconcertada.

"Eu só quis dizer que...", ela começou, sua compostura desaparecendo pela primeira vez. "É óbvio que eu não..." Ela sacudiu a cabeça em um movimento rápido, como se estivesse apagando toda a memória da conversa, e então sorriu para mim. "Vou levar para os cachorros", repetiu. "Eles vão ficar contentes e vão me considerar a melhor amiga que já tiveram."

Com isso, ela desapareceu para o jardim, deixando Eustace e eu sozinhos outra vez. Ele parecia continuar escandalizado pelo que a irmã tinha dito, o que considerei certo exagero. Era apenas uma figura de expressão, afinal, ela não teve má intenção. Fui até a pia e abri a torneira, lavando minhas mãos sob a água gelada.

"Você pode me dizer onde fica o escritório do sr. Raisin?", perguntei. "O advogado que sua irmã mencionou ontem à noite?"

"Em algum lugar no vilarejo, acho", disse Eustace. "Eu nunca fui, mas tenho certeza de que ele tem um escritório lá."

"E fica longe? O vilarejo?"

"Ah, não. E é uma estrada reta, impossível se perder. Quer conversar com ele?"

Concordei com a cabeça. "Acho que é importante", eu disse. "Especialmente considerando que seus pais não estão aqui para me receber. Acho que vou para lá agora mesmo. Quanto tempo devo levar a pé?"

"Há uma dresina no pátio da frente", ele respondeu. "Pode usar, se quiser. Você vai chegar em uns quinze minutos, se for com ela."

Uma dresina! Eu gostava da ideia. A sra. Farnsworth usava uma para ir à escola todas as manhãs, ignorando os olhares londrinos que acreditavam que uma senhora não deveria ser vista com tal geringonça; eu era tão fascinada por aquilo que ela me permitiu usar em diversas ocasiões, e consegui aprender os comandos rudimentares com rapidez. Subir numa agora parecia uma promessa de aventura, e o ar fresco da manhã me faria muito bem. Talvez me ajudasse a esquecer algumas das tolices que vinham me incomodando.

"E o que você vai fazer esta manhã, Eustace?", perguntei. "Enquanto eu estiver fora, quero dizer?"

"Tenho tarefas", ele disse, usando seu tom de voz misterioso outra vez, então se levantou de repente e saiu da cozinha. Eu ri. Ele era um rapazinho peculiar, mas já gostava dele.

8

Segui por fora até a frente da casa, onde, exatamente como tinha dito Eustace, uma dresina estava apoiada em uma das colunas, a pesada estrutura de madeira sustentada por duas rodas robustas. Eu a posicionei na alameda, joguei uma das pernas por cima do banco e comecei a descer pelo caminho, ouvindo o cascalho sendo esmagado embaixo de mim. Para meu espanto, considerando que estava em Gaudlin Hall havia pouco mais de doze horas, tive uma curiosa sensação de alívio conforme aumentou a distância entre mim e a casa.

Eustace não se enganou nas orientações de trajeto e tempo. A viagem para o vilarejo foi agradável, e meu ânimo melhorava cada vez mais conforme seguia pelas vielas sinuosas, os campos recém-colhidos mudando para verde ao lado, o ar fresco acariciando meu rosto e dando uma sensação de bem-estar. Por que alguém optaria por viver em Londres, perguntei-me, naquela Londres suja, castigada pela neblina, sufocada pela fumaça, com assassinos, prostitutas e criminalidade em todos os cantos? O rio serpenteante e fedorento poluindo os corpos, o palácio vazio em luto pela rainha ausente, o clima calamitoso, os trabalhadores em greve, a imundice das ruas. Ali, em Norfolk, era quase como se eu estivesse em outro mundo. Era idílico. A região campestre oferecia algo distinto da experiência deprimente da noite anterior na mansão. Havia alguma coisa muito mais enriquecedora a ser descoberta naquelas terras e, conforme fiz a última curva e a estrada se abriu e se transformou em um vilarejo rural pitoresco, senti, pela primeira vez desde a morte de papai, que o mundo era um lugar bom e que meu papel nele seria valorizado.

Ao chegar ao vilarejo, deixei a dresina apoiada na cerca da igreja e observei o entorno, curiosa para descobrir que tipo de lugar era minha nova cidade. Eu estava ali para encontrar o escritório do sr. Raisin, claro, mas não havia pressa, portanto explorar um pouco aquela locação desconhecida parecia apropriado. A própria igreja era notável; não muito grande, mas com uma arquitetura inteligente que aproveitava o terreno ao máximo, e passei lá dentro para examinar as esculturas, o sofisticado trabalho no teto e uma imensa janela de vitral que mostrava uma imagem de Moisés no topo do monte Sinai, tirando as sandálias e desviando o olhar conforme o rosto de Deus aparecia no arbusto em chamas diante dele. Era lindíssimo, e me perguntei se o vitralista seria um habitante local ou se a janela tinha sido importada. Lembrei-me de certa vez, quando era criança, que papai me levara a Whitefriars para ver a fábrica da James Powell & Sons. A complexidade das obras me fascinara, assim como a pequena imagem de monge que colocavam nos cantos, como assinatura. Reclinei-me para ver se alguma marcação semelhante tinha sido incluída no vitral e reparei na imagem de uma borboleta, semelhante àquelas que observei no corredor de Gaudlin Hall; imaginei que se tratava de um inseto característico da região. Papai saberia dizer, claro.

A igreja estava em silêncio; a única pessoa ali era uma

senhora idosa sentada na ponta de um dos bancos na metade do corredor, que se virou para olhar para mim, meneou com a cabeça e sorriu, mas então pareceu mudar de ideia, pois sua expressão se fechou e ela desviou os olhos. Não me incomodei com o gesto — ela parecia estar perto dos noventa anos e sua cabeça talvez estivesse um tanto fora do lugar — e continuei a caminhar pela nave até que encontrei uma pequena capela, com espaço para talvez uma dúzia de fiéis à frente de um altar simples, e me sentei. Olhando à volta, fiquei chocada com a natureza repulsiva de algumas das esculturas, criaturas ferozes com olhos insanos que me encaravam, grifos e ogros, figuras que pareciam mais adequadas para o folclore medieval do que para um lugar de culto.

Ouvi passos se aproximarem atrás de mim, mas, quando me virei, um calafrio percorrendo meu corpo, eles ficaram mais baixos, até que sumiram. A senhora idosa não estava mais lá, mas os passos não poderiam ter sido dela, pois havia uma bengala apoiada ao seu lado no banco, e os passos que escutei eram vigorosos e jovens.

Levantei-me e andei pelo corredor até um atril, sobre o qual havia um livro aberto, uma coletânea de versos bíblicos, um para cada dia do ano. Li o daquele dia. *Então ouvi o Senhor dizer aos outros homens: "Sigam-no pela cidade e matem todos cujas frontes não tenham a marca. Não ofereçam misericórdia! Não demonstrem piedade! Aniquilem todos — idosos e jovens, meninas, mulheres e crianças. Mas não toquem em ninguém com a marca".*

Os versos me perturbaram e me virei quando um órgão na galeria superior começou a ser tocado e então subitamente parou. Senti que já tinha passado tempo suficiente lá dentro; fui depressa para a saída e entrei no cemitério, onde examinei as lápides, a maioria de pessoas idosas, algumas poucas crianças desafortunadas, um túmulo mais recente para uma jovem cujo sobrenome era Harkness, que falecera havia apenas alguns meses. Ela era dois anos mais velha do que eu, pobrezinha, e senti uma onda de desconforto diante daquele lembrete de mortalidade. Parei por um segundo — por que aquele nome me pareceu importante? Minha memória não ajudou, e continuei a caminhar.

De volta à rua, reparei em uma pequena casa de chá numa esquina e, ao me dar conta de quão faminta estava — pois mal comera o café da manhã que Isabella tinha preparado para mim —, entrei e pedi um bule de chá e um bolinho com um pouco de geleia de groselha, que era feita ali mesmo.

"Nova aqui na região, senhorita?", perguntou a jovem atrás do balcão, ao me servir. Ela tinha um aspecto rústico, resultado de uma infância dedicada a trabalhos manuais, pensei, mas sua expressão era acolhedora, como se estivesse contente por ter companhia. As covinhas nas bochechas lhe garantiam algum charme, mas seus olhos eram estrábicos; o esquerdo me observava, mas a pupila direita ficava mais para o canto do olho, o que prejudicava sua aparência; era difícil ignorar tal característica. "Ou está só de passagem?"

"Vim para ficar, espero", respondi. "Cheguei há pouco, na noite passada, então achei que deveria dar uma volta pelo vilarejo hoje de manhã. Essa sua casa de chá é adorável. Cuida dela sozinha?"

"É da mãe", ela explicou. "Só que ela está de cama, com uma das enxaquecas dela, então a tonta aqui está tocando tudo sozinha."

"Deve ser muito difícil", eu disse, esperando fazer amigos entre os comerciantes locais. "Deve haver muito movimento na hora do almoço, imagino."

"Mais fácil quando ela não está, para ser honesta", respondeu a moça, sacudindo a cabeça com vigor. "Sempre faz tempestade em copo d'água. Quando estou sozinha, posso fazer as coisas e pronto. Sabe do que estou falando, senhorita? Tenho meu jeito e ela tem o dela, e às vezes os dois não se acertam."

"Entendo, entendo perfeitamente", eu disse, sorrindo e estendendo a mão para cumprimentá-la. "Eliza Caine", acrescentei. "É um prazer."

"Prazer é meu, senhorita", ela respondeu. "Molly é meu nome. Molly Sutcliffe."

Ela voltou para trás do balcão e me sentei perto da janela, apreciando meu chá e meu bolinho, observando o mundo lá fora. Uma cópia do *Illustrated London News* tinha, de alguma maneira, chegado até ali e estava na mesa ao lado da minha; estiquei-me para pegá-lo, mas mudei de ideia. Foi aquele jornal, no fim das contas, que tinha divulgado a leitura do sr. Dickens e, se papai não tivesse visto, com certeza ainda estaria comigo. Fiquei contra o jornal por causa disso. Em vez de pegá-lo, continuei a acompanhar os habitantes do vilarejo que passavam pela rua. Reparei em um vigário, um homem surpreendentemente jovem, alto e esbelto, caminhando na direção da igreja, acompanhado por um cachorrinho. O animal não devia ter mais do que dois meses e ainda tentava se acostumar com a coleira, parando com frequência e torcendo a cabeça para tentar mordê-la e se libertar, mas o vigário era cuidadoso, não puxava com força demais e parava de vez em quando para acariciá-lo e falar com gentileza no seu ouvido; nesses momentos, o cachorro muitas vezes oferecia lambidas para demonstrar confiança. Em um desses instantes, quando se levantou, o vigário se virou na minha direção e nossos olhos se encontraram; ele deu de ombros, sorrindo, e me peguei rindo e acompanhando a dupla conforme passava pelo portão da igreja.

Depois de terminar o chá, levantei-me, paguei minha

conta e agradeci Molly. Ela recolheu a xícara e o pires da mesa e disse que esperava me ver ali de novo, mas que eu não deveria me incomodar quando a mãe estivesse ali, gritando, porque ela conseguia ser intratável quando queria.

"Tenho certeza de que voltarei muitas vezes", eu disse a ela. "Sou a nova governanta em Gaudlin Hall, então devo visitar o vilarejo com frequência."

No instante em que eu disse isso, a xícara escorregou de sua mão e caiu no chão, espatifando-se em inúmeros pedaços.

"Ah, que pena", comentei, olhando para baixo. "Tomara que não seja valiosa."

Mas Molly não estava olhando para a xícara quebrada. Encarava-me com uma expressão pálida de espanto no rosto. Toda a cordialidade e acolhimento de um instante atrás tinham desaparecido, e ela continuou a me encarar em silêncio; fiquei ali, parada, sem a menor ideia de qual poderia ser o problema dela, até que enfim se recompôs, sacudiu a cabeça, caminhou com pressa e pegou uma pá e uma vassoura, com a qual começou a limpar os destroços. Ela não se virou para olhar para mim e imaginei que estivesse constrangida pela própria falta de jeito.

"Bom, então, até logo", eu disse, virando-me e saindo da loja, sem entender por que seu humor tinha se alterado tão rápido, mas tive pouco tempo para pensar naquilo, pois assim que pisei na rua uma carroça de leite passou; se eu tivesse saído um ou dois segundos depois, tenho certeza de que os cavalos teriam me atropelado. Perdi o fôlego, precisei de um momento para me recuperar e decidi que prestaria mais atenção no meu caminho dali para a frente. Não importava que fosse um vilarejo pequeno — você nunca sabe onde pode estar o perigo.

Continuei pela rua, sem entrar em nenhuma das lojas, observando os produtos à mostra nas vitrines. Era um hábito que eu tinha criado havia cerca de um ano, em Londres; eu caminhava pela Regent Street, apreciando os itens refinados nas lojas que priorizavam qualidade, coisas que eu nunca poderia comprar, mas que me enchiam de desejo. Ali, em Gaudlin, passei por uma respeitável quitanda com um balcão de frutas, legumes e verduras diferente de tudo o que já tinha visto. Cultivo local, sem dúvida. Como era bom viver perto da zona rural, pensei, onde a comida devia ser sempre saudável — o que me levou a pensar em Isabella e no café da manhã endurecido. Eu esperava que o jantar fosse melhor; talvez o mais sensato fosse eu mesma prepará-lo. A janela de uma costureira me apresentou outra dupla de mãe e filha que trabalhavam juntas. Uma delas estava ajudando uma senhora a se decidir sobre um vestido, a outra estava sentada atrás da máquina de costura, a boca segurando tantos alfinetes que era melhor que ninguém a assustasse, pois correria o risco de engolir pelo menos um deles. Uma confeitaria exibia uma abundância de gostosuras e fiquei na dúvida se levaria algumas para casa (casa! Que palavra estranha para me referir a Gaudlin Hall; como se aquele lugar pudesse ser minha casa algum dia), para agradar as crianças, e então, naquele mesmo lado da rua, logo depois de uma bica de água de onde algumas crianças bebiam, encontrei as palavras ALFRED RAISIN, ADVOGADO — CLIENTES DISTINTOS entalhadas numa pequena placa de mogno em uma porta; alisei meu casaco, ajustei meu chapéu na cabeça e entrei.

Um jovem estava sentado atrás de uma escrivaninha; ele levantou os olhos de um livro de registro de finanças quando o sino na porta tocou. Seu aspecto era um tanto esquisito; estava ficando careca antes do tempo, tinha bochechas gorduchas e rosadas e um bigode que precisava ser aparado. Havia uma mancha de tinta que ele não tinha percebido sob o olho esquerdo. Tirou os óculos, recolocou-os no nariz e pousou a caneta. Reparei que suas mãos estavam cobertas de marcas escuras e os punhos da camisa decerto seriam um desafio para sua esposa na hora de lavar.

"Posso ajudá-la, senhorita?", ele perguntou.

"Espero que sim", respondi. "O senhor é o sr. Raisin?"

"Cratchett", ele disse, negando com a cabeça. "Assistente pessoal do sr. Raisin."

Precisei controlar minha vontade de rir. "Cratchett?", perguntei.

"Isso mesmo, senhorita", ele respondeu, defensivo. "Meu nome lhe parece engraçado?"

Sacudi a cabeça. "Peço desculpas", eu disse. "Pensei em outro assistente com um nome parecido. Na história de fantasma *Um conto de Natal*. O senhor leu?"

Ele me encarou como se eu tivesse de repente começado a falar um dialeto russo arcaico e fez que não com a cabeça. "Não tenho tempo para ler", respondeu. "Minhas funções me mantêm ocupado demais para leituras. Aqueles que têm tempo de ler que leiam, mas eu não tenho."

"Ora, mas o senhor pelo menos já ouviu falar no livro."

"Não, não ouvi", ele disse, negando mais uma vez com a cabeça.

"Nunca ouviu falar de *Um conto de Natal*?", perguntei, estupefata, pois o romance tinha sido um grande sucesso. "De Charles Dickens."

"Não, senhorita. Não estou familiarizado com esse cavalheiro."

Caí na risada, certa de que ele estava fazendo algum tipo de piada incompreensível, e seu rosto ficou vermelho de raiva. Nunca tinha ouvido falar em Charles Dickens? Isso era possível? Será que ele já tinha ouvido falar na rainha Vitória? Ou no papa em Roma?

"Bom, isso não importa", eu disse, um pouco constrangida, pois a maneira como ele olhava para mim sugeria que levava qualquer coisa que encarasse como descaso muito a sério. "Gostaria de conversar com o sr. Raisin. Ele está disponível?"

"A senhorita marcou hora?"

"Receio que não. É necessário?"

Cratchett conferiu o relógio e franziu o cenho. "Ele tem uma reunião com um cliente importante na próxima hora", disse. "Posso perguntar se encaixaria a senhorita agora, mas precisará ser rápida. Nome, por favor."

"Eliza Caine", respondi; ele meneou e seguiu para outro cômodo enquanto fiquei ali, olhando à volta. Não havia nenhum lugar para sentar e nada interessante para ver. Peguei uma cópia do *Times* daquela manhã na escrivaninha de Cratchett e passei os olhos pelas manchetes. Outro assassinato em Clerkenwell; uma mocinha dessa vez. E outro em Wimbledon, um homem de meia-idade conhecido pela polícia. Além disso, uma criança tinha desaparecido em Paddington Station e o príncipe de Gales tinha agendado uma visita a Newcastle.

"Srta. Caine?", disse Cratchett, voltando, e larguei o jornal, com a sensação de ter sido flagrada fazendo algo que não devia. Seus olhos desceram até a mesa e ele pareceu incomodado por eu ter mexido em suas coisas. "Venha comigo, sim? O sr. Raisin pode recebê-la por cinco minutos, se prometer ser rápida."

Concordei com a cabeça. "Cinco minutos serão mais do que suficientes", respondi, sem acreditar nem por um segundo nisso; imaginei que teria perguntas para preencher dez vezes aquele período, mas cinco minutos teriam de servir para começar. Acompanhei Cratchett até o próximo aposento, muito mais luxuoso do que a antessala, e ele fechou a porta atrás de mim. Perto da janela havia uma grande mesa de carvalho, coberta por documentos organizados com cuidado; conforme entrei, um homem se levantou detrás dela e veio até mim, oferecendo a mão. Ele tinha trinta e tantos anos e uma aparência bem cuidada, com uma expressão gentil, talvez um pouco cansada, no rosto. E era bonito também, para quem gostava de cavalheiros mais velhos.

"Alfred Raisin", ele disse, com um gesto educado da cabeça. "A senhorita gostaria de conversar comigo? Lamento não ter muito tempo disponível hoje. Não sei se Cratchett mencionou, mas..."

"Sim, entendo perfeitamente", respondi, sentando-me na cadeira que ele ofereceu do outro lado da mesa enquanto voltava a se sentar na dele. "Mas quis arriscar uma visita. Torci para que o senhor conseguisse algum tempo para me receber."

"Pois não, senhorita...?"

"Caine", eu disse. "Eliza Caine."

"É nova aqui em Gaudlin? Não me lembro de tê-la visto antes."

"Isso mesmo", respondi. "Cheguei ontem à noite. Vim no trem de Londres com destino a Norwich, e o sr. Heckling me trouxe para cá de charrete."

"Heckling", ele disse, parecendo um pouco surpreso. "A senhorita não se refere ao..."

"Sim, o zelador de Gaudlin Hall", expliquei. "Sou a nova governanta."

Ele colocou as duas mãos no rosto e por um momento apertou os olhos fechados com as pontas dos dedos, como se estivesse exaurido; então se reclinou na cadeira e me analisou com curiosidade e surpresa. Ele se levantou, olhou para o relógio e sacudiu a cabeça.

"Não posso", ele disse. "Esqueci que tenho um compromisso com... com... o sr. Hastings, de Bramble Lodge. Não posso conversar agora."

"Por favor", pedi. "Não vou demorar."

"Sinto muito, srta. Caine, mas..."

"Por favor", insisti, falando um pouco mais alto. Um longo silêncio pairou entre nós. Ele continuou a me observar e desviei os olhos, reparando em um belo relógio instalado em um navio de madeira que ficava sobre a lareira. Tinha entalhes sofisticados, era um objeto de considerável beleza, e senti vontade de ir até ele, soltar suas amarras e passar os dedos pela superfície da madeira.

"A nova governanta", ele disse, enfim se sentando com um suspiro. "Quem diria. Já aqui."

"Então o senhor sabia que eu estava vindo?", perguntei, virando-me mais uma vez para ele.

"A srta. Bennet chegou a mencionar", ele respondeu, um tanto dissimulado, pensei. "Ou melhor, ela fez mais do que mencionar. Esteve aqui não faz nem três dias, sentada nessa cadeira em que a senhorita está agora. Ela me contou que estava indo embora. Achei que conseguiria persuadi-la a ficar."

De repente fiquei desconfortável, sem saber o motivo. Eu não gostava da ideia de estar sentada na mesma cadeira que aquela mulher. Não fazia sentido — ela não tinha morrido ali, afinal —, mas mudei de posição, inquieta, e desejei que pudéssemos ir para o sofá encostado na parede do escritório.

"Isso já é mais do que ela contou para mim", respondi. "Sr. Raisin, vim até aqui com as ideias muito confusas. Acreditei estar sendo contratada por uma família para ser governanta dos filhos. Entretanto, ao chegar ontem à noite, constatei que tanto o sr. quanto a sra. Westerley estão indisponíveis, que eles nem estão em Gaudlin Hall, e que a governanta anterior embarcou no trem do qual desembarquei para ir embora. Não sei o que pensar e nem o que fazer em relação ao que está acontecendo."

O sr. Raisin meneou com a cabeça e suspirou. Sorriu

para mim e pareceu encolher os ombros de leve. "Imagino que seja muito desconcertante, srta. Caine", ele disse.

"Imaginou certo, senhor."

"E então", ele continuou, encostando a ponta dos dedos, "como posso ajudá-la?"

Hesitei, sem entender por que ele teria necessidade de fazer aquela pergunta descabida. "Bom", respondi, agora sentindo uma irritação crescer dentro de mim, "fui informada de que o senhor cuida das questões financeiras relacionadas à propriedade."

"Sim", ele concordou. "Sim, de fato." O sr. Raisin endireitou a postura de repente. "Ah, creio ter entendido o problema", disse. "A senhorita está preocupada com o salário? Não se aflija sobre esse assunto, srta. Caine. Pode vir buscar seu ordenado semanal aqui no escritório, todas as terças-feiras de manhã. Cratchett terá preparado tudo. As contas estão em perfeita ordem."

"Não é no meu salário que estou pensando", respondi, mas devo admitir que a questão também me passou pela cabeça — afinal, eu não tinha muitas economias, apenas o que consegui economizar do meu trabalho na St. Elizabeth's e algumas centenas de libras que papai me deixou de herança, capital que decidi não gastar para usufruir dos rendimentos. Eu precisava de um salário, se quisesse sobreviver.

"Quanto às despesas domésticas", ele prosseguiu, "não precisa nem pensar no assunto. O dono da mercearia local separa a comida e manda entregar. Todos os recibos das lojas chegam diretamente para mim e são quitados no mesmo instante. O ordenado de Heckling, o da senhora..." Ele tossiu e se corrigiu. "Quaisquer ordenados que precisem ser pagos. Cuidamos de todos aqui. Não precisa se preocupar com nada mesmo, exceto o óbvio."

"O óbvio?", perguntei. "E o que seria?"

"Ora", ele disse, sorrindo para mim como se eu fosse

uma perfeita idiota, "as crianças, é claro. Quem cuidaria delas, senão a governanta?"

"Os pais?", sugeri. "Imagino que não ficarei sozinha com Isabella e Eustace para sempre. Os pais estarão disponíveis em breve?"

O sr. Raisin desviou o olhar, sua expressão se tornando angustiada. "A srta. Bennet disse isso no anúncio?", ele perguntou.

"Bom, não", admiti. "Mas, naturalmente, supus que..."

"A verdade é que não competia à srta. Bennet fazer aquele anúncio sem me consultar antes. Não pude acreditar nos meus olhos quando abri o *Morning Post* e o vi impresso. Tivemos uma discussão sobre o assunto, srta. Caine, não me importo de dizer à senhorita. Uma discussão acalorada. Mas ela estava decidida a ir. Acho que, de certa maneira, não posso culpá-la, mas..."

"Por quê?", perguntei, inclinando-me na direção dele. "Por que o senhor não pode culpá-la?"

"Ora", ele respondeu, agora se esforçando para articular uma resposta. "Ela não se adaptou, só isso. Não estava contente. Não era *daqui*", ele acrescentou, enfatizando a palavra.

"Sr. Raisin, *eu* não sou daqui", disse.

"Não, mas talvez a senhorita se adapte melhor do que ela." Ele conferiu o relógio de pulso. "Meu Deus, já é tão tarde? Sinto muito por pedir que se retire com tanta pressa, srta. Caine." Ele se levantou, induzindo-me a levantar também. "Mas, como eu disse, tenho outro compromisso."

"Sim, claro", respondi, frustrada com suas evasivas, mas me levantando e permitindo que me conduzisse até a porta. "Mas o senhor ainda não respondeu minha pergunta. Sobre os pais de Isabella e Eustace. Quando poderei conhecê-los?"

Ele olhou fundo nos meus olhos e sua testa ficou marcada por uma expressão de angústia. Houve um longo silêncio e jurei a mim mesma que não diria nada; ele seria o primeiro a falar nem que ficássemos ali até o dia seguinte.

"Você veio até Gaudlin sozinha?", ele perguntou, e eu levantei uma sobrancelha, surpresa pela mudança abrupta de assunto.

"Como disse?", respondi.

"Quero saber se veio com um companheiro, só isso. Ou seu pai, talvez? Um irmão mais velho?"

"Não tenho irmãos, sr. Raisin, nem amigos; minha mãe morreu quando eu era pequena e meu pai pouco mais de uma semana atrás. Por que pergunta?"

"Sinto muito", ele disse, estendendo a mão e tocando meu braço, um gesto de intimidade tão honesta que me fez perder o ar. "Por seu pai, quero dizer", acrescentou. "A perda de um ente querido é terrível."

Abri a boca para responder, mas descobri que não tinha palavras. Sua mão continuou no meu cotovelo e, para meu espanto, senti um imenso consolo em sua ternura. Olhei para a mão, ele acompanhou meu olhar e então a tirou em um movimento brusco, tossindo e se virando para o outro lado. Enfim, tentando recuperar minha compostura, repeti a pergunta sobre o paradeiro dos progenitores da família Westerley.

"Não posso dizer", foi a decepcionante resposta que ele, enfim, me ofereceu. "Srta. Caine, você gosta de crianças, não gosta?"

"O quê?", perguntei, chocada com tal pergunta. "É claro que gosto de crianças. Eu era professora em Londres."

"E gosta das crianças da família Westerley? Sei que acabou de conhecê-las, mas gosta delas?"

Pensei por um momento. "Eles são um pouco inusitados", eu disse. "Mas muito espertos. A menina é intrigante.

O menino é um encanto. Tenho certeza de que vamos ter um convívio ótimo, com o tempo."

"Então, tudo o que peço é que tome conta delas, srta. Caine. É o que foi contratada para fazer. Cuidar delas, educá-las um pouco, se necessário. O menino, pelo menos. Quanto ao resto..." E então ele estendeu os braços, como se para dizer que não havia mais nada que ele pudesse fazer. Perguntei-me por um instante se ele esperava que eu me jogasse em seu abraço. (E, por mais ridículo que possa parecer, tive vontade de fazer justamente isso.)

Suspirei. A conversa não tinha sido nada satisfatória e não me senti nem um pouco mais perto de entender minha situação do que antes, mas parecia haver pouca alternativa senão ir embora. Na rua, senti uma grande frustração, mas, na viagem de volta a Gaudlin Hall, essa sensação começou a se dissipar e eu disse a mim mesma que não importava — tinha estabelecido contato com o sr. Raisin e o visitaria outra vez em breve, e mais uma vez depois dessa, se necessário, para saber mais sobre minhas responsabilidades. Marcaria uma hora. Se tivesse um horário agendado de meia hora, ele não poderia me enxotar para a rua em cinco minutos.

Alfred Raisin. Que nome bonito.

A jornada de volta à mansão foi mais difícil do que até o vilarejo, o que me deixou um tanto pasma, pois não havia subidas ou descidas nem para ir nem para voltar; a estrada era, na grande maioria, plana, assim como a maior parte da região campestre de Norfolk. Passei pelos imensos portões que marcavam a fronteira da propriedade, o mesmo lugar em que Heckling parou por um momento na noite anterior para me permitir uma vista da casa entre as árvores. Senti um vento forte surgir de repente, apesar de ainda ser uma manhã ensolarada. Conforme segui na direção da porta da frente, o vento ficou cada vez mais intenso, empurrando-me para trás, até que não tive escolha senão desistir, descer da dresina e levá-la a pé pelo resto do caminho.

No pátio, esforçando-me para manter os olhos abertos sob a ventania que me empurrava, reparei que a porta da frente estava entreaberta. Continuei a forçar caminho, açoitada pelo vento, que parecia decidido a me manter longe da casa; quando subi os três degraus que levavam à entrada, a porta bateu com força bem na minha frente. Perdi o ar. Haveria alguém atrás dela? Talvez uma das crianças, fazendo uma brincadeira? Eustace tinha se escondido atrás dela na noite anterior; será que estava insistindo na mesma bobagem?

Estendi a mão para tocar a campainha, mas meu braço não conseguiu vencer a ventania cada vez pior. Como era possível, pensei, se agora estava tão perto da parede? Deveria estar abrigada do vento, não sofrendo mais com ele. Forcei minha mão para a frente, mas a ventania era forte demais e agora parecia até furiosa comigo, pois me ergueu um pouco do chão e me empurrou para longe da casa; caí para trás, tropeçando nos degraus, me debatendo para não me estatelar, e ela me empurrou e empurrou e empurrou. Fiz tudo o que pude para continuar em pé, até que, enfim, fui levantada outra vez e caí; minha perna direita roçou contra as pedras e senti a pele sendo arrancada do joelho, momento em que gritei de desespero, o que coincidiu com o som da porta sendo aberta e do vento — de repente, tão rápido quanto tinha começado — dissipando-se, morrendo, desaparecendo.

"Eliza Caine!", exclamou Isabella, vindo na minha direção, seu irmão mais novo alguns passos atrás. "Por que está deitada aí desse jeito?"

"Olhe só todo esse sangue", disse Eustace, em um tom sussurrado e reverente, e baixei os olhos para minha perna, que estava de fato bastante ensanguentada na altura do joelho, apesar de eu ter percebido naquele mesmo instante que não tinha nada quebrado, bastaria limpar a pele, desinfetar o machucado e cobrir com um curativo e tudo ficaria bem. Ainda assim, fiquei chocada com o que tinha acontecido, em especial com o fato de que agora o vento era outro; não havia nem brisa, muito menos o quase furacão que me afastou de Gaudlin Hall e tentou me forçar para o mais longe possível da casa.

"O vento", respondi, encarando as crianças, que não tinham nem um fio de cabelo fora do lugar. "O vento! Vocês não sentiram? Não ouviram?"

9

Nos dias que se seguiram, as coisas ficaram mais calmas em Gaudlin Hall e, para meu alívio, não houve nenhum outro incidente perturbador. Continuei incomodada por saber tão pouco sobre a família Westerley e sobre por que eu estava ficando sozinha com Isabella e Eustace por tanto tempo, mas deixei meu desconforto de lado quando comecei a desenvolver uma relação com as crianças. Fiel à palavra, meu pagamento estava disponível no escritório do sr. Raisin na manhã de terça-feira e foi contado e verificado pelo assistente, Cratchett, que parecia ter decidido não gostar de mim; quando pedi para marcar um horário para conversar com seu patrão, fui informada de que o sr. Raisin estava fora de Norfolk a negócios e que Cratchett não poderia agendar uma reunião sem o consentimento prévio do próprio. Por causa do jeito que os olhos de Cratchett desviavam o tempo todo para a porta atrás dele durante a conversa, fiquei convencida de que o sr. Raisin não tinha saído coisa nenhuma, mas estava sentado à mesa na sala ao lado, recusando-se a me ver, o que me deixou muito decepcionada. Porém, como era impossível contestar o que Cratchett tinha dito sem parecer uma histérica, apenas informei que voltaria, pois não poderia deixar as coisas como estavam, e fui embora, frustrada.

Fiz também inúmeras tentativas de encontrar a elusiva sra. Livermore, sem sucesso. Se eu me levantava às oito, eu a via, casaco nas costas e cesta na mão, marchando pela alameda e afastando-se da casa; se eu me levantava meia hora mais cedo, ela partia meia hora mais cedo. Aquela senhora parecia fazer questão de não ter nenhum contato comigo, apesar de eu ter certeza de que ela sabia muito bem que havia uma nova governanta na propriedade. Na única ocasião em que olhei pela janela da cozinha e vi que ela estava por perto, corri para fora, mas, assim como em nosso encontro anterior, ela contornou a mansão e pareceu ter desaparecido no ar, me deixando na dúvida se eu tinha imaginado sua presença. Em momentos como aquele, eu me perguntava se o ar de Norfolk estava afetando minha mente.

De qualquer maneira, apesar de todas essas questões, descobri que estava começando a gostar da vida em Gaudlin Hall. É claro que eu ainda pensava em papai com frequência; de vez em quando, em especial durante a noite, sozinha no quarto, a memória dele me levava às lágrimas, mas fui me acostumando com a perda e aprendendo a lidar com o luto. Longas caminhadas pelo jardim ao redor da mansão ajudavam. Eu me consolava com o fato de que ele, na maior parte, vivera uma vida feliz e intelectualmente estimulante, e conhecera o amor verdadeiro duas vezes — com a esposa e com a filha. Quando eu voltava, com os pulmões repletos de ar puro e as pernas um tanto cansadas por causa do exercício, meu ânimo sempre parecia melhor, e eu sentia uma onda de otimismo por essa nova vida que levava.

Entretanto, por mais que eu apreciasse o conforto à minha volta, o ar bolorento do meu quarto e minha constante incapacidade de abrir as janelas me frustravam. Elas eram altas, com arcos no topo, quase janelas lancetas, só que mais largas; ficavam a cerca de um metro tanto do chão quanto do teto e eram divididas em duas metades que, em teoria, deveriam abrir para permitir a ventilação. Certa tarde, quando vi Heckling cruzando o quintal com Pepper, seu cachorro, decidi abordá-lo para falar sobre o problema.

"Aquela janela num abre", ele me disse, dando de ombros e olhando para mim com indiferença, como se não pudesse acreditar que eu fosse tola o suficiente para achar que abriria.

"Mas é claro que abre, sr. Heckling", respondi. "Tem dois fechos esperando para serem abertos. Mas nada faz com que girem, não importa o que eu tente. Talvez estejam precisando de um pouco de óleo."

"O sr. Westerley selou aquela janela", ele disse, mascando alguma coisa repugnante, o ruído asqueroso de mastigação fazia com que eu desejasse me afastar o máximo possível do sujeito. "Derramou betume derretido nas fechaduras, foi sim. Para que ninguém abrisse, nunca mais."

Olhei para ele, sem saber se estava tentando me fazer de boba. "E por que ele faria uma coisa como essa?", perguntei.

"Ele falava que era muita corrente de vento. Fez isso com metade das janelas da mansão. Pode conferir, se não acredita em mim. Não sai de graça manter um lugar desse tamanho aquecido, sabia? E dinheiro não dura pra sempre. Quem tem gosta de ter pra gastar, é sim."

Suspirei. Parecia uma coisa absurda. Fiquei frustrada, porque o ar do meu quarto estava ficando viciado. Eu não gostava da ideia de deixar a porta aberta; preferia manter minha privacidade, não queria que as crianças achassem que tinham acesso livre ao aposento — sabia muito bem que crianças gostam de inspecionar os pertences alheios —, mas gostaria de ventilá-lo todos os dias. Eu andava com o sono inquieto e achava que o ar parado contribuía para o problema.

"Seu pagamento vem direitinho todas as semanas, sr. Heckling?", perguntei, aproveitando a oportunidade para fazer indagações mais gerais, pois, toda vez que ele me via chegando perto, dava as costas e seguia na direção oposta. (Certa vez, ele chegou inclusive a montar em Winnie, a égua, e disparar para longe — um comportamento admirável!) Ele estreitou os olhos, mordeu o lábio e pensou no assunto antes de fazer que sim com a cabeça.

"Vem", ele respondeu. "Está preocupada com isso, é?"

"De jeito nenhum", eu disse, enrubescendo um pouco, mas mantendo meus olhos nos dele; não seria intimidada por aquele homem. "E o sr. Westerley deixa todos esses assuntos nas mãos do sr. Raisin, é isso?"

"Pelo que sei, sim."

"O senhor acha que o veremos em breve?"

"O sr. Raisin?", ele perguntou, dando de ombros. "Não tem nenhum motivo para isso. Se a senhorita quiser vê-lo, deveria..."

"O sr. Westerley", corrigi, apesar de ter certeza de que ele sabia exatamente de quem eu estava falando. Por um instante, achei que o zelador iria sorrir — que coisa mais rara —, mas ficou óbvio o momento em que mudou de ideia. Baixou os olhos para Pepper, agora sentado na grama, sua cabeça indo de um lado para o outro conforme a conversa seguia. Ocorreu-me que o cachorro talvez fosse uma fonte melhor de informações do que o dono.

"Acho bem improvável", ele respondeu, enfim. "Tenho que ir, senhorita. Pepper precisa passear, senão fica agressivo."

"Ele deve estar muito ocupado, se não pode nem voltar para ver os filhos", comentei. "Quanto à sra. Westerley, bom, não consigo imaginar como consegue ficar longe deles. São uns tesouros."

Nesse momento, ele regurgitou uma espécie de risada e saliva atingiu meu rosto, forçando-me a dar alguns passos para trás enquanto me limpava, enojada. Como era de esperar, o troglodita nem pensou em se desculpar.

"Tesouros", ele disse, sacudindo a cabeça. "Acho que é um jeito de definir." Ele riu outra vez; era evidente que tinha achado aquilo muito engraçado.

Fiquei observando conforme desceu a alameda, pegando um ou outro graveto e jogando para o cachorro buscar e trazer de volta. Fiz um pacto comigo mesma de que não daria as costas até ele sumir de vista; então, talvez consciente de que eu o observava, ele parou a certa distância e se virou, os olhos fixos em mim, e encaramos um ao outro, dois funcionários daquela casa, esperando para ver quem cederia primeiro. Ele estava longe demais para que eu pudesse ler a expressão em seu rosto, mas quando pegou outro graveto, dessa vez um maior, e o segurou agressivamente nas mãos, o cachorro pulando à volta, ansioso, senti um calafrio percorrer meu corpo e, desviando o rosto, me amaldiçoei por minha incapacidade de vencer aquele ignorante com meu olhar.

10

Eu e as crianças estudávamos todos os dias em uma sala de aula situada no fim do corredor do segundo andar, subindo uns poucos degraus. Era um aposento bem iluminado, com uma vista magnífica da propriedade, uma lousa preta em uma das paredes, uma mesa enorme com diversas gavetas para mim e duas menores para elas se sentarem lado a lado.

"Quantas alunas tinha na escola em Londres?", perguntou Isabella em uma manhã, sentada à mesa e vestida da maneira impecável de sempre, os lápis organizados em uma fileira perfeita à sua frente.

"Minha sala tinha mais ou menos trinta meninas", respondi.

"E elas tinham a minha idade ou a de Eustace?"

"Mais perto de Eustace", eu disse, observação que o fez olhar para mim e sorrir. Ele tinha um rosto adorável, pensei na ocasião. Na maior parte do tempo, sua expressão era defensiva, quase assustada, mas, quando Eustace sorria, todas essas coisas desapareciam por completo e ele parecia outro menino. "Um pouco mais novas, na verdade. Nós as chamávamos de 'as pequeninas'."

"E elas eram malcriadas?", continuou Isabella.

"Malcriadas?"

"Você precisava puni-las?"

"De vez em quando", respondi. "Mas era raro. É importante você entender, Isabella, que a escola onde eu trabalhava não era fruto de uma obra de ficção. Os professores não ficavam à espera de qualquer oportunidade para castigar seus desafortunados alunos ou fazê-los dar a volta pelo pátio com um cartaz dizendo: CUIDADO, ELE MORDE. Também não havia nenhum sr. Brocklehurst na nossa instituição. Tratávamos nossas meninas com bondade e, em troca, elas demonstravam respeito e interesse pelas atividades. Na maior parte do tempo, pelo menos."

"Eu ficaria contente de frequentar uma escola com outras meninas", disse Isabella, pensativa. "Mas papai diz que precisamos estudar aqui."

"Aulas particulares são privilégio de todas as famílias ricas", expliquei. "Somente as classes mais baixas precisam ser ensinadas em grupo. Na verdade, a maioria das minhas pequeninas saía da escola quando fazia doze ou treze."

"E o que acontecia com elas?", perguntou Eustace. "Casavam?"

"Ah, céus, não", respondi, rindo um pouco. "Você não acha que é cedo demais? Consegue imaginar Isabella se casando?"

Eustace engoliu uma risada e a irmã o silenciou com um olhar. Ela se virou para mim com uma expressão sombria e percebi que não tinha gostado nada da minha observação despretensiosa.

"Considero esse comentário muito rude", ela disse, com a voz baixa. "Acha que ninguém vai me querer?"

"Ah, deixe disso, Isabella", respondi, em uma tentativa de dar leveza à situação. "Não foi o que eu quis dizer, de jeito nenhum. Só comentei que seria bastante incomum uma menina da sua idade se casar, você não acha? Com o tempo, é claro que haverá um monte de rapazes competindo pela sua mão."

"E quanto a você, Eliza Caine?", ela perguntou, inclinando-se para a frente e pegando um lápis, cujo grafite bem apontado apertou devagar contra as costas da outra mão. "É casada?"

Hesitei, receosa de que ela se machucasse. "Não", eu disse. "Não sou."

"Mas você é bem crescidinha. Quantos anos tem?"

"Quantos anos acha que eu tenho?", perguntei, desejando que não continuasse o assunto.

"Sessenta e sete", disse Eustace.

"Tenho vinte e um, seu menino insolente", respondi, sorrindo para ele.

"Vinte e um e solteira", disse Isabella. "Não tem medo de ser largada às traças?"

"Não penso muito nisso", respondi. Mentira.

"Nunca?"

"Não. Afinal, tenho meu trabalho. Aqui em Gaudlin Hall. E estou satisfeita com ele."

"Mas preferiria ficar conosco a arranjar um marido?", ela perguntou.

"Ora, eu não sei", disse, surgindo incerteza na minha voz.

"Não quer ter seus próprios filhos? Não é enfadonho cuidar dos filhos dos outros?"

"Eu gostaria muito de ter filhos", respondi. "Espero que isso aconteça um dia."

"Mas, se você se casasse, não poderia mais trabalhar, poderia?", ela continuou, a voz cada vez mais intensa, a argumentação cada vez mais contundente, a ponta do lápis cada vez mais funda em sua pele, a ponto de eu achar que Isabella se furaria e sangraria.

"Por que não?", perguntei.

"Ora, quem cuidaria dos *seus* filhos? Não poderia deixá-los a cargo de outra mulher, não é mesmo?"

"Isabella!", sussurrou Eustace, cutucando-a, com uma expressão angustiada no rosto, uma mistura de medo e horror por ela estar fazendo aquelas observações aparentemente inócuas.

"Imagino que não", eu disse. "Creio que meu marido estaria trabalhando e eu dedicaria meu tempo para cuidar dos filhos. É assim que o mundo funciona, afinal. Mas acontece que são apenas hipóteses, Isabella, e..."

"Então, filhos são responsabilidade da mãe", ela continuou. "E nenhuma outra mulher deveria tentar substituí-la."

"Bom, acho que sim", eu disse, sem saber onde ela queria chegar.

"Você não permitiria, não é?", ela perguntou. "Se alguém a pedisse em casamento, quero dizer. E você dissesse sim. E tivesse filhos. Não permitiria que outra mulher os criasse."

"Não", eu disse. "Seria função minha."

"Então você entende", ela respondeu, reclinando-se e devolvendo o lápis à ranhura da mesa, parecendo satisfeita.

"Entendo o quê?", perguntei, sem a menor ideia do que ela estava querendo dizer, por mais que pensasse no assunto.

"Tudo", Isabella disse, com um suspiro profundo, desviando o rosto e olhando pela janela. Observei-a durante o que pareceu uma eternidade; ela parecia ter entrado em algum tipo de transe — e acabou por me deixar no mesmo estado. Somente quando Eustace falou saímos dele.

"Srta. Caine", ele disse baixinho, quase um sussurro, e me virei.

"Sim", respondi. "Ao trabalho, crianças. Não podemos jogar conversa fora o dia todo. Hoje, vamos falar sobre os reis e rainhas da Inglaterra. Há muita coisa para aprender sobre o assunto e acho que vocês vão ficar fascinados pelas histórias."

"Já sabemos algumas coisas sobre reis e rainhas", ele disse. "Uma vez, um rei ficou aqui em Gaudlin Hall."

Eu ri. "Verdade?", perguntei, sem saber se ele estava fazendo graça.

"É verdade", interveio Isabella, virando-se para mim outra vez, seus penetrantes olhos azuis encontrando os meus. "Papai nos contou tudo. Foi há muito tempo, claro. Mais de cem anos. Em 1737, para ser exata. Quando nosso bisavô era o senhor de Gaudlin."

"Em 1737?", repeti, passando a lista na cabeça. "Então, o rei deveria ser..."

"Jorge II", ela respondeu. "Não disse que ele não estava inventando? Eu não teria sido tão rápida se fosse mentira, não é?"

"Não, claro que não", eu disse. "Não duvidei de você, Eustace, prometo", acrescentei, olhando para o menino, que abriu um sorriso luminoso. "Fiquei surpresa, só isso. O soberano, aqui em Gaudlin Hall! Deve ter sido muito emocionante para todos."

"Eu diria que sim", respondeu Isabella. "Mas a rainha, Carolina de Ansbach, ficou doente depois de uma caminhada pelo jardim. Ela passou por uma sangria no quarto ao lado do seu, Eliza Caine, mas não adiantou muita coisa. O médico era um tolo. Não sabia como tratá-la, foi esse o problema. Esses médicos provincianos quase nunca sabem o que fazer. Às vezes, você é mais bem servido se deixar a natureza cuidar do corpo do que confiando em um médico de Norfolk. Teria sido mais sábio ele se dedicar aos cavalos no estábulo ou ao cachorro de Heckling, Pepper." Olhei para ela, ao mesmo tempo achando graça e perplexa pela maneira como falava; era evidente que se tratava de um discurso que tinha ouvido muitas vezes antes — talvez as palavras viessem de seu pai, quando ele recontava aquela história para os amigos, na mesa de jantar —, mas ver uma sintaxe tão adulta sair da boca de alguém tão pequeno era desconcertante, até um pouco perturbador. "No fim, eles a levaram de volta a Londres", ela continuou. "Mas seu intestino rompeu e ela morreu. O rei ficou inconsolável. Ele amava muito a rainha, sabe? Nunca desposou outra mulher, apesar de ter vivido por mais quase vinte e cinco anos. Muito honrável, não acha? Ele passou a detestar meu bisavô, por causa da associação com o ocorrido. Nunca mais o convidou para visitar a corte. Foi uma fonte de muito desgosto para meu bisavô, que apoiava a Coroa. Nossa família sempre apoiou, desde a Restauração. Ficamos do lado errado na Guerra das Rosas, mas isso foi há muito tempo. E fomos perdoados, mais tarde. De qualquer jeito, uma coisa como essa nunca se vai, você não concorda? Uma morte numa casa?"

"Mas você disse que a rainha não morreu aqui", eu apontei.

"Não estou falando da rainha", ela respondeu, com um gesto de mão na frente do rosto, desprezando meu comentário, aparentemente muito idiota para ela. "E então, vamos estudar o rei Jorge II hoje, Eliza Caine, ou você planejava ir mais para o passado? Aos Lancaster e York, talvez, já que os mencionei?"

"Mais para o passado", eu disse, abrindo meu livro e virando as páginas até o capítulo marcado. Senti uma leve corrente de ar percorrer a sala e desejei ter trazido meu casaco, mas não tive vontade nenhuma de cruzar a casa vazia para buscá-lo, passando pelo quarto em que tinham sangrado Carolina de Ansbach, pobrezinha. "Pensei que podíamos começar na captura de Edmund Tudor e no início dessa dinastia triunfal, embora sanguinolenta."

Olhei de relance para a janela e suspirei. Uma das crianças devia ter escrito no vapor condensando quando eu não estava olhando. Era uma palavra tão vulgar que me recusei a prestar atenção nela.

11

Aos domingos, eu e as crianças frequentávamos a missa na igreja do povoado e, durante aquelas primeiras semanas, eu me senti como um animal em exibição no zoológico sempre que entrávamos e caminhávamos pela nave até o banco da família, na primeira fila. Todas as cabeças se viravam com aquela terrível sutileza de quem não quer deixar óbvio que está olhando, mas seus olhos me trespassavam mesmo assim. No começo, acreditei ser por que as crianças estavam sempre bem-arrumadas, mas aos poucos passei a suspeitar que *eu* era o foco de interesse, e foi uma sensação sem precedentes, pois eu não estava acostumada a chamar atenção.

Em paz e protegida pelas paredes da igreja, meu ânimo com frequência melhorava graças ao coral quase invisível no balcão atrás de nós. Descobri que esperava com ansiedade pelas manhãs de domingo e pela serenidade que a missa oferecia. O reverendo Deacons pregava sempre com muita sensibilidade e, ao contrário de alguns sermões que eu tinha ouvido em Londres, suas palavras não soavam como se tivessem sido regurgitadas infinitas vezes para outros frequentadores. Afinal, ele era um homem jovem e tinha muito entusiasmo pela vocação. Quando falava sobre bondade e amor pelo próximo, meus pensamentos quase sempre divagavam até papai; às vezes, era difícil lidar com as emoções. Eu tinha me adaptado bem a Norfolk, ou pelo menos era o que pensava, mas minha partida brusca de Londres, tão cedo após sua repentina morte, me deixara emocionalmente frágil e, agora que as coisas estavam mais calmas, percebi que minha mente voltava para ele mais vezes, sempre que eu estava sozinha ou na igreja. A saudade era terrível, era essa a verdade. Eu sentia falta das nossas conversas, sentia falta até dos livros de insetos, e me arrependi de não ter guardado um deles, em vez de oferecer todos ao sr. Heston, do Museu Britânico. "Cuidarei de você para sempre", ele tinha me dito quando voltei da Cornualha. "Manterei você a salvo." Agora que ele tinha partido, quem cuidaria de mim? Quem me protegeria? Quem me manteria a salvo, se eu corresse perigo?

Depois de um sermão especialmente tocante, quando estava à beira das lágrimas por relembrar como tínhamos sido felizes juntos, eu disse às crianças que queria ficar um pouco mais para algumas últimas orações pessoais e combinamos de nos reencontrar dali a poucos minutos, na bomba de água do vilarejo, de onde saía a estrada que levava a Gaudlin Hall. O restante da congregação foi embora, como de costume; eu me ajoelhei com urgência, meu rosto nas mãos, e rezei ao Senhor, pedindo descanso eterno para a alma de papai; roguei para que ele ainda estivesse olhando por mim e me protegendo. Quando levantei a cabeça outra vez, descobri que tinha chorado e, para meu constrangimento, o reverendo Deacons me encarava enquanto arrumava objetos no altar. Sentei no banco e ele se aproximou de mim e arriscou um sorriso.

"Você está bem?", perguntou.

"Sim, obrigada", respondi, um pouco vermelha. "Desculpe, não era minha intenção fazer papel de boba."

Ele sacudiu a cabeça e chegou mais perto, sentando-se no banco diante de mim e virando o tronco para me ver frente a frente. Tinha um rosto afetuoso; gostei dele por isso. "Não há nada para se desculpar", ele disse, dando de ombros. "Srta. Caine, não é?"

"Sim, isso mesmo."

"A nova governanta na mansão?" Concordei outra vez e ele virou um pouco o rosto, sua expressão se tornando mais preocupada. "Creio que devo lhe pedir perdão."

Levantei uma sobrancelha, sem entender o que quis dizer com isso. "Por quê?", perguntei.

"A senhorita está aqui faz algumas semanas. Já a vi no vilarejo e aqui, na missa, mas não fui visitá-la. Para me apresentar. Espero que não tenha uma má impressão de mim por causa disso."

"De jeito nenhum", respondi, sacudindo a cabeça — na verdade, eu não tinha nem cogitado que ele faria o esforço de me visitar. Afinal, quem era eu? Nada além de uma criada. Uma governanta. Não era a senhora de Gaudlin Hall, mesmo que fosse a única mulher na mansão. "Imagino que o senhor seja um homem muito ocupado."

"Sim, eu sou", ele disse, concordando devagar com a cabeça. "Mas isso não é justificativa. Devia ter arrumado tempo. Pensei comigo mesmo que precisava conversar com você, mas..." Ele estremeceu de leve e fiquei com a impressão de que alguma coisa naquele lugar o incomodava. "Bom, peço perdão, em todo caso", continuou depois de uma pausa, sacudindo a cabeça para se livrar de qualquer pensamento que tivesse sobrado; "Como estão as coisas?"

"Bem", respondi. "As crianças são encantadoras."

"São singulares, de fato", disse o reverendo Deacons, pensando no assunto. "Têm um coração bondoso, é claro, mas eles já sofreram muito. Isabella é uma menina de inteligência extraordinária. Imagino que algum dia se torne esposa de um homem brilhante. E o futuro de Eustace também é promissor."

Franzi o cenho, reparando em apenas uma palavra do que ele tinha dito. "Sofreram?", perguntei. "Como?"

Ele hesitou. "Todos sofremos, não é, srta. Caine? A vida é feita de sofrimento, até o grande dia do Juízo Final, quando a paz e a equanimidade serão restauradas para aqueles que forem puros de corpo e espírito."

Levantei a sobrancelha. Eu mal conhecia o reverendo Deacons, claro, mas achei que aquele comentário de alguma maneira não combinava com ele. "Quando o senhor disse que eles sofreram", insisti, "parecia se referir a algo específico. Pode me explicar o que quis dizer?"

"Eles passaram por mudanças drásticas na vida", o reverendo Deacons respondeu, baixando os olhos e examinando a capa de seu livro de orações; reparei nas letras AD gravadas nela. "Quer dizer, nos últimos doze meses, você é... deixe-me ver... a sexta governanta em Gaudlin Hall."

Eu o encarei, chocada. Era uma informação nova para mim, obviamente. "Sexta?", perguntei. "O senhor deve estar enganado. Sou a segunda. A srta. Bennet era a governanta antes de mim. Ela decerto esteve aqui durante um bom tempo, não?"

"Ah, não, não", disse o reverendo. "A srta. Bennet ficou aqui apenas um mês. Se tanto."

"Um mês?", perguntei. "Mas não consigo entender. Por que foi embora tão rápido? E, se o senhor estiver certo, e as outras quatro? Não podem ter ficado muito mais tempo do que isso, se sou a sexta governanta em doze meses."

O vigário aparentou desconforto, como se lamentasse ter começado aquela conversa. Ele parecia desejar a segurança de seus aposentos eclesiásticos para esperar pelos prazeres do almoço dominical e de uma caminhada vespertina com seu cachorrinho. "O sr. Raisin", ele disse. "Ele é quem deveria discutir esses assuntos com você. É o responsável pela propriedade, afinal."

O sr. Raisin! Aquele homem de novo! Para meu constrangimento, enrubesci ao ouvir seu nome. Ele tinha passado pela minha cabeça mais de uma vez nos últimos dias.

"Tentei conversar com ele", respondi, irritada com minha própria tolice, uma nota de desgosto evidente em meu tom de voz. "Aliás, várias vezes. Mas é um homem difícil de contatar. O assistente dele, o sr. Cratchett, mantém controle total de sua agenda. Imagino que seja mais fácil entrar no Reino dos Céus do que no escritório do sr. Raisin."

O reverendo Deacons levantou uma sobrancelha e desviei o rosto, perguntando-me se aquela observação tinha sido um sacrilégio. "Desculpe", acrescentei, depois de um momento. "Mas é muito frustrante. Não consigo respostas em lugar nenhum. Às vezes, sinto-me muito solitária."

"A senhorita deveria ser mais insistente", ele respondeu, em tom gentil. "Não deixe que Cratchett diga o que pode ou não fazer, quem pode ou não pode encontrar. Tem o direito de saber, afinal", ele continuou, a voz mais contundente, provocando-me calafrios. "Uma mulher na sua situação. Por Deus, você é quase uma menina. Tem o direito de saber!"

Várias dúvidas surgiram na minha cabeça, mas hesitei, tentando escolher a pergunta certa. Eu suspeitava que, se pressionasse demais o reverendo Deacons, ele se fecharia por completo e repetiria que eu devia falar com o sr. Raisin — mas também sentia que havia coisas que ele me contaria, coisas que ele *queria* me contar, se ao menos eu conseguisse encontrar o jeito certo de perguntar.

"O senhor disse que sou a sexta governanta em um ano", repeti, baixinho, tentando eliminar qualquer sugestão de insistência na minha voz. "Os pais das crianças partiram faz tanto tempo assim?"

"Sim", ele respondeu. "Faz pouco mais de um ano, na verdade."

Franzi o cenho. Que tipo de pais abandonariam os filhos por um período tão extenso? Sim, claro, eles tinham dinheiro, e viajar era muito mais fácil que no passado. Ora, eles podiam pegar um navio de Southampton para a França e estar em Roma dentro de poucas semanas, se quisessem e não perdessem tempo no caminho. Era assim que viviam as classes abastadas, não era? Pelo menos, era o que eu achava, baseada nas minhas leituras. Partiam em grandes viagens pela Europa. Alugavam casas de campo na Itália e mansões na Mesopotâmia. Faziam cruzeiros pelo Nilo e passavam tardes bebericando coquetéis no Bósforo. Não eram como eu, condenada a uma existência vivida em um único lugar, sem nenhuma possibilidade de mudança. Mas abandonar os filhos com tão pouca idade? Eustace fez oito anos e eles não estavam. Era ultrajante. Considerarem-se de classe alta era uma fraude, se davam tão pouca importância a seus pequenos. Eram como animais que devoravam os filhotes.

"E as outras quatro governantas", continuei. "Elas fizeram como a srta. Bennet? Trabalharam por um período curto e então publicaram um anúncio pedindo uma substituta? Os cavalheiros do *Morning Post* esperam pela chegada do meu anúncio a qualquer momento?"

O reverendo Deacons franziu as sobrancelhas e pareceu tomado por uma angústia profunda. "Apenas a srta. Bennet fez o anúncio ela mesma", ele explicou. "O sr. Raisin publicou os outros."

"Bom, já é um começo. Mas essas outras quatro... Por que foram embora? Não gostaram da casa? Como seria possível, se é tão bonita? Não se apegaram às crianças? Não posso acreditar, pois são tão..." Busquei a palavra certa. Amáveis não eram, com certeza. Acolhedoras? Também não. Companhias prazerosas? Não exatamente. No fim, usei a palavra que ele mesmo tinha usado para descrevê-las: "Inteligentes", eu disse. "E interessantes."

"Não teve nenhuma relação com a casa nem com as crianças", ele respondeu, as palavras agora surgindo com afobação, e pude perceber que eu o estava colocando sob muito estresse — mas não tinha a menor intenção de parar.

"Então, o quê? Por que foram embora?"

"Elas não foram embora!", ele respondeu, levantando a voz, quase gritando comigo, e o som ressoou pela igreja, ricocheteando pelas paredes maciças de pedra e ecoando na câmara. "Elas morreram."

Eu o encarei. Fiquei aliviada por estar sentada, pois senti um pouco de tontura com aquelas palavras. "Morreram?", repeti, enfim, minha voz saindo quase como um sussurro. "Todas? Como?"

"Não, não todas", ele respondeu, dando as costas para mim, desesperado para sair dali. "A primeira, a srta. Tomlin, morreu. Em circunstâncias terríveis. E as outras três, a srta. Golding, a srta. Williams e a srta. Harkness. Elas todas morreram também. Mas a srta. Bennet, sua antecessora, sobreviveu. Houve aquele incidente pavoroso, claro, que provocou sua partida, mas ela sobreviveu."

"Que incidente?", perguntei, inclinando-me para a frente. "Por favor, não sei nada sobre essas coisas. Imploro que me conte."

Ele se levantou e fez que não com a cabeça. "Já falei demais", ele respondeu. "Existem certas coisas que... Existem confidencialidades, srta. Caine. Pode entender? Pedi que conversasse com o sr. Raisin sobre essas questões, e agora rogo para que faça isso. Se tem perguntas, faça-as para ele. Se tem preocupações, peça que ele tome providências. Se tem problemas espirituais, então, sim, venha falar comigo, mas não no que diz respeito aos acontecimentos dos últimos doze meses em Gaudlin Hall. Enterrei muitas de suas antecessoras e não tenho a menor vontade de enterrar mais uma. Agora, peço desculpas, receio ter me comportado de maneira inadequada e a deixado com mais perguntas do que respostas, mas preciso ir."

Concordei com a cabeça; era evidente que ele não me contaria mais nada. Levantei-me, cumprimentei-o e segui pela nave na direção do dia ensolarado. Quando passei pela porta, olhei para trás e vi o reverendo Deacons indo até o primeiro banco e se sentando com pesar, o rosto enterrado nas mãos. Observei por um instante e saí.

Na rua, olhei em volta em busca das crianças, que não estavam à vista. Mas vi o dr. Toxley e a esposa — o casal que tinha me resgatado na minha primeira noite em Norfolk, quando quase me joguei sob o trem que se aproximava.

"Srta. Caine", disse a sra. Toxley, contente por me ver. "Como está?"

"Muito bem, obrigada", respondi. "Que bom que encontrei vocês. Faz tempo que gostaria de convidá-la para um chá da tarde na mansão. Quarta-feira, talvez?"

Eu não tinha pensado naquilo antes, claro; a ideia me ocorreu somente naquele momento. Mas não tinha nenhuma companhia, nenhum amigo. E a sra. Toxley era apenas alguns anos mais velha do que eu. Por que não convidá-la para um chá? Sim, eu era apenas uma governanta e ela, a esposa de um médico, mas e daí? O sorriso dela diminuiu um pouco e percebi o desconforto do marido, que ajeitou a postura.

"Ora, é claro", a sra. Toxley respondeu, gaguejando de leve, talvez surpresa pela espontaneidade absurda do convite. "Mas por que não nos encontramos na casa de chá da sra. Sutcliffe, aqui no vilarejo? Não seria mais conveniente para você?"

"Adoraria que você viesse até Gaudlin Hall", eu disse.

"Ela faz tortas deliciosas. Acho que você gostaria de..."

"Por favor", insisti, estendendo a mão e tocando seu cotovelo, um gesto incomum para mim; eu não era uma mulher tátil. "Por favor, venha a Gaudlin Hall. Que tal na quarta-feira, às três?"

Ela olhou para o marido, que parecia muito angustiado; então pareceu ter sido tomada por um senso de independência, pois concordou com a cabeça, sem dizer nenhuma palavra. Sorri. "Obrigada", eu disse. "Então nos vemos em breve. Agora, por favor, não me considerem mal-educada, mas acabo de ver o sr. Cratchett saindo do pub e preciso ter uma palavra com ele."

Os Toxley observaram, estupefatos, eu me afastar com a mesma postura de urgência com a qual tinha me aproximado e andar na direção do assistente do sr. Raisin, que, ao me ver, levantou uma sobrancelha, deu meia-volta e seguiu na direção oposta.

"Sr. Cratchett?", chamei, mas ele me ignorou. Por isso, chamei mais alto — "Sr. Cratchett! Por favor!" —, em um volume que não lhe deu alternativa além de se virar, assim como fizeram vários outros moradores que passavam por ali e olharam para mim como se fosse um mau elemento.

"Ah, srta. Caine", ele disse. "Que prazer vê-la."

"Vamos direto ao assunto, sr. Cratchett", respondi. "Quero avisá-lo que passarei no escritório para uma reunião com o sr. Raisin na manhã de terça-feira, às onze. Vou precisar de uma hora e prefiro que não nos interrompam durante esse período. Espero que ele esteja livre neste horário, mas é bom que vocês dois saibam que, se não for o caso, estou disposta a ficar na sala de espera até que ele me receba. Levarei um livro para passar o tempo. Levarei dois livros, se precisar. Levarei a obra completa de Shakespeare, se ele insistir em me manter esperando para sempre, e as peças ajudarão a passar o tempo. Mas não vou embora até que tenha conversado com ele, estamos entendidos? Tenha um bom domingo, sr. Cratchett. Aproveite para almoçar. Está fedendo a uísque."

Com isso, dei meia-volta e me afastei, sem dúvida o deixando completamente chocado no meio da rua e irritado com a minha audácia — mas fiquei muito satisfeita comigo mesma por ter feito todo aquele discurso improvisado sem tropeçar em nenhuma palavra. Terça-feira, onze horas. Agora havia um horário marcado e eu conseguiria respostas. Olhei para a frente, quase rindo pela força da minha determinação, e fiquei contente quando vi Isabella e Eustace perto da bomba de água, conforme eu tinha mandado, brincando com gravetos e uma bola.

"Venham, crianças", eu disse, passando por eles a passos largos, sentindo-me uma nova mulher. "Não vamos perder tempo. O almoço não se prepara sozinho."

12

Minha sensação de bem-estar continuou durante o almoço e durou até o início da tarde, quando a estranha mistura de emoções que eu tinha experimentado naquela manhã — luto, incompreensão, frustração e euforia — pareceu se assentar em um estado de melancolia. Caminhei pelo terreno da propriedade, minha mente perturbada pelas coisas que tinha descoberto, ou deixado de descobrir, desde o instante que acordei. A sexta governanta em apenas um ano! Parecia algo extraordinário. As primeiras quatro, mortas; a quinta tinha disparado pela estação Thorpe com tanta pressa que quase me derrubou em sua urgência de ir para longe. O que aconteceu com todas elas? O que as levou a destinos tão terríveis?

Ao seguir na direção da mansão e olhar para a janela do meu quarto no terceiro andar, fui tomada por uma distinta sensação de desconforto e abracei meu próprio corpo, esfregando os braços para oferecer um pouco de calor aos meus ossos. Perguntei-me se as governantas anteriores tinham usado o mesmo quarto que eu — afinal, havia pelo menos uma dúzia na mansão, portanto era bem possível que não —, mas fiquei arrepiada ao imaginar tal possibilidade. Já tinha me ocorrido quão bem-arrumado era o aposento; não se tratava de instalações típicas a se oferecer para um criado (eu imaginava). Era muito espaçoso e a vista do jardim era excepcional. Se não fosse pelas janelas seladas, teria sido quase perfeito. Observei a janela em questão e suspirei. Talvez as crianças tivessem me dado um quarto novo, sem más lembranças associadas a ele?

Porém, ao olhar para o quarto, fui surpreendida por uma figura de pé atrás da cortina, inclinando-se para a frente e olhando para mim. Era difícil identificar quem era, pois a renda branca estava entre ela e o vidro, e franzi o cenho, certa de que devia ser Isabella. (Eustace não me parecia o tipo de menino que teria interesse em vasculhar os pertences alheios.) Era exatamente por isso que eu não deixava minha porta aberta, pensei. Queria manter pelo menos aquele tantinho de privacidade. Observando a figura, vi que se mexeu e então se afastou da janela; caminhei pela porta da frente da casa, preparando-me para ser dura com a menina, quando, para meu espanto, vi Isabella na sala à minha esquerda, sentada no sofá, as pernas esticadas, envolvida na leitura. Fiquei surpresa, para dizer o mínimo, e até um pouco decepcionada. Então era Eustace! Talvez tivesse superestimado seu caráter. Não gostava da ideia de repreendê-lo, pois o considerava um menino adorável, mas era impossível evitar; precisaríamos ter uma conversa. Comecei a seguir na direção da escada para subir até o quarto, mas, antes que eu pudesse fazê-lo, Eustace surgiu ao lado da irmã, onde antes estava fora de vista, acompanhado por Pepper, o cachorro de Heckling, que olhava para o teto e rosnava com uma voz grave e seca, uma das patas traseiras batendo no chão com urgência, como se estivesse se preparando para atacar.

Sem medo nenhum, subi as escadas para o primeiro andar, virei à esquerda, continuei pela escada maior que levava ao segundo andar e caminhei pelo corredor que conduzia ao meu quarto, abrindo a porta de um jeito brusco e olhando à volta pronta para confrontar o invasor.

Para meu assombro, não havia ninguém ali. Conferi o entorno, totalmente confusa. Fazia menos de um minuto que eu tinha visto a figura atrás da cortina, e não havia a menor chance de alguém ter saído do quarto e descido as escadas sem passar por mim no caminho. Abri o guarda-roupa, olhei embaixo da cama, mas o quarto estava vazio. Quase caí na risada. Tinha imaginado tudo aquilo? Os acontecimentos do dia tinham embaralhado minha mente e minha imaginação? Suspirei. Era a única explicação possível. Mas tive tanta certeza!

Fui até a janela e abri a cortina, colocando minhas duas mãos contra os imensos vidros lacrados, na mesma posição que tinha imaginado a figura; agora exausta, fechei os olhos e relaxei o corpo contra a janela. O que aconteceu em seguida não durou mais do que dez segundos, talvez quinze, no máximo, mas lembro como se ainda estivesse mergulhada naquele horror, e juro que pareceu durar uma hora.

A janela, impossível de abrir, selada com betume derretido, escancarou-se, o vidro projetando-se para fora; uma ventania entrou no quarto conforme um par de mãos — Eu as senti! Senti aquelas duas mãos! — empurrou minhas costas com força, levantando-me do chão com tanta determinação quanto aquele vento terrível naquela tarde que voltei da minha primeira visita ao vilarejo; empurrando-me com tanto ímpeto quanto a força invisível que tentou me jogar sob o trem na estação Thorpe. Meu corpo caiu pela abertura e, na fração de segundo em que saí do quarto, meus olhos se arregalando diante da queda de quinze metros até o chão, que sem dúvida nenhuma me mataria, outro par de mãos, de outra entidade invisível — mãos maiores, essas; mais fortes —, me empurraram, chocando-se contra mim como se eu estivesse sendo espancada, esmagando-me, forçando-me para dentro do quarto. O vento lá fora rugiu e perdi o fôlego; foram segundos tão chocantes que não pude entender o que estava acontecendo, nem mesmo sentir medo — não ainda. Mas não tinha terminado. As mãos atrás de mim atacaram de novo e saí pela janela outra vez, o chão do quarto desaparecendo sob meus pés, o solo lá embaixo, onde meu corpo seria destroçado, chamando-me para a morte; mas, novamente, antes que eu pudesse cair, o segundo par de mãos me empurrou de volta para dentro, com ainda mais força, tanta que provocou dor como eu nunca tinha sentido antes, e caí no quarto, despencando no chão, debatendo-me para chegar na parede oposta, contra a qual bati as costas com tanta força que gritei; conforme o fiz, a janela se fechou em um movimento brusco e o vento morreu no mesmo instante. Fiquei largada ali, petrificada e chorando, meu corpo inteiro dominado pela dor, sem entender o que tinha acabado de se passar.

Devo ter ficado ali por meia hora, incapaz de me mexer, temerosa do que poderia acontecer se eu tentasse levantar, mas, enfim, senti que o quarto estava em paz. Devagar, com muito cuidado, fiquei em pé. Abri meu vestido e olhei para minha barriga. Estava com uma marca profunda, uma contusão grande, vermelha e sensível ao toque; eu tinha certeza de que a cor mudaria e aquilo ficaria mais dolorido nos próximos dias. Se pudesse ver minhas costas, sem dúvida encontraria marcas parecidas. Determinada a lutar contra o medo, fui até a janela mais uma vez e estendi as mãos para os trincos, hesitante, receosa de tocá-los — mas, de algum jeito, sabendo que minha provação estava terminada. Tentei abri-los, mas não se mexeram. Estavam tão lacrados quanto antes. Era como se nunca tivessem sido abertos.

Desmoronei na cama e senti um profundo grito de medo subir pela garganta; fechei a boca com as mãos para impedi-lo de sair. O que tinha acontecido naqueles quinze segundos? Como uma coisa daquelas *poderia* acontecer? Não tinha sido minha imaginação, pois meus machucados eram reais. Havia uma presença naquela casa, alguma coisa profana; uma noção que eu antes desprezara como fantasia tomou conta de mim e me disse que aquela era a verdade. Mas havia outro fator, algo que eu não tinha cogitado antes.

Eram *duas* presenças.

13

Se o sr. Cratchett ficou desesperado para me evitar na tarde de domingo, ele parecia resignado com minha visita quando cheguei ao escritório do sr. Raisin na manhã de terça-feira, pouco depois das onze. Eu tinha ido a pé de Gaudlin Hall ao vilarejo, percurso que demorou quase uma hora, mas infinitamente preferível à dresina. Os machucados no meu corpo tinham se aprofundado e mudado de cor, assumindo um tom desagradável aos olhos e uma maciez aflitiva ao toque. Por algum motivo, achei que caminhar talvez aliviasse a pressão sobre os ferimentos. Além disso, eu gostava da ideia de passear — meu ânimo tinha chegado a níveis tão baixos que eu torcia para o ar fresco me oferecer algum estímulo.

Como era de esperar, dormi muito mal na noite de domingo, depois daquele incidente assustador. Não quis descer para conversar sobre o ocorrido com as crianças e me vi na infeliz condição de não ter ninguém com quem falar sobre o assunto. Nenhum amigo, nenhuma família, nenhum confidente que pudesse me ajudar. Desejei ter sido abençoada com um irmão mais velho, alguém que pudesse cuidar dos meus sofrimentos como se fossem seus, ou que minha irmã mais nova, Mary, tivesse sobrevivido para me fazer companhia. Mas não havia ninguém, claro. Eu estava sozinha.

Considerei a possibilidade de trocar de quarto e me mudar para um dos muitos aposentos vagos no segundo ou no terceiro andar da mansão, mas duvidava que o espírito com tanto rancor pela minha presença desistisse por uma alteração tão irrelevante. Afinal, ele tinha tentado me impedir de entrar na casa quando me forçou a descer da dresina; agora tentava me tirar de lá com métodos mais violentos. Pensei em escrever para minha antiga chefe, a sra. Farnsworth, para pedir conselhos, mas mudei de ideia, sabendo que colocar tais angústias no papel me faria parecer uma lunática. Ela responderia que eu estava imaginando coisas ou contaria em segredo para os professores da St. Elizabeth's que eu tinha começado a beber para aliviar a dor do luto. Mas, mesmo que os outros duvidassem de mim, eu não podia duvidar também, pois os machucados no meu corpo eram prova suficiente do ataque; eram feridas que eu mesma não poderia ter causado, tampouco poderiam ter sido inventadas pelas fantasias de uma mente perturbada.

Por isso, decidi permanecer onde estava. Mas fiquei com medo, claro. Minha vida, assim como a das governantas anteriores, corria perigo. Nas horas mais sombrias da madrugada, quando o temor e a ansiedade ameaçavam me subjugar, cogitei a ideia de fazer a mala e roubar a égua e a charrete de Heckling para seguir até a estação Thorpe e depois para Londres, Cardiff ou Edimburgo — não importava onde. Mas havia uma coisa, ou melhor, *duas* coisas que me impediram de tomar uma atitude tão drástica: Isabella e Eustace. Eu não podia deixá-los sozinhos com a presença na casa; se ela tinha me ferido — eu, uma mulher adulta —, que mal poderia causar a duas crianças indefesas? Não me sentia corajosa, mas tive bom senso suficiente para saber que não podia deixar Norfolk com a consciência limpa se houvesse alguma chance de eles serem machucados. Até mesmo a srta. Bennet tinha sentido esse peso. Quando chegou a manhã, eu tinha decidido enfrentar aquela experiência, entendê-la — e, se fosse necessário, derrotá-la.

"Srta. Caine", disse o sr. Cratchett, levantando-se e oferecendo um sorriso obsequioso quando entrei. "Encantando em vê-la." Ele devia ter se apressado no barbear matinal, pois havia duas marcas de sangue seco no seu rosto, uma acima da boca e outra embaixo do queixo; era algo que não lhe dava nenhuma dignidade.

"Bom dia, sr. Cratchett", respondi, sorrindo para ele. Não sentia a mesma determinação inabalável de quando o abordei depois da missa; mais uma vez, estava pronta para ser subjugada pelo fato de ali estarem dois homens do mundo, cavalheiros de negócios e propriedade, enquanto eu não passava de uma governanta, dependente do meu cargo para ter o que comer e onde dormir. "Espero que não tenha me considerado muito petulante no domingo", acrescentei, tentando eliminar qualquer animosidade. "Mas o sr. Raisin se revelou um homem com uma agenda muito cheia."

"Ah, não se preocupe com isso, senhorita", ele disse, sacudindo as mãos no ar de um jeito exagerado. "Não tem nenhum motivo para se desculpar, garanto."

"O senhor é muito gentil", respondi, segurando-me para não revelar que eu não tinha pedido desculpas, apenas oferecido uma explicação.

"Srta. Caine, eu e a sra. Cratchett já somos casados há quase três anos. Se existe uma condição com a qual estou acostumado é a tendência do sexo frágil a sofrer de ansiedade nervosa."

Ele fez uma reverência educada e cogitei pegar o grande peso de papel sobre sua mesa — que tinha o formato da Irlanda — e golpear seu crânio. Algum tribunal nesse mundo me condenaria?

"Sim", eu disse, desviando o rosto e tentando manter a irritação à distância. "Mas espero que o sr. Raisin tenha conseguindo encontrar algum tempo para mim na agenda."

"Não sem certa dificuldade", ele respondeu, determinado a deixar claro que ainda estava no comando por ali. "Mas, felizmente, consegui fazer certos, como posso dizer, *ajustes* nas peças do tabuleiro. Um compromisso daqui movido para lá; uma reunião desta tarde remarcada para outro dia da semana..." Ele mexeu as mãos à minha frente como se estivesse envolvido no processo literal de mover peças. "Em resumo, o que precisava ser feito foi feito. E fico contente de informá-la que o sr. Raisin reservou algum tempo para a senhorita."

"Obrigada", eu disse, aliviada. "Devo...?" Indiquei a outra sala com a cabeça, perguntando-me se deveria entrar direto, mas ele fez que não e me conduziu para uma poltrona que não estava ali na minha primeira visita.

"Ele receberá a senhorita em breve", respondeu o sr. Cratchett. "Por favor, aguarde até ele estar pronto. Receio não ter nenhum material de leitura para senhoras por aqui. O único periódico que recebemos é a edição diária do *Times*. Tenho certeza de que achará muito tedioso. Só fala de política, crimes e questões relacionadas à economia."

"Bom, vou dar uma olhada para ver se há alguma notícia sobre as novas tendências em chapéus", eu disse, sorrindo. "Ou talvez uma receita saborosa ou uma técnica de tricô."

Ele suspirou, pegou o jornal, entregou-me e voltou para trás da mesa; colocou o pincenê no nariz e retomou seus escritos. Logo depois, a porta se abriu atrás dele e, sem que o dono dela saísse da sala, uma voz chamou o nome do sr. Cratchett; ele, por sua vez, informou-me que eu poderia entrar.

"Srta. Caine", disse o sr. Raisin quando entrei. Ele estava sentado atrás da mesa, com camisa, gravata e colete, preparando um cachimbo, tentando acender o tabaco no fornilho, o que não parecia estar sendo fácil. Depois de um momento, o fósforo apagou e ele acendeu outro, puxando ar pela piteira até que a brasa, enfim, acendeu.

"Meu tabaco secou", ele explicou, indicando o sofá encostado na parede; fui me sentar enquanto o sr. Raisin pegou um casaco em um cabide e vestiu, depois se acomodou em uma poltrona à minha frente. Para minha surpresa, senti um conforto extraordinário por estar em sua presença outra vez. "Mas é culpa minha, claro. Deixei na sala ontem à noite e me esqueci de tampar. Sempre que faço isso tenho problemas."

"Meu pai era um grande adepto do cachimbo", eu disse, apesar do cheiro da fumaça que vinha do sr. Raisin não ser o mesmo do que papai gostava — pelo que fiquei agradecida, pois tinha certeza de que a memória ativada pelo cheiro característico do fumo de papai teria me arrebatado.

"É um relaxante maravilhoso", ele comentou, sorrindo para mim. "Sir Walter Raleigh foi um sujeito extraordinário." Olhei para ele, sem entender, e então me lembrei de que era o explorador que tinha trazido o tabaco para o Novo Mundo. "Você sabia que, depois da execução de Sir Walter", ele continuou, tirando o cachimbo da boca e apontando a piteira na minha direção, "a viúva carregava a cabeça dele em uma bolsa de veludo para onde quer que fosse?"

"Não, não sabia", respondi, levantando uma sobrancelha.

"Não acha que é uma coisa inusitada a se fazer?"

"Ela deve tê-lo amado muito", eu disse, dando de ombros, o que fez o sr. Raisin cair na risada.

"Tenho muito apreço pela minha esposa, srta. Caine", ele me contou. "Muito apreço. Mas garanto que, se a cabeça dela fosse cortada no Old Palace Yard por traição, eu enterraria com o resto do corpo, não carregaria comigo. Acho um tanto macabro, não concorda? É levar tristeza a um nível absurdo."

"O luto pode causar reações estranhas nas pessoas", eu disse baixinho, passando o dedo pela madeira polida da mesa que nos separava. Por algum motivo, senti um nó no estômago com aquelas últimas afirmações e tive uma vontade quase incontrolável de sair correndo da sala e ir o mais longe possível, independentemente de quantas perguntas quisesse fazer. "Nenhum de nós pode ser responsabilizado pelo que faz nesses momentos."

"Hum", respondeu o sr. Raisin, pensando no assunto, mas não parecendo convencido. "E o que o seu pai fumava? Ele gostava de Old Familiar, como eu?"

"Johnson's Original", eu disse, sacudindo a cabeça, sentindo-me um tanto distraída. "Conhece?"

"Sim. Mas não é meu preferido. Prefiro aromas mais adocicados."

"O cachimbo de papai cheirava a canela e castanhas", comentei. "Combinação esquisita, eu sei, mas, sempre que ele acendia, de tardezinha, quando lia perto da lareira, o cachimbo ficava em sua mão e o aroma de canela e castanhas enchia a sala. Dava uma sensação de segurança."

O sr. Raisin meneou com a cabeça. "A morte foi inesperada?", ele perguntou.

"Foi uma doença um tanto repentina", respondi, desviando o rosto e olhando para o tapete. "Causada por exposição ao frio e à chuva."

"Era um senhor de idade?"

"Não, nem tanto", eu disse. "Mas a saúde dele não andava boa fazia algum tempo. Eu me culpo por ter permitido que ele saísse naquela noite, com o clima tão ruim, mas ele insistiu. Acontece que íamos para uma leitura de Charles Dickens, que recitaria uma de suas histórias de fantasmas em Londres, bem perto de onde morávamos."

"Ah, sim", respondeu o sr. Raisin, abrindo um sorriso que iluminou seus traços já atraentes. "Quem não admira o sr. Dickens? Leu o mais recente? *Nosso amigo em comum*? É um pouco fantasioso, na minha opinião. Espero que o próximo seja melhor."

"Não, senhor, não li", eu disse. "Não recebemos periódicos em Gaudlin Hall."

O sr. Raisin suspirou. "Então as coisas mudaram bastante desde os tempos áureos daquela casa", comentou. "O sr. Westerley recebia todos os jornais importantes. E *Household Words*, claro. *Illustrated Times*. *All the Year Round*. Tudo o que você imaginar. Ele era um leitor ávido. Gostava de ficar informado sobre os acontecimentos. Assim como o pai dele. É claro que o problema com o velho sr. Westerley era que ele..."

Ocorreu-me que o sr. Raisin estava jogando conversa fora para passar o tempo. Quanto mais falasse sobre meu falecido pai, Charles Dickens ou a variedade de periódicos disponíveis para aqueles que podem pagar, menos tempo haveria para responder a minhas perguntas. Os minutos passariam, simples assim. Os ponteiros do relógio se aproximariam do meio-dia e, antes que eu me desse conta, seu arrojado assistente estaria ali, conduzindo-me para fora, insistindo que havia muitos outros compromissos agendados para o dia e que meu tempo tinha acabado.

"Sr. Raisin", eu disse com firmeza, e ele me encarou, arregalando os olhos, com a expressão espantada de alguém que não está acostumado a ser interrompido, muito menos por uma mulher. Ele parecia não saber como lidar com a situação. "Peço desculpas, mas será que podemos ir direto ao assunto? Tem muitas coisas que gostaria de discutir com o senhor."

"É claro, srta. Caine, é claro", ele respondeu, recuperando-se. "Tudo está em ordem, não está? Nenhum problema com os pagamentos? Está tendo dificuldades com Heckling?"

"Meus pagamentos estão em dia", eu disse. "E creio que meu relacionamento com o sr. Heckling é tão bom quanto o de qualquer outra pessoa. Na verdade, achei que nossa conversa anterior — aliás, nossa única conversa — não me levou a conclusões satisfatórias."

"Em que sentido?", ele perguntou.

"Sr. Raisin, quando cheguei a Norfolk, eu estava contente com o emprego, contente por ter onde morar. Contente por começar de novo depois de perder meu pai. Agora, vejo que aceitei o cargo sem o planejamento e as considerações necessárias. Eu devia ter feito mais perguntas; mais perguntas deveriam ter sido feitas a mim. Mas cá estamos e não podemos mudar o passado. E, agora que cheguei há algumas semanas, agora que já me acomodei, devo admitir que estou mais..." Tive dificuldade para encontrar a palavra certa.

"Curiosa?", ele sugeriu. "Inquisitiva?"

"Preocupada", eu disse. "Houve inúmeros incidentes fora do comum e, para ser sincera, não sei como explicá-los sem que o senhor duvide da minha sanidade. Mas, se me permite, vou deixá-los de lado por um momento e vou me concentrar em questões mais concretas. Sr. Raisin, gostaria de fazer uma pergunta direta e ficaria muito grata se me desse uma resposta direta."

O advogado concordou devagar com a cabeça e uma expressão de ansiedade tomou conta de seu rosto. Ele talvez tivesse percebido que não tinha nada a ganhar com aquela postura dissimulada. Abriu um pouco os braços e usou o polegar e o indicador para tirar um fiapo de tabaco de entre os dentes da frente antes de recolocar o cachimbo na boca. Uma nuvem de fumaça cinza ocultou seu rosto por um instante. "Faça sua pergunta, srta. Caine", ele disse, em tom resignado. "Não posso garantir que vou responder. A senhorita precisa entender que sou forçado a manter certo grau de confidencialidade no que diz respeito a meus clientes." Ele suspirou de leve e pareceu se abrandar. "Mas, por favor, faça sua pergunta. Se puder responder, prometo que o farei."

"O sr. e a sra. Westerley", eu continuei. "Os pais das crianças. Onde estão?"

Ele meneou com a cabeça e desviou o rosto. Tive a impressão nítida de que não ficou surpreso com a pergunta, que era exatamente o que esperava.

"Já faz algumas semanas que você está na cidade", ele disse, em tom inexpressivo.

"Sim."

"Então me parece um tanto curioso que precise perguntar isso. Passei minha vida toda em Gaudlin, sabe? E sempre considerei as fofocas daqui de primeira linha. Tenho plena confiança de que elas levam informações às pessoas com mais rapidez do que os correios."

"Pois levantei a questão sobre os pais de Isabella e Eustace com várias pessoas", eu disse. "Mas, toda vez que faço isso, sou tratada com hostilidade e ouço recusas. Falo nos Westerley e todos mudam de assunto. De repente, estamos conversando sobre o clima, o preço do trigo ou as chances do sr. Disraeli de ser primeiro-ministro. Todo mundo, da moça do café até o vigário, dá a mesma resposta."

"Que é?"

"Pergunte ao sr. Raisin."

Ele riu. "Portanto, aqui está você."

"Sim. Aqui estou eu. Perguntando ao sr. Raisin."

Ele respirou fundo e se levantou. Caminhou até a janela e olhou para o quintal, onde as folhas de um bordo selvagem estavam ficando avermelhadas em um canto. Havia belas roseiras alinhadas numa área e me perguntei se era ele ou o sr. Cratchett que cuidava delas. Mas decidi não interromper seus pensamentos; supus que naquele instante ele estava decidindo se me contava ou não a verdade e, se eu apressasse a decisão, não descobriria nada. Depois de uma longa pausa, ele enfim se virou, com uma expressão tão séria no rosto que senti como devia ser estar na posição de acusado naquele escritório e ter aquele semblante me encarando.

"O que estou prestes a contar, srta. Caine", ele começou, "é algo de conhecimento público, portanto não pode haver nenhuma alegação de quebra de confidencialidade. Com toda a sinceridade, estou surpreso que você já não saiba da história, pois foi um escândalo considerável nos jornais há pouco mais de um ano."

Franzi as sobrancelhas. A verdade era que, apesar de todo o meu discurso, eu nunca lia os jornais. Mantinha-me atualizada sobre isso ou aquilo da política, claro; sabia o nome do primeiro-ministro e do ministro do Interior; conhecia alguns detalhes sobre a guerra na Prússia e sobre a tentativa de assassinato em Kiev — pois foram assuntos discutidos na sala dos professores na St. Elizabeth's. Porém, fora isso, reconheço que era um tanto ignorante sobre o que acontecia no mundo.

"Os pais das crianças", ele continuou. "Bom, suponho que deva começar pelo sr. Westerley. Eu o conheço desde que era um menino. Estudamos juntos. Éramos como irmãos. Minha mãe morreu quando eu era apenas uma criança e meu pai me criou sozinho. Como ele trabalhava exclusivamente para o velho sr. Westerley, eu e James fomos colocados na companhia um do outro desde pequenos."

"Sua história é parecida com a minha", comentei. "Minha mãe morreu quando eu tinha nove anos."

Ele concordou com a cabeça e percebi que ficou um pouco menos na defensiva. "Ora, então você sabe como é crescer apenas na companhia do pai. De qualquer forma, James era um menino bagunceiro, mas cresceu e se tornou um rapaz excepcionalmente gentil e atencioso, culto, popular no vilarejo. O velho sr. Westerley era um tanto intratável, mas não havia nada de errado com isso. Quando alguém tem dinheiro e responsabilidades, não fica por aí sendo amigável com todo mundo. Ele tinha planos para que James se casasse com uma menina de Ipswich, filha de um proprietário de terras, mas isso nunca aconteceu. Afinal, não eram tempos feudais. James não aceitaria que lhe dissessem com quem deveria ou não se casar. No fim, como talvez saiba, nem se casou com uma inglesa."

"Isabella mencionou isso", comentei. "Ela disse que a mãe era espanhola."

"Sim, exato. James passou seis meses em Madri — deve fazer uns catorze anos, acho — e se apaixonou por uma moça que conheceu por lá. Mas ela era uma ninguém. A família não tinha nada. Estava envolvida em algum tipo de escândalo sobre o qual seria indelicado falar, mas James não se importava com o passado da família. Ele desejava Santina, era esse o nome dela, e ela parecia desejá-lo também. E foi assim que voltou para Norfolk com aquela moça e a levou para conhecer seu pai. É desnecessário dizer que houve uma grande comoção. O pai proibiu os dois de se casarem, mas era tarde demais, eles já tinham se casado; o anel já estava no dedo da moça. Foi muito incômodo para todo mundo, claro, mas o velho sr. Westerley, por mais severo que fosse, decidiu não romper relações com o filho por causa daquilo e, com o tempo, o perdoou e passou a demonstrar certa cortesia para com a nora."

"Então não houve nenhuma desavença?", perguntei.

"Houve", ele disse. "Mas por pouco tempo. Todos se reconciliaram depois que os ânimos se acalmaram. E é digno de nota que Santina fez um esforço genuíno para se aproximar das pessoas. Ela tratava o velho sr. Westerley com muito respeito; tornou-se amiga dos moradores do vilarejo. Contribuía com a vida do lugar. Durante aqueles primeiros anos, não houve nada de muito extraordinário na vida dos dois. Apesar de estrangeira, ela acabou sendo aceita por todos, e as coisas ficaram bem."

Meneei com a cabeça, pensando no assunto. Uma estranha, uma estrangeira, em um lugar como este. Morando na mansão. Imaginei que as coisas não deviam ter sido fáceis para a sra. Westerley.

"Você faz parecer um verdadeiro idílio", eu disse. "Por que tenho a sensação de que está prestes a destruir tudo?"

"Você é muito perceptiva, srta. Caine. Dali a mais ou menos um ano, o velho sr. Westerley faleceu e James herdou tudo. Santina estava grávida na época e, alguns meses depois, quando deu à luz uma menininha, Isabella, tudo mudou. Foi uma coisa extraordinária. Eu me lembro de tê-la visto em Gaudlin alguns dias antes de a criança nascer e depois, quando Isabella tinha uma semana, juro que foi como olhar para uma mulher diferente."

"Em que sentido?", perguntei, inclinando-me para a frente.

Ele franziu o cenho e pensou por um instante. Percebi que aquelas eram lembranças que lhe causavam muita angústia e que ele queria ser cuidadoso nas palavras que usava. "Minha esposa comprou um presente para dar as boas-vindas à criança", ele disse, sentando-se outra vez e olhando diretamente para mim, o rosto marcado pela tristeza. "Um brinquedinho, nada fora do comum. Fomos até Gaudlin Hall para visitar os Westerley e, quando chegamos, Santina estava no quarto, indisposta, e James subiu para buscá-la, deixando eu e minha esposa sozinhos com a menina. Charlotte saiu para ir ao lavabo. Logo depois, Isabella acordou e, talvez com fome, começou a chorar. Você precisa entender, srta. Caine, que tenho filhos. Estou acostumado a lidar com crianças e tenho orgulho de dizer que, ao contrário da maioria dos homens, não me importo de acalmar um bebê chorando. A pequena estava nervosa e por isso, como era de esperar, estendi os braços para pegá-la. Porém, no momento que fiz isso, no momento que a tirei do berço, Santina apareceu à porta e, ao ver o que eu estava fazendo, começou a gritar. Foi assustador. Um guincho diferente de tudo que eu já tinha ouvido. Não sabia qual era o problema e fiquei congelado, enraizado no lugar, em choque. Até Isabella parou de chorar, tão alto e pavoroso era o som saindo da boca da mãe. Em um instante, James estava no aposento, olhando de um lado para o outro, tentando entender o que estava acontecendo. Recoloquei Isabella no berço e saí, indo para a porta da frente, onde Charlotte me encontrou em seguida. Pedimos que Heckling trouxesse nossa carruagem. A coisa toda foi desconcertante ao extremo. Eu tinha feito alguma coisa para perturbar Santina — mas o quê? Não conseguia entender."

Eu o encarei. "Tudo o que você fez foi pegar o bebê no colo?", perguntei.

"Eu juro, foi só isso."

"Então por que ela ficou tão nervosa?"

O sr. Raisin riu com amargura. "Nervosa? Ela não estava nervosa, srta. Caine. Estava *descontrolada*. Perdeu todo o controle de si mesma. Alguns minutos depois, James saiu e também estava muito agitado. Ele pediu desculpas e eu pedi desculpas; tolos que éramos, ficamos insistindo em assumir a culpa, até que eu disse que eu e Charlotte precisávamos ir e ele se despediu de nós. Eu e minha esposa voltamos para casa profundamente perturbados com aquela situação, mas depois tentei tirar a coisa toda da cabeça."

Pensei sobre aquilo. "Você e o sr. Westerley", eu disse, depois de uma pausa, "eram amigos antes disso, não? Você contou que cresceram quase como irmãos. Ela tinha ciúmes desse afeto, talvez?"

"Acho que não", ele respondeu, sacudindo a cabeça. "Eu e Charlotte fomos muito hospitaleiros com Santina quando ela chegou à Inglaterra, e ela me falou mais de uma vez que era muito grata a mim por causa disso. Sempre achei que gostávamos muito um do outro, para ser sincero. Até então, nunca tínhamos trocado palavras atravessadas, tampouco tinha havido qualquer momento desconfortável entre nós."

Ele tirou o cachimbo da boca e o colocou na mesa ao lado. Reparei em um discreto tremor em suas mãos, um nervosismo ao recontar aquela história. No instante seguinte, ele se levantou e foi até um canto da sala, onde havia um pequeno armário de bebidas. "É cedo, eu sei", ele disse, servindo-se de uísque. "Mas preciso disso. Não falo sobre essas coisas faz muito tempo."

"Não tem problema", respondi.

"Gostaria de uma dose?"

Fiz que não com a cabeça e ele consentiu, devolveu a garrafa ao lugar e deu um gole no copo. "Depois disso", continuou, "tudo mudou em Gaudlin Hall. Santina se tornou uma mulher completamente diferente. Ela não conseguia suportar ficar longe da filha nem por um minuto. Não confiava em ninguém para cuidar da criança. Como era de esperar, James queria contratar uma babá, pois era assim que as coisas sempre tinham sido feitas na família Westerley, mas a mulher não queria, de jeito nenhum. Disse que cuidaria da menina ela mesma."

"Mas isso é muito natural, claro", comentei, em minha ignorância sobre coisas que não entendia por completo. "Ela era dedicada à filha. Devia ser admirada por tal dedicação."

"Não, não foi isso, srta. Caine", ele respondeu, sacudindo a cabeça. "Já vi dedicação. Minha esposa tem dedicação total a nossos filhos. A maioria das mulheres que conheço tem. A maioria dos homens também, apesar de tentarem esconder com voz grave e postura dominadora. Mas aquilo não era dedicação. Era uma *obsessão*. Ela simplesmente não deixava nenhuma outra pessoa chegar perto de Isabella. Tocá-la, pegá-la no colo. Cuidar dela. Nem mesmo James. Certa vez, numa noite em que confesso termos bebido deste bom uísque escocês um pouco além da conta, meu amigo me confidenciou que — perdoe-me, srta. Caine, mas devo falar sem rodeios para chegar à verdade — não compartilhavam mais o leito conjugal."

Desviei o rosto e senti uma angústia repentina por ter ido ao escritório do sr. Raisin. No que me dizia respeito toda aquela história? Por que achava que tinha o direito de saber sobre o funcionamento de um matrimônio cujos envolvidos não tinha nem conhecido? Fui tomada por um ímpeto de levantar, sair da sala, fugir. Não queria saber mais nada. Mas, como Pandora abrindo a caixa e deixando escapar toda a maldade do mundo, eu tinha perguntado ao sr. Raisin onde estavam os pais das crianças, e era isso que ele estava fazendo agora; a caixa não podia ser fechada até que a resposta viesse à tona.

"Quer que eu pare, srta. Caine?", ele perguntou. "Parece angustiada."

"Por favor, continue", eu disse, engolindo em seco, ansiosa com os rumos que a história poderia tomar. "Conte-me o que mais você sabe."

"Como era de esperar, a relação do casal ficou abalada", ele prosseguiu. "Por isso, imagine minha surpresa quando, alguns anos depois, Santina ficou grávida outra vez. Eustace. James me confidenciou que houve uma breve reconciliação, que ele exigiu seus direitos como marido, e o resultado foi o segundo filho. As coisas se sucederam como antes. Talvez tenham até ficado piores. A obsessão de Santina pelos filhos tornou-se quase patológica. Ela ficava com eles vinte e quatro horas por dia e fazia ameaças a qualquer um que tentasse intervir. Estava muito doente, claro. Acho que havia alguma coisa errada na cabeça dela. Precisava de cuidados médicos. Talvez tenha sido alguma coisa na infância que a assombrava e magoava... Não sei. Mencionei os boatos sórdidos que ouvi, mas é impossível saber se existe alguma verdade neles."

"Um escândalo, foi o que você disse", respondi. "Que tipo de escândalo?"

"Por favor, srta. Caine. É repugnante. Creio que não devíamos falar sobre isso."

"Eu gostaria de saber."

Ele me encarou e, por um momento, pensei ter visto lágrimas em seus olhos. "James conversou sobre isso comigo uma vez", ele disse, enfim, baixinho. "Contou o que Santina tinha contado a ele. Ou melhor, apenas insinuou. Acho que nem mesmo ele conseguiu encontrar as palavras para descrever um comportamento tão cruel e depravado."

"Você precisa ser mais claro do que isso, sr. Raisin."

"O pai e o tio de Santina", ele disse, pigarreando. "Eles eram militares. Parece que se comportavam... como posso explicar... de maneira totalmente inadequada com ela quando ela era pequena. Tomavam as liberdades mais deploráveis. Não apenas criminosas; liberdades que iam contra as leis da natureza. Preciso ser mais claro, srta. Caine, ou já entendeu?"

Concordei com a cabeça, sentindo meu estômago se contorcer. "Entendi perfeitamente, senhor", respondi, surpresa por minha voz não ter hesitado. "A pobrezinha deve ter sofrido muito."

"É difícil imaginar", ele disse. "Conceber que um pai faria uma coisa dessas. E um tio. Não entendo, essa é a verdade. Somos todos animais sob nossas peles, srta. Caine? Mascaramos nossos instintos com palavras bonitas, roupas e comportamento aceitável? Dizem que, se nos entregássemos aos nossos desejos verdadeiros, avançaríamos uns sobre os outros com uma sede de sangue sem precedentes, todos nós."

O que o sr. Raisin tinha descrito talvez não fizesse parte das experiências da maioria das jovens da minha idade, mas eu sabia mais do que queria sobre aquelas coisas, por causa dos acontecimentos na St. Elizabeth's, no ano anterior. Meu amigo, o sr. Covan, foi encarregado de ensinar as meninas do intermediário, que tinham cerca de dez anos. Uma dessas meninas, uma gracinha muito reservada cujo nome não hei de registrar, passou de estudante bem-comportada a bagunceira em um período de poucos meses, e ninguém conseguia entender o motivo. Certo dia, ela teve uma crise de violência em sala e tentou atacar o sr. Covan. A menina precisou ser contida e corria o risco de ser expulsa, mas, depois de muito interrogatório, revelou para a sra. Farnsworth um conjunto de circunstâncias que fez com que a polícia fosse chamada e o sr. Covan fosse levado sob custódia naquele mesmo dia. Não houve julgamento, pois o rapaz pôs fim à própria vida, mas foi um episódio chocante, que causou muita angústia a todos os professores, em especial a mim, que tinha desenvolvido sentimentos de afeto por ele; senti-me traída e assustada pela revelação de seu verdadeiro caráter. Mas é claro que isso não foi nada se comparado aos danos causados na menina, que, quando deixei a escola, ainda não tinha voltado a ser como antes e parecia querer causar o máximo de caos que pudesse à sua volta.

"Considero a natureza humana muito perturbadora", eu disse ao sr. Raisin. "As pessoas são capazes das crueldades mais deploráveis. Se a sra. Westerley sofreu nas mãos da própria família, talvez fosse compreensível que quisesse manter os filhos bem próximos, que não quisesse que ninguém os machucasse."

"Entendo o desejo de protegê-los, srta. Caine", ele respondeu. "Mas, por tudo que é mais sagrado, ela mal deixava o *pai* das crianças pegá-las no colo ou brincar com elas; muito menos outras pessoas. Era uma situação que não podia continuar. Mas continuou. Foi assim durante muitos anos, e todos nós simplesmente nos acostumamos ao fato de haver uma louca morando em Gaudlin Hall. Fomos complacentes, talvez. Pensamos que não era problema nosso. A relação de James e Santina tornou-se um fardo, e ele envelheceu diante dos meus olhos. O pobre homem não sabia como consertar as coisas. Poderia ter ficado assim para sempre, mas as coisas mudaram há cerca de um ano e meio, quando aconteceu um incidente lamentável. Santina estava no parque com Isabella e Eustace e, quando se virou de costas um instante, outra senhora convidou os meninos a se juntar a seus filhos em uma brincadeira de pique. Durante poucos segundos, Santina não os encontrou e ela ficou... Bom, eu já usei a palavra 'louca' antes, mas é isso, srta. Caine; é o único jeito de explicar. Perdeu completamente a sanidade."

Arregalei os olhos. "O que ela fez?", perguntei.

"Pegou um galho no chão. Um pedaço considerável de madeira, pesado. E espancou a mulher. Bateu e surrou aquela boa senhora. Talvez a tivesse matado, se não fosse pela intervenção de outras pessoas. Foi uma coisa terrível, terrível." Agora ele estava muito pálido. "A polícia foi chamada, claro, mas, de alguma maneira, James conseguiu impedir que a esposa fosse acusada. Você ainda vai aprender, srta. Caine, que, num lugar como esse, dinheiro e posição social podem comprar muitos favores. O fato é que teria sido melhor para todos se ela tivesse sido levada para a prisão naquele dia. Se tivesse sido assim, a história talvez fosse diferente." Ele passou a mão nos olhos e suspirou, dando mais um gole no uísque, mais longo dessa vez. "Receio que fique muito angustiante daqui para a frente, srta. Caine. Peço que se prepare."

"*Já está* muito angustiante", eu disse. "Mal consigo imaginar coisa pior."

Ele riu com amargura. "Pois tente", respondeu. "Não sei qual foi o acordo que James fez com a polícia, não sei qual conversa teve com a esposa depois do ataque, mas a cegueira que cobriu seus olhos por tantos anos desapareceu — ele enxergou, enfim, quão insalubre tinha se tornado o vínculo de Santina com as crianças. O quanto o amor tinha se estendido para além dos limites naturais e se distorcido a ponto de se tornar obsessão e crueldade. Afinal, você já viu a postura incomum de Isabella. A maturidade combinada com infantilidade. Isso está enraizado em seu relacionamento íntimo com a mãe. De qualquer forma, James insistiu que uma nova relação precisava ser estabelecida. Que Santina não poderia passar o tempo todo com as crianças. Que precisavam de outras influências. Assim, sob objeções da mãe, ele contratou uma governanta. A primeira. Srta. Tomlin. Boa moça. Um pouco mais velha que você, bonita à sua própria maneira. Todos gostávamos dela. Falava francês fluente, mas ninguém deu importância a isso. Eu a via de vez em quando no vilarejo, acompanhada das crianças, e passei a jogar um jogo ridículo comigo mesmo: onde estava Santina?

Pois eu sabia que, se olhasse à volta, poderia encontrá-la em algum lugar, escondida, observando, sofrendo. Ainda assim, considerava aquilo uma melhora. Senti que ela estava aprendendo a afrouxar o cordão que a ligava a Isabella e Eustace. E acreditei mesmo — acreditei *de verdade*, srta. Caine — que seria bom no longo prazo. Afinal, algum dia as crianças cresceriam, se casariam e deixariam Gaudlin Hall. E Santina precisaria estar pronta para esse momento. Mas eu estava muito enganado, claro, pois ela simplesmente não conseguia admitir que seus filhos estivessem sob os cuidados de outra. Em sua linha de raciocínio, durante algumas horas do dia eles estavam em perigo.

"Certa noite, pouco mais de um ano atrás, em Gaudlin Hall, ela foi para a sala enquanto as crianças estavam no andar de cima e encontrou o marido e a governanta conversando. Parecia relaxada, serena. Esperou um momento em que eles não estivessem olhando e pegou o atiçador da lareira — o atiçador de ferro maciço que esteve ali por gerações — e atacou os dois, pegando-os desprevenidos, com tanta fúria quanto a que tinha usado ao agredir aquela infeliz senhora no parque. Só que, dessa vez, não havia ninguém para intervir, e um atiçador, srta. Caine, é uma arma muito mais letal do que um galho." Ele baixou a cabeça e ficou em silêncio.

"Uma assassina?", perguntei, sussurrando a palavra maldita, e ele concordou com a cabeça.

"Receio que sim, srta. Caine", respondeu baixinho. "Assassinato a sangue-frio. Quando penso na adorável srta. Tomlin, em sua juventude, sua beleza... a vida arrancada de seu corpo. A cena em Gaudlin Hall, naquela noite, foi um choque. Como sou advogado da família e amigo de longa data, os policiais que descobriram a carnificina me chamaram e, eu juro, srta. Caine, nunca vou esquecer o que vi.

Ninguém deveria testemunhar um massacre como aquele. Ninguém poderia dormir em paz de novo."

Desviei o rosto, sentindo um grande nó no estômago. Desejei não saber aquela história. Será que não passava de uma fofoqueira medrosa, querendo saber segredos íntimos que, na verdade, não me diziam respeito? Mas já tínhamos ido até ali. Era melhor terminar.

"E a sra. Westerley", eu disse. "Santina. Ela não ficou em liberdade dessa vez, imagino."

"Foi enforcada, srta. Caine", o sr. Raisin respondeu. "O juiz não teve misericórdia, e por que teria? Ela foi pendurada pelo pescoço até morrer."

Meneei com a cabeça e pus a mão no peito, sentindo os machucados ainda sensíveis.

"E as outras governantas?", perguntei.

O sr. Raisin sacudiu a cabeça. "Não hoje, srta. Caine", ele disse, passando os olhos pelo relógio de pêndulo. "Sinto muito, mas preciso parar por aqui. Tenho que estar em Norwich daqui a pouco e talvez necessite de algum tempo para me acalmar antes de sair. Podemos continuar outro dia?"

Concordei com a cabeça. "É claro", eu disse, levantando-me e pegando meu casaco. "O senhor foi muito generoso. Sinto que devo pedir desculpas", acrescentei. "Posso ver como fica angustiado. Receio ter apenas piorado as coisas."

"A senhorita tem o direito de saber", ele respondeu, dando de ombros. "E tem o direito de saber o resto também. Mas... não hoje, está bem?"

Concordei outra vez e fui até a porta. Hesitei antes de tocar a maçaneta e me virei para ele.

"Mas é hediondo, não é?", comentei, tentando imaginar quão pervertido podia se tornar o amor, a ponto de o vínculo natural entre mãe e filhos se transformar em algo tão obsessivo. "Cometer dois assassinatos só para impedir que qualquer outra pessoa se afeiçoe aos filhos. É melhor nem pensar muito no assunto."

O sr. Raisin olhou para mim e franziu as sobrancelhas. "*Dois* assassinatos, srta. Caine?"

"Sim", respondi. "O sr. Westerley e a srta. Tomlin. É hediondo."

O advogado sacudiu a cabeça. "Desculpe", ele disse. "Receio não ter sido claro. A sra. Westerley não cometeu duplo homicídio. Apenas a srta. Tomlin morreu naquela noite horrível. Ah, ela queria matar os dois, é claro. E devo dizer que aquela louca quase conseguiu, desculpe o linguajar. Mas, não, o sr. Westerley — James — não morreu. Apesar de que, considerando a vida que tem agora e o estado em que aquela mulher o deixou, talvez tivesse sido melhor ter morrido."

Eu o encarei. "O sr. Westerley está vivo?", perguntei, atônita.

"Sim."

"Então volto para minha primeira pergunta, de uma hora atrás. Perguntei onde estão os pais das crianças. Sei onde está a sra. Westerley, claro. Mas e o sr. Westerley? Onde ele está?"

O sr. Raisin olhou para mim como se eu tivesse enlouquecido. "Você não sabe?", perguntou.

"É claro que não", eu disse, cada vez mais frustrada. "Se soubesse, por que perguntaria? Ele foi embora de Norfolk? Abandonou os próprios filhos?"

"Srta. Caine, James Westerley não abandonaria os próprios filhos da mesma maneira que eu não abandonaria os meus. Ele não saiu de Norfolk desde o dia em que voltou daquela viagem fatídica a Madri. James ainda está aqui conosco. Nunca foi embora. Está em Gaudlin Hall. Está na mansão com você. Desde que você chegou."

14

Jamais dependi de despertador para acordar cedo; na infância, papai nunca precisou bater na porta para eu me levantar em dias de aula. Quando tia Hermione me levou à Cornualha para passar o verão com ela depois da morte de mamãe, declarou-se espantada com o fato de eu sempre aparecer para o café da manhã na hora exata que ela tinha me dito na noite anterior. Dizia que eu era uma criança sobrenatural e parecia realmente impressionada com minha pontualidade. Em toda a minha vida, quando sabia que precisava acordar em uma hora específica, simplesmente acordava.

Portanto, quando ordenei a mim mesma para acordar às quatro da manhã no dia seguinte ao encontro com o sr. Raisin, eu sabia que não falharia, e estava certa; meus olhos se abriram nessa hora, encontrando o quarto escuro. Levantei-me e abri as cortinas, observando o jardim de Gaudlin Hall e ao mesmo tempo mantendo distância da janela, apesar de já não temê-la tanto assim, pois o espírito que assombrava aquele lugar não parecia interessado em repetir seus truques. O medo vinha de não saber quando atacaria de novo. Ou como.

Uma neblina tinha dominado o jardim, uma névoa densa que me lembrou da velha penumbra de Londres. Era difícil identificar qualquer coisa. Vesti-me com pressa e desci para a cozinha. Sentada em uma posição em que poderia ficar de olho em qualquer pessoa que passasse por aquele lado da casa, fiz um chá e esperei. O relógio bateu quatro e meia; bateu cinco, e uma tênue fresta de luz surgiu no horizonte. Pude sentir meus olhos começarem a fraquejar e, depois de quase cair no sono, fui até a biblioteca, apressada, para encontrar um livro que me mantivesse acordada. Enquanto escolhia, ouvi movimento no aposento ao lado e fui até a porta da cozinha, onde fiquei parada, olhando, satisfeita — e também um pouco insegura por ter, enfim, encurralado minha presa.

"Sra. Livermore."

A mulher pulou, assustada, proferindo uma praga, e então se virou com a mão pressionada contra o peito, surpresa. "O que pensa que está fazendo?", ela perguntou. Foram as primeiras palavras que dirigiu a mim, apesar de estarmos na mesma casa, ou nos arredores dela, havia várias semanas. "Chegando desse jeito? Podia ter me matado de susto."

"De que outra forma eu poderia me aproximar?", perguntei, ignorando qualquer cerimônia. "Não é fácil falar com a senhora."

"Sim", ela respondeu, concordando com a cabeça e me encarado com uma expressão de desprezo antes de se virar para o fogão outra vez, onde tinha colocado uma panela com água para ferver. "Quem fica a manhã toda na cama corre o risco de não me ver. Precisa acordar cedo, governanta, se está atrás de conversa."

"Eu teria *conseguido* uma conversa?", perguntei. "Imagino que a senhora teria me negado qualquer diálogo."

Ela suspirou e olhou para mim com uma expressão

exausta. Era uma mulher corpulenta, talvez mais perto dos cinquenta anos do que dos quarenta, e mantinha o cabelo grisalho preso em um coque firme. Mas seus olhos tinham vivacidade e suspeitei que não fosse muito paciente com o que considerasse bobagem. "Pode falar normalmente comigo", ela disse, em tom baixo. "Não sou uma mulher estudada."

Concordei com a cabeça e me senti um tanto constrangida. Então "diálogo" era uma palavra usada apenas pela classe intelectual?

"Bom, talvez você esteja certa", ela acrescentou depois de um instante, um pouco mais branda, e se virou para o fogão. "Estou fazendo chá."

"Posso me juntar à senhora?"

"Duvido que me deixe em paz se disser não, estou enganada?", ela perguntou. "Sente lá dentro, eu levo o chá, você diz o que precisa ser dito e eu volto ao trabalho. De acordo?"

Fiz que sim com a cabeça e me virei para ir à sala, aposento no qual tinha passado pouco tempo até agora. Porém, antes de sair da cozinha, reparei em uma marca cinza na minha mão — um pouco de poeira dos corrimões devia ter se acumulado quando desci — e fui até a pia lavá-la. Arfei quando a água atingiu minha mão e a sra. Livermore se virou para mim.

"Qual é o problema agora, menina?"

"É só a água", eu disse, um pouco vermelha. "É tão fria."

"Ora, é claro que é fria", ela respondeu. "Onde pensa que está, no Palácio de Buckingham?" Afastei-me, esfregando as mãos uma na outra para aquecê-las. A água estava sempre gelada, claro; se quiséssemos água quente em Gaudlin Hall era preciso esquentar no fogão.

"Chá", disse a sra. Livermore alguns minutos depois,

entrando na sala com uma bandeja com duas xícaras, o bule, uma jarra de leite e uma tigela de açúcar. "Não tenho nada para acompanhar, então não me peça. Pode fazer seu próprio café da manhã mais tarde."

"Sim, sem problema", respondi, agora com tom menos combativo. "E peço desculpas por tê-la assustado antes. Não era minha intenção fazer isso."

"Certo", ela disse, desviando o rosto. "Bom, pense bem da próxima vez, governanta, pois talvez acabe levando uma panelada na cabeça." Sorri e estendi a mão para pegar o bule, mas ela deu um tapinha para desviá-la. "Deixe", ela disse. "Espere até ficar saboroso."

Ela pôs a mão no bolso do avental, tirou um pequeno cigarro e acendeu. Olhei para ela, espantada; nunca tinha visto uma mulher fumar antes, muito menos um cigarro feito à mão com tanto cuidado quanto aquele. Pelo que diziam, tinha se tornado moda entre as moças londrinas; era um privilégio delas. Mas uma criada fazer aquilo numa casa como aquela era algo extraordinário.

"Não tenho outro", ela disse, reparando no meu interesse pelo cigarro. "Então, não me peça."

"Não tinha intenção de pedir", respondi, pois não queria aquela coisa malcheirosa. Olhei para o bule outra vez e ela meneou com a cabeça, indicando que eu podia me servir. O chá saiu espesso e fumegante; acrescentei leite e açúcar e dei um gole para me aquecer.

"Bom, então vá em frente", disse a sra. Livermore. "Ponha para fora." Eu a encarei, sem entender o que quis dizer. O chá estava ruim? "Não o chá, sua mula", ela continuou, quase sorrindo. "Você tem coisas para dizer, governanta, então é melhor desabafar antes que exploda."

"Visitei o sr. Raisin ontem", respondi, mantendo um tom firme; eu não permitiria que ela me intimidasse. "O advogado."

"Eu sei quem é o sr. Raisin", ela disse, com escárnio. "Não fui todas as semanas do último ano buscar meu pagamento com a cabrita premiada de Haddock, o fazendeiro."

"Pois então", respondi. "Marquei uma hora com ele e conversamos. Havia certas coisas que gostaria de saber e ele foi gentil o suficiente para me contar."

"Gentil o suficiente para contar o quê?", ela perguntou, estreitando os olhos ao se inclinar para a frente e pegar a xícara.

"Que o sr. Westerley ainda está aqui. Em Gaudlin Hall. Morando nesta casa."

Ela bufou uma risada e sacudiu a cabeça, dando outra tragada profunda no cigarro, seguida de um gole considerável de chá. "Já faz quanto tempo que está aqui, governanta?", ela perguntou.

"Três semanas."

"A menina antes de você, a srta. Bennet, era assim que ela se chamava, descobriu tudo na metade desse tempo. E a coitada da srta. Harkness, de antes dela, que o bom Senhor tenha misericórdia de sua alma penitente" — ela fez o sinal da cruz duas vezes — "ela juntou as peças em dois dias. Mas era uma intrometida, e um tanto histérica. Eu não devia falar mal dos mortos, mas digo o que me vem à cabeça, senhorita..." Ela me encarou com uma expressão espantada no rosto. "Não sei seu nome, sei?"

"Eliza Caine", eu disse a ela.

Ela fumou um pouco mais e me mediu de cima a baixo. "Eliza era o nome da minha mãe", comentou, enfim. "Sempre gostei desse nome. Disse para meu Henry que, se tivéssemos uma menina, devíamos chamá-la de Eliza. Mas acontece que tivemos um bando de moleques. Uns inúteis, todos eles. Um pior do que o outro. Você é de Londres?" Fiz que sim. "Fui para lá uma vez", ela contou. "Quando eu era mocinha, mais ou menos da sua idade. Não consegui suportar. Todo aquele barulho! Não entendo como conseguem aguentar. Eu perderia a cabeça. Não sei como as pessoas não enlouquem por lá, todas elas. Não acha que o povo de Londres é um pouco fraco da cabeça, governanta?"

"Não mais do que os outros", eu disse. "Mas sei que é uma ideia comum. É como dizer que todas as pessoas do interior são mal-educadas ou obtusas."

Ela soprou um anel de fumaça pela boca — asqueroso —, e sua expressão me disse que tinha gostado do que eu acabara de dizer, talvez até admirado. "A questão é", ela respondeu, enfim, inclinando-se para a frente e falando em um tom muito mais refinado para deixar aquilo bem claro. "A questão é que você está aqui faz três semanas e só descobriu isso agora. Esperta como uma maçaneta, você, não? Certeza de que não tem nenhum sangue do interior correndo nas veias?"

"Na verdade, não saberia nada disso se o sr. Raisin não tivesse me contado", admiti. "E, para ser sincera, creio que alguém devia ter mencionado antes. Meu empregador está aqui na mansão e ainda não conversamos. Não o vi com os filhos. Ele não se junta a nós nas refeições. Quando aparece? Onde come? Ele é um fantasma ou assume forma humana?"

"Ah, ele existe, isso eu garanto", disse a sra. Livermore. "Não é fantasma coisa nenhuma. Está aqui na casa agora mesmo. Mas, se o sr. Raisin contou tudo isso, por que você não fez essas outras perguntas a ele? Não cabe a mim lhe dizer nada."

"Não havia mais tempo", expliquei. "Ele tinha outros compromissos. E ficou muito nervoso depois de me falar sobre o incidente."

"O incidente?", ela perguntou, franzindo as sobrancelhas.

"Quando a sra. Westerley..." Hesitei; era cedo demais

para histórias tão terríveis. "Quando ela investiu contra o marido e a primeira governanta, a srta. Tomlin."

"Essa é boa", disse a sra. Livermore, com uma risada amarga. "Palavras delicadas para um feito horrível. Investiu contra eles, você diz? Quando ela espancou um deles até a morte e tentou fazer a mesma coisa com o outro, você quer dizer."

"Sim", concordei com a cabeça. "Exatamente isso."

"Incidente uma ova."

"O sr. Raisin falou que eu deveria conhecer o sr. Westerley."

"Ah, ele falou, foi?"

"Sim", respondi, enfrentando seu olhar. "Disse que a senhora nos apresentaria."

Ela desviou o rosto, franzindo a testa. "Ele não falou nada sobre isso para mim."

"Garanto que é verdade."

"O sr. Westerley costuma receber só a mim."

"E as crianças, claro", eu disse.

"Ele não põe os olhos nos próprios filhos desde o *incidente*, como você chamou."

Eu a encarei. "Mas isso é impossível", respondi. "Por que não?"

"Se o visse, entenderia. Mas não acho que gostaria disso."

"Acho tudo muito esquisito", comentei, frustrada, jogando as mãos para o alto. "O senhor desta propriedade, o pai daquelas crianças, mantém-se escondido e não aceita a companhia de ninguém, bom, perdoe-me, exceto a sua, sra. Livermore..."

"Existem destinos mais cruéis."

"Por favor, não seja sarcástica. Tudo o que quero é entender. Nós duas trabalhamos aqui, afinal. Eu como governanta, a senhora como cozinheira ou empregada do sr.

Westerley, seja qual for sua função. Não podemos trocar confidências?"

Ela deu uma longa tragada no cigarro, de um jeito que lembrou o sr. Raisin. Ficou em silêncio por muito tempo, como se estivesse pensando no assunto. Enfim, com voz mais baixa, disse: "Cozinheira, você diz? Ou empregada?".

"Bom, sim. Quer dizer, se a senhora for isso mesmo. Não quis ofender."

"Espero que não mesmo, *governanta*", ela respondeu, enfatizando meu cargo. "Muitas mulheres ficariam contentes com a posição de cozinheira ou empregada em Gaudlin Hall. É um bom emprego, para a moça certa. Ou para uma viúva. Nos bons tempos do sr. Westerley, havia muitos serviçais aqui. Não como agora. O lugar está caindo aos pedaços sobre nossa cabeça pela falta de gente. Precisa de cuidados, não reparou? O telhado vai desmoronar em cima de nós um dia desses, se ninguém vier consertar. Mas está enganada se acha que sou cozinheira ou empregada. É verdade que preparo a comida do sr. Westerley", ela acrescentou. "Mas você também faz comida, não faz, governanta? Sabe fazer um guisado ou um cozido de carneiro?"

"Claro", eu disse. "Quando morava com papai em Londres, preparava todas as nossas refeições."

"Mas isso não faz de você a cozinheira, faz?", ela perguntou.

"Bom, não, claro que não", eu disse. "Desculpe, sra. Livermore. Não foi minha intenção ofendê-la. Apesar de não entender como isso poderia ser ofensivo."

Ela riu e sacudiu a cabeça. "Você precisaria levantar muito mais cedo do que levantou hoje para me ofender", respondeu. "Sou feita de couro grosso. Preciso ser, com a vida que vivi. Não, não sou cozinheira. Não é nisso que tenho experiência."

"Sra. Livermore, a senhora está sendo enigmática", eu

disse, a exaustão começando a tomar conta de mim. "Não podemos ser claras uma com a outra?"

"Está bem", ela respondeu, apagando o resto do cigarro; então, levantou-se e alisou o avental — que, agora reparei, não parecia tanto com o uniforme de uma cozinheira quanto eu tinha imaginado. "Você diz que o sr. Raisin falou que deveria conhecer o senhor de Gaudlin Hall. Tudo bem, vou acreditar na sua palavra." Ela foi até a porta, parou e virou. "E então?", perguntou. "Você vem ou não vem?"

"Agora?", perguntei, levantando-me. "Mas é tão cedo! Ele não vai ficar bravo por ser acordado a essa hora?"

"Não se preocupe com isso", ela disse. "Venha logo, se quiser." Com isso, ela atravessou rápido a cozinha e eu a segui, quase correndo para acompanhá-la. Onde estava me levando? Minha mente se acelerou com as possibilidades. Eu tinha, em momentos de ócio, visitado a maioria dos quartos da casa, e eles estavam quase todos vazios. Nenhum sinal de vida. Decerto o senhor de Gaudlin teria um conjunto de aposentos para si, não? Um quarto, uma biblioteca, um estúdio, um banheiro privado?

Caminhamos pela mansão até a escadaria principal, subimos e nos viramos para o patamar onde ficavam os quartos das crianças; a sra. Livermore hesitou por um instante.

"Aqui?", perguntei, e ela fez que não.

"Eles ainda não acordaram", ela disse. "Venha. É mais para cima."

Subimos mais um lance para o andar onde ficava meu quarto e outros seis, vazios. Mas ele não poderia estar ali, disso eu tinha certeza; eu verificara cada um, estavam desertos. Para minha surpresa, a sra. Livermore foi para o quarto no fim do corredor e abriu a porta. Eu a acompanhei para dentro do aposento, mas não havia nada à vista. Estava abandonado e vazio; havia uma cama com quatro colunas, sem lençóis, no centro. Ela olhou para mim e devolvi o olhar.

"Não entendi", eu disse.

"Por aqui", ela respondeu, virando-se e pressionando um painel na parede, onde agora vi uma porta oculta, pintada com a mesma cor que o restante da parede para que ninguém soubesse que ela estava ali, a não ser que verificasse bem de perto. Perdi o fôlego quando ela a empurrou para revelar degraus de pedra e a segui, levantando minha saia para não arrastar a poeira do chão frio.

"Onde estamos?", perguntei em um sussurro.

"Todas essas mansões têm segredos", ela explicou conforme subia os degraus íngremes. "Afinal, pense na época em que foram construídas. Serviam como fortalezas, postos de defesa. Acha que é a única porta desse tipo na casa? Não é. Mas geralmente não uso essa, claro. Entro pelo lado de fora."

Pensei nas duas ocasiões em que a segui pela lateral da casa e ela desapareceu de vista. Como se tivesse lido minha mente, a mulher se virou para mim e sorriu.

"Devia dar uma olhada naquela parede, governanta. A porta está perfeitamente visível, se prestar atenção. Veja uma vez e verá sempre. A primeira vez é que é difícil."

"Então a senhora sabia que eu a estava seguindo?", perguntei.

"Tenho ouvidos", ela grunhiu, continuando a subir. "Não sou surda."

Agora estávamos perto do topo de Gaudlin Hall, de onde saía outra escada, que descia na direção do lado oposto da casa. "Por aqui, você chega ao jardim", ela explicou. "É por onde costumo entrar."

Uma porta larga estava à nossa frente e senti um calafrio percorrer meu corpo. Ele não poderia estar ali, poderia? A sra. Livermore pôs a mão no bolso na frente do avental e tirou uma chave grande e robusta. Hesitei; tive um curioso receio de que a porta levasse ao telhado e que ela me jogasse de lá por minha insolência, mas, quando passamos por ela, fui apresentada a mais duas escadas, que levavam em direções diferentes.

"Por ali, é o telhado", disse a sra. Livermore, indicando a esquerda com a cabeça. "Por aqui, fica o senhor de Gaudlin."

Subimos mais uma vez, poucos degraus, e fizemos uma curva no topo, onde encontramos outra porta sólida de carvalho. A sra. Livermore parou diante dela e se virou, sua expressão se suavizando um pouco. "Quantos anos você tem, governanta?", ela perguntou.

"Vinte e um", respondi, sem entender por que perguntaria aquilo.

"Parece ser uma menina que não viu muita coisa desagradável na vida, estou certa?"

Pensei um pouco e fiz que sim. "Está."

Ela apontou para a porta. "Se o sr. Raisin diz que pode conhecer o senhor de Gaudlin, então não vou impedir que isso aconteça", disse. "Mas não precisa fazer isso, sabia? Pode desistir agora mesmo, dar meia-volta e refazer o caminho por essas escadas. Trancamos a porta atrás de nós, você pode retomar seus afazeres com as crianças e eu posso voltar a fazer o que faço. E talvez durma melhor de noite. A decisão é sua. Então, decida agora. Depois, não há volta."

Engoli em seco. Estava desesperada para saber o que havia do outro lado daquela porta, mas o aviso era suficientemente sério para que eu reconsiderasse. Queria conhecer o sr. Westerley, era fato, e tinha esse direito, afinal — mas será que ele tinha se transformado em algum tipo de monstro depois das ações terríveis da esposa? Será que seria capaz de me atacar? E não conseguia ignorar o fato de ser ainda tão cedo; ele não estaria dormindo?

"Decida, governanta", disse a sra. Livermore. "Não tenho o dia todo para ficar aqui."

Abri minha boca, quase pronta para dizer *Não, mudei de ideia*, mas de repente uma coisa que a sra. Livermore tinha acabado de falar chamou minha atenção e eu olhei para ela. "A senhora pode voltar a fazer o que faz", eu respondi. "Foi o que acabou de me dizer. E, lá embaixo, insistiu que não é cozinheira nem empregada."

"Sim", ela disse, franzindo as sobrancelhas. "E daí?"

"Então, o que a senhora faz?", perguntei. "Qual é a sua função aqui?"

Ela hesitou por um momento e então seu rosto relaxou, abrindo um quase sorriso, estendeu a mão e tocou meu braço com carinho. Por um instante, pude ver que havia uma mulher gentil trancada sob toda aquela dureza, e que ela não estava tentando me impedir de saber o que eu queria saber; apenas não tinha certeza se era o melhor para mim.

"Você não sabe, menina?", ela perguntou. "Ainda não entendeu?"

Fiz que não. "Conte", eu disse. "Por favor."

A sra. Livermore sorriu e recolheu a mão. "Sou enfermeira", ela respondeu. "Sou a enfermeira do sr. Westerley."

Por um momento, eu teria jurado que havia alguém atrás de mim, respirando no meu pescoço — a presença de novo, o espírito, ou o que quer que fosse. Mas parecia reconfortante dessa vez, não a mesma que tinha me forçado a descer da dresina ou tentado me jogar pela janela. Talvez fosse a que me salvara daquele ataque. Ou eu poderia ter imaginado tudo.

Meneei com a cabeça e olhei para a porta, agora determinada. "Por favor, abra, sra. Livermore", eu disse. "Quero conhecer meu patrão."

15

Quando chegou a hora do almoço, eu estava quase recuperada.

As crianças ficaram felizes por não precisar estudar naquela manhã; não tive escolha senão cancelar a aula, pois não havia a menor possibilidade de me concentrar nos sonetos de Shakespeare ou na diferença entre península e baía após aquela experiência tão traumática e perturbadora.

Depois que o expediente da sra. Livermore terminou — ou melhor, depois que se retirou para o pequeno chalé escondido pelas árvores que se aglomeravam atrás dos estábulos (ela ia e vinha de lá várias vezes ao longo do dia, quase sempre sem que eu percebesse) —, vagueei pela casa me sentindo perdida e desamparada. Isabella e Eustace estavam brincando lá fora, mas não consegui me dedicar à leitura, à costura ou ao pequeno piano que tinha começado a tentar aprender a tocar. Em vez disso, rezei para que a noite chegasse e eu pudesse me recolher ao que Coleridge chamara de "vasta bênção", para acordar revigorada no dia seguinte, pronta para começar de novo. Fiquei temerosa de sentir aquela presença assustadora que parecia se deslocar pela mansão ao seu bel-prazer, mas tudo permaneceu calmo até a campainha ser tocada, o que me fez dar um salto e berrar.

Era de tarde. Agora escurecia mais cedo, e a neblina tinha voltado. Eu não podia ouvir as crianças ou vê-las pela janela.

Segui pelo corredor, nervosa, sem saber o que poderia estar à minha espera do outro lado. Abri a porta só um pouquinho, com cuidado — mas, ao ver quem era, relaxei no mesmo instante.

"Sra. Toxley", eu disse, a princípio surpresa por vê-la, mas então me lembrando de que no domingo eu a convidara para uma visita esta tarde, compromisso que tinha esquecido por completo.

"Parece surpresa em me ver", ela respondeu, permanecendo do lado de fora, seus olhos observando a fachada da casa com nervosismo. "Combinamos hoje, não foi?"

"Sim, sim", concordei. "Desculpe. Posso ser totalmente sincera? Esqueci completamente. Aconteceram muitos incidentes desconcertantes por aqui e nosso compromisso me escapou da cabeça."

"Posso voltar outro dia, se for mais conveniente para você", ela sugeriu, dando um passo para trás com certo alívio no rosto, mas fiz que não e a conduzi para dentro.

"Deve estar com uma impressão muito ruim de mim", eu disse. "Que tipo de pessoa convida alguém para um chá e depois esquece? Mais uma vez, peço desculpas." Olhei para a neblina. Uma sombra passou entre as árvores; pisquei, ela desapareceu. "Não viu as crianças quando subiu pela alameda, viu?"

"Vi Isabella", ela respondeu. "Estava caminhando pelo jardim com uma bola nas mãos, parecendo muito brava. E Eustace a chamava aos berros, mas não o vi. Está tudo bem?"

Olhei para o relógio de carrilhão no corredor. Ainda

havia tempo suficiente para ficarem lá fora. "Tudo ótimo", eu disse.

"Parece cansada, srta. Caine", ela respondeu, com uma expressão preocupada no rosto. "Tem dormido?"

"Sim", eu disse. "Mas hoje acordei muito cedo, então minha aparência talvez esteja um pouco fatigada."

"Não tem nada pior do que alguém comentando que você está cansada, não é?", ela perguntou, sorrindo para mim, acalmando-me. "Sempre achei muito rude. Não devia ter dito nada."

"Vamos para a cozinha", eu disse. "Vou esquentar água para fazer um chá."

A sra. Toxley me acompanhou e peguei seu chapéu, seu casaco e suas luvas. Em seguida, ela me entregou uma caixa graciosa e embrulhada com cuidado. "Um presentinho", disse.

Fiquei tocada por aquela gentileza tão inesperada e abri. No mesmo instante, uma explosão de aromas poderosos surgiu da caixa. A sra. Toxley tinha trazido bolinhos de pera salpicados com canela. Senti uma fraqueza tomar conta de mim.

"Comprei na casa de chás da sra. Sutcliffe, no vilarejo", ela explicou. "Teria feito os bolinhos eu mesma, mas Alex disse que devo ficar longe do forno se não quiser envenenar ninguém. Sou uma cozinheira pavorosa... srta. Caine, está se sentindo bem?"

Fiz que sim e desmoronei em uma cadeira, enterrando o rosto nas mãos. Antes que percebesse, lágrimas se formavam em meus olhos e desciam pelas minhas bochechas.

"Querida", ela disse, sentando-se ao meu lado e me envolvendo com um braço. "Qual é o problema?"

"Sinto muito", respondi, tentando sorrir e enxugando as lágrimas ao mesmo tempo. "Não foi minha intenção constrangê-la. É que sempre associo o cheiro de canela a meu falecido pai. Ele morreu há apenas um mês e tem ocupado meus pensamentos ultimamente. Ainda mais agora, quando as coisas estão tão difíceis por aqui."

"A culpa é minha", ela disse, sacudindo a cabeça. "Não devia ter trazido os bolinhos."

"Você não tinha como saber", respondi, enxugando meu rosto e respirando fundo antes de sorrir para ela. "Pronto", eu disse. "Acho que minha tolice passou. Estava preparando chá, não estava?"

Fui até a pia e abri a torneira, deixando que a água corresse por um instante para eliminar qualquer sedimento acumulado nos canos. Passei meus dedos nela e tirei na mesma hora. Estava tão gelada quanto naquela manhã.

"Como está se adaptando?", perguntou a sra. Toxley, que me instruiu a chamá-la de Madge quando estávamos sentadas, bebendo nosso chá. Não hesitei nem um segundo antes de comer meu bolinho de pera, para que o aroma da especiaria se dissipasse da cozinha o mais rápido possível.

"Bem...", respondi. "Parece que todos os dias surgem novos desafios."

"Você sabe sobre o sr. Westerley, não sabe?", ela perguntou, lendo meu rosto, e eu fiz que sim.

"Soube apenas ontem. O sr. Raisin me contou sobre o relacionamento traumático que tinha com a esposa. Eu o vi hoje cedo."

"O sr. Raisin?"

"Não, o sr. Westerley."

Ela arregalou os olhos, espantada. "Você o viu? Isso me surpreende. Achei que... Bom, achei que ninguém tinha permissão de vê-lo."

Dei de ombros. "Não diria que tive permissão, para ser sincera", contei. "Insisti muito para vê-lo."

"E como ele está?", perguntou Madge. Sacudi a cabeça e ela suspirou. "Ele está lá em cima, não é? Fico tão triste de pensar nisso", ela continuou. "Eu e Alex éramos amigos próximos dos Westerley. Jantávamos com frequência, nós quatro. Alex e James praticavam tiro juntos. Tivemos momentos felizes."

"Então conheceu a sra. Westerley?", perguntei.

"Santina? Ah, sim. Fomos amigas durante anos. Aproximei-me dela quando James a trouxe da Espanha. O velho sr. Westerley ficou furioso que uma estrangeira fosse trazida para dentro da família, especialmente uma estrangeira qualquer, mas eu a achava um doce. E tão linda! Mas havia suspeitas de que estava atrás do dinheiro dele."

"E estava?"

Madge riu e fez que não com a cabeça. "Nunca houve uma mulher menos interessada em dinheiro do que Santina Westerley. Quer dizer, ela não era contra ter um pouco de dinheiro, claro que não. Por que seria? Mas, não, ela não se casou com James pelo dinheiro."

"Então se casou por amor?"

Madge pensou no assunto. "Não tenho certeza", respondeu. "Ela gostava dele naquela época, disso não tenho dúvida. Acho que se casou com ele porque era uma saída. No começo, o velho sr. Westerley recusou-se a lhe dar qualquer dinheiro. Estava convencido de que ela era uma interesseira. Mas Santina não tinha apreço por bens materiais. Não queria vestidos novos, por exemplo; parecia satisfeita com o que tinha. Não se interessava por joias. No início, James comprou algumas, claro, mas ela tinha o tipo de colo que ficava mais bonito sem adornos. Talvez um pingente de vez em quando, e só. Não, até mesmo o velho sr. Westerley concordou, no fim, que ela não tinha se casado com James pelo dinheiro."

"E ele a amava?", perguntei.

"Ah, sim. Eu diria que sim. É claro que os dois eram muito jovens quando James voltou da Espanha com ela.

Mas, na época, pareciam muito felizes um com o outro. Foi só muito depois que Santina ficou... bom, perturbada."

"Perturbada, como?"

Ela sacudiu a cabeça e franziu as sobrancelhas, como se quisesse encontrar as palavras exatas para explicar o que queria dizer. "Alguma coisa tinha acontecido com ela, isso era óbvio", respondeu Madge. "Quando ela era pequena, quero dizer."

"O sr. Raisin mencionou alguma coisa assim", eu disse, inclinando-me para a frente, sentindo certo grau de nervosismo pela noção de um adulto fazer com uma criança o que ele tinha sugerido. "É abominável."

"Sim, mas achei que ela tinha deixado o passado para trás, se é que tal coisa é possível. Acreditei, de verdade, que ela e James encontrariam paz juntos. Apoiei a união dos dois. E eles foram felizes, por um tempo. Ninguém vai conseguir me convencer do contrário."

Não dissemos nada durante algum tempo, só ficamos bebendo nosso chá, ambas perdidas em nossas reflexões. Eu pensava em Santina quando criança, no que teria acontecido com ela para resultar em uma psicose tão destrutiva. Madge decerto relembrava tempos mais felizes dos quatro.

"Vocês são casados há muito tempo?", perguntei depois de um longo silêncio, e ela sorriu e fez que sim.

"Nove anos", disse. "Eu e Alex nos conhecemos quando meu irmão o trouxe para passar um fim de semana em casa. Eles estudavam juntos na universidade e tinham se tornado amigos logo no começo do curso. Eu tinha apenas dezesseis anos quando o vi pela primeira vez e ele era três anos mais velho, portanto, naturalmente..."

"Você se apaixonou na mesma hora", interrompi, sorrindo para ela.

"Não, eu o detestei", ela respondeu, caindo na risada. "Ah, não fique tão chocada, Eliza, o sentimento não durou tanto tempo. Ele me provocou muito naquele primeiro fim de semana, sabe? Dizia as coisas mais horríveis e, se bem me lembro, respondi à altura. Uma vez, mamãe achou que precisaríamos ser contidos no jantar, de tantos insultos que lançávamos um contra o outro. Era tudo um jogo, claro. Ele escreveu para mim logo em seguida, sabe? Pediu desculpas por ter sido tão rude."

"E se explicou?"

"Disse que, assim que me viu, sabia que seria incapaz de passar o fim de semana se dedicando ao que queria — fazer com que eu me apaixonasse por ele — e, por isso, conformou-se com a segunda melhor opção, que era me fazer desprezá-lo. Como era de esperar, escrevi de volta e respondi que nunca tinha conhecido uma criatura tão vulgar, pomposa, abjeta, desagradável, grosseira e descortês quanto ele em toda a minha vida e que, se ele viesse passar outro fim de semana conosco, eu me recusaria a ter qualquer contato. Ele veio no fim de semana seguinte e me trouxe flores e uma cópia dos *Poemas*, de Keats. Confessei que minha carta estava cheia de mentiras e que eu tinha passado cada momento pensando nele."

Fiquei surpresa com quão aberta ela se mostrava, quão disposta estava a contar a história de seu namoro, mas pude ver que gostava daquela lembrança.

"Dentro de um ano, estávamos casados", ela acrescentou, depois de um momento. "Tive muita sorte. Ele é um bom homem. E quanto a você, Eliza? Algum pretendente esperando por você em Londres?"

Enrubesci e fiz que não. "Não creio ser exatamente o que os rapazes procuram", eu disse, e, para seu crédito, Madge Toxley não discordou, pois a evidência estava à vista de todos. Ela era uma bela mulher, que podia fazer um homem como Alex Toxley se apaixonar num piscar de olhos. Eu não.

"Bom", ela respondeu, ajeitando-se com certo desconforto na cadeira, "quem sabe o que o futuro trará? E como ele está, afinal?", perguntou, mudando de assunto de repente. "James, quero dizer. Ele está bem?"

"Não", eu disse.

"Não, claro que não", ela respondeu, um pouco vermelha. "É claro que não está bem. Eu quis dizer... Como está lidando com tudo? Ele se recusa a nos receber, sabia? Nós dois. Alex ficou muito chateado com isso no ano passado. Tentou várias vezes depois que James saiu do hospital, mas de nada adiantou. Escreveu cartas, conversou com os médicos. Quando a sra. Livermore veio cuidar dele, eles conversaram e ela prometeu que faria o que pudesse, mas parece que James é inflexível. Não quer visitantes."

"Querida", eu disse, estendendo a mão e colocando sobre a dela. "Na verdade, acho que ele nem perceberia sua presença."

Ela me encarou e sacudiu a cabeça. "O que quer dizer?", perguntou.

"O homem que vi esta manhã..." comecei. "Eu uso o termo 'homem' com cautela, pois sobrou muito pouco dele. Ele está... Não sei como sobreviveu ao ataque. O rosto está... Desculpe, Madge, não quero deixá-la nervosa, mas o rosto dele está desordenado. É quase irreconhecível como ser humano."

Ela colocou a mão na boca, mas não lamentei minha escolha de palavras. Tive o direito de saber a verdade sobre o sr. Westerley e era uma completa estranha para ele. Madge e o marido eram velhos amigos. Se ela achava que ele estava sentado na cama dando ordens sobre quem gostaria ou não gostaria de ver e se sentia magoada pela exclusão, então também tinha o direito de saber a verdade.

"Devo parar ou continuar?", perguntei. "Isso é muito incômodo?"

"É incômodo, mas prefiro saber", ela disse. "E suponho que Alex também. Por favor, conte tudo."

Suspirei. "Ele fica lá deitado", continuei, "como se estivesse oco. A pele do rosto foi quase toda arrancada. Há ossos e cartilagens expostos. A sra. Livermore troca os curativos três vezes por dia, ela me explicou, senão pode infeccionar. Seus dentes se foram. A boca fica aberta, lutando para puxar o ar. É um som horrível, Madge. Como um cão morrendo no meio da rua. E o resto dele... Bom, não vi o corpo sob as cobertas, claro. Mas ele nunca mais vai andar, disso tenho certeza. Mal consegue mexer os braços. Para mim, é um homem morto, a única diferença é que o coração continua a bater. É uma blasfêmia, eu sei, mas teria sido melhor para aquele infeliz ter morrido no ataque, e não sobrevivido. Sobrevivido!", repeti, com uma risada curta e amarga. "Como se aquilo fosse sobrevivência."

Olhei para a sra. Toxley, que estava muito pálida. Percebi que ela estava à beira das lágrimas, mas tinha uma força, uma resiliência, que reconhecera logo no primeiro dia, quando a vi na plataforma. Ela apenas respirou fundo e meneou com a cabeça.

"Não sei o que dizer, Eliza. De verdade, não sei. Ainda me espanta que Santina possa ter feito uma coisa dessas."

"Você esteve aqui na noite que aconteceu?", perguntei.

"Um pouco depois, sim. Não vi o corpo da srta. Tomlin, nem James. Alex estava cuidando dele. Mas vi Santina. A polícia a estava levando embora. Tinha... tinha sangue no rosto dela. E na frente do vestido. Foi terrível."

"Você falou com ela?"

"Um pouco", ela disse. "Claro que, naquele momento, eu não sabia o que tinha acontecido. Imaginei que tinha sido algum tipo de invasão. Que talvez os Westerley tivessem flagrado um ladrão e a cena tivesse terminado em violência; que apenas Santina tinha escapado ilesa. Não me ocorreu nem por um segundo que ela era a agressora."

"E como ela estava?", perguntei, inclinando-me para a frente.

Madge pensou no assunto, concentrando-se bastante. "Serena", ela respondeu, depois de um tempo. "Relaxada. Como alguém que tinha enfim conseguido fazer uma coisa que planejou durante muito tempo. Havia algo de sobrenatural nela, se entende o que quero dizer. Parecia mais com um espírito do que com uma mulher. Ela parecia irreal."

"E você a viu depois disso?"

"Várias vezes", ela respondeu. "No julgamento, claro. Fui chamada como testemunha, assim como Alex, para expressar minha opinião sobre seu caráter e seu comportamento um tanto estranho antes do crime. E na leitura da sentença. E na manhã em que foi enforcada. Não contei a Alex que fui vê-la nesse dia. Ele não teria entendido. Mas você precisa levar em consideração, Eliza, que foi uma época traumática para todos nós. Ninguém superou até hoje. Acredito que o vilarejo todo ainda sofra com o trauma. Mas eu precisava vê-la. Se lhe contar o que aconteceu, respeitará minha confiança? Não contará a ninguém?"

"Eu juro", disse. "Mas preciso saber. Porque a verdade é que ainda sinto a presença dela aqui. Nesta casa."

Madge me encarou. "Como assim?", ela perguntou, reclinando-se um pouco na cadeira.

"Você acredita em vida após a morte?"

"Acredito em Deus, se é isso que você quer dizer. Acredito no dia do Juízo Final."

"E acredita em Céu e Inferno?"

"Claro que sim."

"E se", comecei, consciente do quão ridículas soavam minhas palavras, mas precisando ouvi-las em voz alta, "e se uma alma parte desta vida, mas não vai para o Céu e nem para o Inferno? E se ela permanece?" Madge me encarou e engoliu em seco, sem saber como responder. Sacudi a cabeça para mudar de assunto. "Você disse que a viu uma última vez", continuei. "Onde? Na prisão?"

"Sim. Na manhã que ela seria enforcada. Pensei que, apesar de tudo o que tinha acontecido, ela devia ver um rosto familiar naquele dia. Por isso, fui até ela. Não contei para ninguém. Menti para Alex, coisa que nunca tinha feito e que nunca mais fiz."

"E o que aconteceu?", perguntei. "O que ela fez? O que disse?"

"Nunca vou me esquecer", ela respondeu, desviando o olhar. "De vez em quando acordo no meio da noite com essa memória. Fui levada a uma cela solitária, onde..."

"Eliza Caine."

Quase saltei da cadeira, e Madge também se assustou. Viramos para ver Isabella e Eustace à porta.

"Crianças!", esbravejei, furiosa por estarem escutando em segredo. Quanto tempo tinham passado ali? Quanto tinham ouvido? "O que estão fazendo aqui?"

"Eustace se machucou", disse Isabella; o menino deu um passo à frente e vi um corte comprido em seu joelho, uma ferida que não parecia profunda, mas que sangrava mesmo assim. "Ele caiu no cascalho."

"Não caí", interveio Eustace, o queixo tremendo enquanto tentava não ceder às lágrimas. "Tomei um susto, só isso. Ele me assustou. Nunca tinha visto o velho do lado de fora."

"Sente-se, Eustace", eu disse; Madge se levantou e o sentou na cadeira. "Preciso limpar a ferida. Você será um menino valente, não?"

"Vou tentar", ele respondeu, fungando de leve.

Madge se sentou ao lado dele e pôs um braço em seus ombros. Ele pareceu reconfortado por tê-la ali. Imaginei que a conhecesse desde que tinha nascido. Fui até a pia, pus o tampão e abri a torneira, deixando encher enquanto fui à despensa buscar um pano limpo. Encontrei um sem dificuldade e voltei para a cozinha, fechei a torneira e mergulhei as duas mãos, o pano nelas, para encharcá-lo e usá-lo para limpar a perna de Eustace com água fresca. Mergulhei fundo na água, até os pulsos, e mesmo agora consigo me lembrar daquela sensação estranha. Por um momento, apenas uma fração de segundo, senti que alguma coisa estava errada, parecia esquisita, a água não estava tão gelada quanto eu esperava. Mas tal pensamento só pode ter existido por uma fração de milésimo de segundo, pois então gritei, um guincho horroroso, tirei as mãos da água e caí para trás, estendendo as mãos escaldadas, a pele já avermelhando, as bolhas saindo, as unhas completamente brancas. A água estava em ponto de fervura; a torneira — que nunca tinha derramado nada além de água gelada — tinha enchido a pia com água quente o suficiente para quase arrancar a pele das minhas mãos antes que eu pudesse cuidar da ferida de Eustace. Gritei e caí para trás; o som do meu grito foi aterrador até mesmo para mim; olhei para o lado e vi Isabella cobrindo os ouvidos com as mãos, Eustace me encarando com os olhos arregalados e a boca escancarada, e Madge se forçando a levantar da cadeira e correr até mim.

Ainda assim, apesar da dor agonizante que sentia e da consciência de que ficaria cada vez pior ao longo das próximas horas e dos próximos dias, uma pequena parte do meu cérebro se desassociou daquela agonia terrível e focou em uma única fala de Eustace, uma frase simples que se repetiu e repetiu, e me deixou intrigada com o que ele poderia ter ser referido com aquilo.

Ele me assustou. Eu nunca tinha visto o velho do lado de fora.

16

Decidi que nós — eu e as crianças — precisávamos sair de Gaudlin Hall por um dia. Sufocava sob o peso de tantos segredos à minha volta, desvendados apenas quando arrancava a resposta de um dos moradores do vilarejo. Agora entendia por que a governanta anterior, a srta. Bennet, tinha usado uma estratégia tão traiçoeira para encontrar uma substituta. Era provável que ela também tivesse descoberto o destino de suas quatro desafortunadas predecessoras e não suportou ficar ali nem mais um instante. Se ela tinha sofrido tantos "acidentes" quanto eu, era impossível saber. Em meus momentos de maior receio, pensei em fazer exatamente o que ela tinha feito: publicar um anúncio no jornal, usar apenas minhas iniciais para fingir que era o senhor daquela mansão e encontrar alguém para tirar aquele fardo de mim. Afinal, era bastante provável que houvesse várias moças em busca de uma mudança na vida. Assim como a srta. Bennet, eu poderia estar longe de Gaudlin dentro de uma semana, se o destino estivesse a meu favor.

Apenas uma coisa me impedia de recorrer a isso: as crianças. Ou, para ser mais exata, Eustace. Desde o momento em que cheguei e descobri que os descendentes da família Westerley tinham sido abandonados à própria sorte, fui tomada por remorso para cuidar dos dois, sentimento que cresceu conforme me aproximei deles. No caso de Eustace, era algo que já se aproximava de amor, pois ele era uma graça de menino, sempre pronto para oferecer um sorriso ou um comentário divertido; uma criança claramente perplexa com as coisas que aconteciam ao seu redor, que entendia tão pouco do que se passava quanto eu. Já Isabella era um caso mais difícil. Ela era amigável, sempre educada, mas a falta de confiança em mim era óbvia. Nunca baixava a guarda — talvez tivesse baixado no passado e se desapontado — e, por isso, eu não me sentia tão próxima dela quanto do irmão. Havia momentos de tensão entre nós.

Em épocas como aquela, eu me perguntava quão diferente teria sido minha vida caso minha irmã, Mary, não tivesse morrido tão cedo, logo após o nascimento. Será que minha atitude protetora em relação às crianças (e não apenas as Westerley, mas também as meninas que me foram confiadas na St. Elizabeth's) era resultado de perder uma irmã antes mesmo que ela pudesse ter consciência de que eu existia? Não era um pensamento no qual gostava de me alongar, mas que de vez em quando ficava ali, no fundo da minha mente. Um sussurro de carência que nunca seria silenciado.

Minhas mãos começaram a sarar e a sra. Livermore — a *enfermeira* Livermore, talvez eu devesse dizer — me ajudou a remover as bandagens pesadas uma semana depois que o dr. Toxley as tinha aplicado. Conforme a gaze foi sendo desenrolada, meu coração ficou cheio de temor; estava muito receosa do que encontraria embaixo. Olhei para o rosto dela e, apesar de tentar disfarçar, uma careta apareceu em sua face, uma expressão de alguém que tinha visto muita coisa desagradável antes, e que aquilo chegava bem perto das piores.

"Como estão?", perguntei, sem coragem de baixar os olhos, mas ela não era dada a delicadezas.

"Você tem olhos, governanta", grunhiu. "Veja você mesma."

Fechei os olhos por um momento, respirei fundo e então olhei para baixo. A pele estava inflamada e sensível depois de uma semana envolta em gaze, e amarelada com restos do bálsamo emoliente que o médico tinha aplicado entre a carne e o tecido. Eu sabia que, com o tempo, parte daquilo sumiria, mas as cicatrizes que ficariam, aqueles sulcos avermelhados e rugosos, nunca desapareceriam, era um fato. A queimadura tinha sido severa. Seriam minhas cicatrizes de Gaudlin. A presença — era assim que eu a definia agora —, a presença estranha, avessa à minha estadia em Gaudlin Hall, tinha me escaldado com tamanha crueldade que eu carregaria aquela desfiguração para sempre. Tentei flexionar os dedos e, para meu alívio, pude fazê-lo, mas com muita dor. Pelo menos ainda tinha sensibilidade. Era melhor sentir dor do que não sentir nada.

"Deixe estar por enquanto", disse a sra. Livermore, indo até a pia lavar minhas mãos. "Deixe em contato com o ar. A dor vai melhorar logo."

Como era de imaginar, eu agora tinha pavor da presença. Afinal, ela me fez descer da dresina, jogou-me pela janela do quarto, transformou água gélida em escaldante. Eu acreditava, também, que tinha sido responsável por minha quase queda sob o trem em movimento no dia em que cheguei a Norfolk. Ela sabia quem eu era. Talvez tivesse seguido a srta. Bennet até a estação, reconhecendo-me como a substituta e tentado se livrar de mim antes mesmo que eu pudesse chegar perto da mansão. Sim, admito que estava com medo, mas ainda assim senti força e resiliência, e decidi que não seria vencida por ela.

Eu nunca permitiria que ela machucasse as crianças, apesar de não parecer essa sua intenção.

O dr. Toxley enviou à mansão um pote com um unguento branco e espesso, acompanhado de instruções para espalhar com cuidado nas mãos, de seis em seis horas, durante uma semana, e fiquei muito grata por sua consideração, pois a pomada amenizou a dor e a ardência que ameaçavam se manifestar em intervalos de poucos minutos. Um ou dois dias depois disso, quando me senti suficientemente recuperada do trauma, tive a ideia de fazer uma excursão.

"Não temos autorização para sair", disse Isabella quando as crianças terminavam o desjejum e contei a elas sobre meu plano. Ela trouxera uma cópia de *O peregrino*, de John Bunyan, à mesa, e considerei aquilo uma leitura incomum para alguém tão novo. Eu mesma tinha tentado ler um ano antes e considerei uma chatice formidável. "Temos que ficar em casa."

"Bom, nunca ouvi essa história", respondi, dando um último gole no meu chá, sem olhar para ela. "Quem disse isso?"

Ela não respondeu, apenas desviou o rosto e continuou a mastigar a torrada, pensativa. Do lado de fora, pude ouvir o cão de Heckling, Pepper, arranhando a porta, choramingando por um instante e depois correndo para longe.

"Não é saudável ficar entre essas paredes o dia todo", acrescentei. "Um pouco de ar fresco pode fazer maravilhas pelo espírito."

"Sempre saímos para brincar", protestou Eustace.

"Sim, claro", eu disse. "Mas somente no jardim. Não gostariam de uma mudança de cenário?"

"Não", respondeu Isabella. "Sim, muito", disse Eustace ao mesmo tempo, o que provocou um olhar furioso da irmã que o fez se encolher um pouco na cadeira. "Eu gostaria, ora", ele murmurou para ninguém específico.

"Não teremos aula hoje", eu disse com firmeza, determinada a ser a voz que conduziria aquela conversa. "Faremos uma excursão. Pode ser tão educativo quanto a aula, não acham? Em Londres, no fim do ano letivo, eu sempre levava minhas pequeninas à Câmara dos Comuns para uma tarde de aprendizado, e uma vez tivemos a oportunidade de acompanhar uma das sessões."

"Uma excursão para onde?", perguntou Isabella, desconfiada.

"Para o vilarejo, provavelmente", disse Eustace, agora com uma expressão entediada no rosto.

"Ah, não, nada disso", respondi, sacudindo a cabeça. "Visitamos o vilarejo o tempo todo. Que tal eu pedir para o sr. Heckling nos levar de charrete até Norwich? Chegaríamos em menos de duas horas e podemos passar a tarde explorando a cidade."

"O que tem em Norwich?", perguntou Eustace.

"Muita coisa, tenho certeza", respondi. Eu nunca tinha estado em Norwich, claro, exceto por minha breve passagem por lá quando o trem chegou à estação, naquela primeira noite. "Provavelmente lojas e parques. Talvez um ou dois museus. Há uma grande catedral na cidade. Li sobre ela em um livro que encontrei na biblioteca do seu pai." Isabella se virou para mim quando fiz a referência ao pai e seus olhos se estreitaram um pouco. Fiquei constrangida por ter dito aquilo. Ela talvez não quisesse que eu usasse a biblioteca, ou não gostasse de ouvir uma menção ao pai. Acontece que ele era um dos muitos motivos pelos quais eu estava desesperada para sair dali por pelo menos um dia. Por mais que me solidarizasse com o pobre homem — que decerto merecia o alívio de uma morte tranquila e não o terrível encarceramento que vivia na parte mais alta da casa —, ainda assim sentia aversão ao saber que ele estava perto, sofrendo para respirar, esforçando-se para comer, tendo todas as suas necessidades, pessoais ou impessoais, saciadas pela sra. Livermore. Talvez fosse insensível da minha parte, mas eu era jovem. Preferiria que o homem estivesse em um hospital, e não morando sob o mesmo teto que eu, por mais que a casa fosse propriedade dele. Parecia anormal que quatro pessoas morassem ali, mas apenas três convivessem.

"Tem um castelo, também", continuei. "Guilherme, o Conquistador, encomendou a construção no século XI. Podemos brincar por ali e chamar de aula de história. Você ia gostar disso, não ia, Eustace?"

Ele pensou no assunto. "Sim", respondeu, enfim, concordando com a cabeça. "Gostaria muito."

"Então, está decidido."

"Temos ordens para ficar aqui", repetiu Isabella.

"Pois não vamos", insisti, levantando-me e recolhendo o café da manhã. "Então, que tal se arrumarem para ir enquanto converso com o sr. Heckling?"

Pude perceber o olhar penetrante de Isabella, mas decidi não me virar para corresponder. Em vez disso, olhei pela janela, para o jardim, onde uma raposa surgiu de trás de uma das árvores, verificou os arredores e disparou para um arbusto. Atrás de mim, senti a presença se aproximando, um peso começando a se forçar contra minhas costas, primeiro com delicadeza, depois com mais força, pequenos focos de pressão nos músculos; quando me virei, cessou no mesmo instante. Engoli em seco e olhei para as crianças, tentando sorrir, fingindo que nada tinha acontecido. "Então, é isso", eu disse.

"Se precisamos mesmo ir para algum lugar", disse Isabella, "eu gostaria de visitar Great Yarmouth. Mas só se precisarmos", ela acrescentou.

"Great Yarmouth?", perguntei, surpresa pela súbita declaração de interesse. "Por que lá, especificamente?"

Ela deu de ombros. "Tem praias. Poderíamos fazer castelos de areia. Sempre quis ir, mas nunca fui. A srta. Bennet disse que nos levaria, mas nunca levou. Mentiu para nós."

Pensei no assunto. Na verdade, Great Yarmouth tinha sido um dos lugares que eu cogitara para a excursão, mas deixei de lado e favoreci Norwich por achar que as crianças talvez gostassem de ver as vitrines na cidade. Mas, agora que Isabella tinha demonstrado algum interesse, achei justo fazer uma concessão, e fiz que sim com a cabeça.

"Então, tudo bem", eu disse. "É um destino tão bom quanto qualquer outro."

"Mas o castelo...", protestou Eustace, seu lábio inferior num bico de decepção.

"Outro dia, outro dia", respondi. "Temos tanto tempo à nossa frente! Vamos para Norwich na semana que vem, talvez. Hoje, vamos aceitar a sugestão de Isabella e visitar Great Yarmouth."

E, assim, partimos. Heckling nos levou de charrete até a estação Thorpe; de lá, pegamos um trem para uma viagem curta — não mais do que quarenta minutos —, passando por Brundall e Lingwood, o verde dos pastos ficando para trás a uma velocidade que fez a experiência ser muito relaxante. Uma jovem mãe com dois filhos pequenos entrou no vagão em Acle, e fiquei contente com a chance de ter uma conversa adulta para variar, mas, assim que as portas se fecharam, os dois, um menino e uma menina (gêmeos, pensei), começaram a chorar sem motivo aparente. Isabella e Eustace os encararam enquanto a mãe tentou acalmá-los, mas as lágrimas só secaram quando ela se levantou e saiu do vagão. Com a volta do silêncio, fiquei feliz por vê-los ir embora.

Foi muito agradável reclinar no assento e olhar pela janela, sem precisar conversar com ninguém. Agora tínhamos o vagão inteiro para nós e as crianças se divertiram com um jogo de bolso enquanto eu fitava a paisagem e, de vez em quando, mergulhava em *As aventuras de Robinson Crusoé*, do sr. Defoe — que, arriscando a reprovação de Isabella, eu tinha pegado outra vez da biblioteca de seu pai.

Era um dia claro e ensolarado; quanto mais nos distanciávamos de Gaudlin, mais ameno parecia o clima. Quando descemos do trem para a plataforma em Great Yarmouth, respirei fundo, enchendo os pulmões de ar fresco. Não tinha percebido quão abafada era Gaudlin Hall até estar longe de lá, e decidi pedir a Heckling, quando voltássemos, para, a partir daquele dia, entrar e deixar algumas janelas abertas durante o dia. (Eu tinha certo receio de abrir janelas desde o incidente no meu quarto, e ficava longe delas.) As crianças também pareciam satisfeitas com a mudança de cenário e reparei que o humor de Isabella estava muito melhor. Ela agora tagarelava sem nenhuma restrição, enquanto Eustace, cujo olhar se perdia na areia e no mar, parecia querer apenas correr e correr até cair de cansaço, como um cachorro acostumado com a própria casa e coleira que, de repente, é solto para a vastidão das montanhas, para o escalar e o descer das rochas, para o prazer da liberdade.

"Só podemos agradecer a você, Isabella", comentei enquanto caminhávamos na direção da praia, passando por cima de uma pequena cerca de madeira e cruzando as dunas. "Quem precisa da velha e enfadonha Norwich quando podemos ter isso?"

"Ann Williams sempre dizia coisas boas sobre Great Yarmouth", ela respondeu, tirando os sapatos e afundando os dedos dos pés na areia. Eustace fez o mesmo; peguei seus sapatos e suas meias e guardei na sacola. "Ela teve uma infância muito feliz. Foi o que nos disse, pelo menos. Infâncias felizes parecem ser coisas que você só vê em livros, não acha? Não parecem ser de verdade."

"Ann Williams?", perguntei; aquele nome era novo para mim. "Quem é ela? Uma amiga sua?"

"Não, eu não tenho amigos. Você com certeza sabe disso, Eliza Caine." Desviei o rosto, sem saber como responder. "Ann Williams foi a terceira governanta, depois da srta. Golding, antes da srta. Harkness."

"Ah", eu disse. "Entendi."

"Eu gostava de Ann Williams", comentou Isabella, virando-se para o oceano. "É tão *azul*, não é?", ela acrescentou, fitando o mar, seu rosto se iluminando de prazer, o que era raro. "E as ondas são tão convidativas. Seria muito bom nadar."

"A srta. Williams brincava de esconde-esconde comigo", sussurrou Eustace, puxando minha manga. "Ela cobria os olhos, contava até cinquenta e depois vinha me procurar. Nunca me encontrava, claro. Sou ótimo em me esconder."

"Não tenho dúvida", respondi, ansiosa para mudar de assunto. A questão das governantas anteriores era algo que eu ainda não tinha desvendado. Achava que seria necessária outra conversa com o sr. Raisin, mas, ao contrário da minha avidez de algumas semanas atrás, tinha adiado tal compromisso, sem saber se queria descobrir a história toda, mesmo sentindo que deveria.

"Trouxe minha roupa de banho", disse Isabella, virando-se para mim. "Posso entrar?"

"Não vejo por que não", respondi. "E quanto a você, Eustace? Quer nadar um pouco?"

Ele fez que não e se encolheu perto de mim.

"Eustace não gosta de água", disse Isabella. "Mas eu sempre gostei. Mamãe costumava dizer que devo ter sido uma sereia em outra época."

Olhei para ela e percebi que tinha empalidecido um pouco; aquela era uma criança que nunca fazia menção a nenhum dos pais, mas ali estava aquele comentário. Isabella engoliu em seco e desviou o olhar; não tenho a menor dúvida de que sabia que eu estava olhando para ela, mas não quis retribuir.

"Vou me trocar nas dunas", ela disse, correndo para longe de nós. "Não demoro."

Eu e Eustace fomos um pouco mais para a frente a fim de dar a ela alguma privacidade e encontramos um trecho agradável de areia branca para sentarmos e vê-la nadar. Ali era o paraíso, com o sol no rosto e a sensação de ar puro marítimo preenchendo os pulmões. Seria ótimo morar lá, pensei. Poderíamos ir à praia todo dia, independentemente do tempo. Lavaríamos a mancha de Gaudlin Hall.

Um momento depois, Isabella passou correndo por nós usando seu traje de banho, e tive uma visão de como ela seria dali a uma década, quando tivesse a mesma idade que eu. Seria muito diferente, claro, pois estava se tornando uma bela mulher, enquanto eu não era nada disso. Seria muito cobiçada pelos rapazes e, suspeitei, partiria muitos corações antes de encontrar um que quisesse amar. Teria de ser um jovem muito especial, pensei, para capturar seu afeto e mantê-lo.

"É gostoso aqui, não é?", perguntei, e Eustace fez que sim. "Já nadou alguma vez?"

"Uma, quando era pequeno", ele respondeu. "Não consegui. Ficava com medo sempre que meus pés saíam do chão."

"Não é tão difícil assim", eu disse. "Só precisa ter confiança em si mesmo, só isso. Flutuamos naturalmente, sabia?" Ele se virou para olhar para mim, seu rosto formando uma careta de incompreensão. "Boiamos sem precisar fazer esforço", expliquei. "Existem muitos adultos que dizem não saber nadar, claro, mas você sabia que, se jogasse um bebê no mar, ele nadaria sem nenhuma dificuldade?"

"Por que alguém jogaria um bebê no mar?", ele perguntou, um tanto aterrorizado pela ideia.

"Ora, não estou defendendo isso", respondi. "Só quis dizer que, antes de aprendermos a ter medo das coisas, nossos corpos sabem naturalmente como fazê-las. É um dos aspectos decepcionantes de ficar mais velho. Temos mais medo e, por isso, fazemos menos coisas."

Ele pensou um pouco e depois sacudiu a cabeça, como se fosse tudo muito confuso. Estendendo os braços, pegou punhados de areia e deixou cair devagar sobre as pernas e os pés descalços, esperando até que estivessem cobertos por inteiro antes de levantá-los aos poucos, fazendo com que emergissem como monstros num pântano. Parecia gostar daquilo, pois sorriu todas as vezes.

"Estou contente por passarmos um tempo juntos, Eustace", eu disse depois de um momento. "Tem uma coisa que gostaria de falar com você."

Ele não virou a cabeça nem parou a brincadeira, mas percebi que estava me escutando. Pensei na melhor maneira de dizer aquilo; era algo que estava na minha cabeça havia alguns dias e eu tinha esperado uma oportunidade para puxar o assunto.

"Você se lembra do dia em que queimei as mãos?", perguntei. Ele não disse nada, mas considerei seu silêncio um consentimento. "Você fez um comentário", continuei. "Sobre um velho."

"Fiz?", ele perguntou com inocência.

"Sim, Eustace. Você fez. Foi quando entrou em casa depois de machucar a perna."

"Eu caí", ele respondeu, relembrando e agora erguendo a perna direita para examinar o ponto onde estaria a ferida — mas tinha sido um machucado insignificante, apesar do sangue, e já tinha se curado por completo.

"Isso mesmo. Você caiu. Porque viu um velho."

Ele suspirou, o ar saindo pelo nariz com tanto barulho que fiquei surpresa. Hesitei. Se não queria falar sobre aquilo, talvez eu não devesse questioná-lo. Mas não, decidi, estava ali para cuidar das crianças, para garantir o bem-estar delas, e precisava saber se tinha acontecido alguma coisa que o deixara chateado.

"Eustace", eu disse. "Está me ouvindo?"

"Sim", ele respondeu baixinho.

"Fale sobre o velho", continuei. "Onde você o viu?"

"Ele estava na alameda", respondeu Eustace. "Entre os dois carvalhos altos."

"Ele entrou no jardim pelo bosque, então?"

"Não, acho que não. Acho que estava ali, só isso. Parado na alameda."

Franzi as sobrancelhas. "E você o reconheceu?"

"Não", ele disse. "Bom, quer dizer, sim, eu já o tinha visto antes, mas não sei quem é."

"Então não é do vilarejo?"

"Talvez", Eustace respondeu, dando de ombros. "Eu não sei."

"Um amigo do sr. Heckling, quem sabe?"

"Talvez", repetiu.

"E o que ele falou para você?", continuei. "O velho. Disse alguma coisa que o deixou chateado?"

Eustace fez que não. "Ele não falou nada", respondeu. "Estava só olhando para mim, só isso. Ou melhor, achei que estava olhando para mim, mas, quando prestei atenção, percebi que — ah, veja! Isabella está acenando para nós."

Virei o rosto para o mar e de fato ali estava Isabella, acenando em nossa direção. Retribuí o aceno. Ocorreu-me que eu deveria prestar mais atenção nela na água. Mas, observando quando baixou a mão e mergulhou sob a rebentação em um movimento perfeito, percebi que era uma ótima nadadora — sua mãe talvez estivesse certa — e que não teria nenhuma dificuldade.

"O que aconteceu quando você prestou atenção nele, Eustace?", perguntei, olhando para o menino outra vez. Ele se levantou, espanando toda a areia das pernas, e se virou para mim com uma expressão alarmada no rosto.

"Não quero falar sobre isso", respondeu.

"Por que não?"

Eustace respirou pesado de novo e, por mais que eu pudesse ver que aquele era um assunto que o incomodava, considerei importante pressioná-lo.

"Se não estava olhando para você", continuei, "para quem estava olhando? Para a casa? Talvez fosse um ladrão."

"Não era nada disso", insistiu Eustace. "Eu já falei, era um velho."

"Bom, que tipo de velho? Como ele era?"

"Como qualquer outro velho", ele disse. "Não muito alto. Um pouco curvado. Tinha barba."

Suspirei. Era uma descrição que serviria para quase todos os velhos que eu tinha visto na vida. "Eustace", disse, pousando a mão em seu ombro. Ele levantou os olhos para mim, seu rosto pálido tremendo um pouco; pude ver lágrimas se formando em seus olhos. "Para quem estava olhando?"

"Não tinha mais ninguém ali", ele respondeu, enfim. "Só eu e Isabella. Mas o velho estava olhando para trás de nós e dizendo que ela devia ir embora."

"*Quem* devia ir embora?"

"Eu não sei!", disse Eustace, agora levantando a voz. "Ele só falou que ela devia ir embora. Que não tinha motivo para ficar lá."

Franzi o cenho. Vislumbrei milhares de pensamentos e explicações correndo pela minha mente, mas o que parecia ser o mais curioso de todos era que o velho, quem quer que fosse, tivesse se dirigido à presença. De que pudesse ver o espírito manifesto fisicamente. Se ele podia, por que eu não?

"Eustace", eu disse, com a voz firme. "Se encontrar esse velho outra vez, ou se sentir cercado por... como posso dizer... alguém ou alguma coisa que não reconheça, quero que você..."

"Veja", interrompeu Eustace, levantando a mão e apontando para um ponto distante, de onde uma forma escura parecia se aproximar. Virei-me rápido para o mar e vi Isabella ainda nadando, agora mais perto da areia, e então dei meia-volta outra vez e acompanhei o olhar de Eustace até aquilo que chegava cada vez mais perto.

"É um cachorro", disse Eustace, baixinho, depois de um instante. "Ele vai nos atacar."

Levantei uma sobrancelha e observei; o cachorro estava realmente correndo na nossa direção, em alta velocidade. Olhei à volta, pensando que o dono talvez estivesse na praia atrás de nós, chamando o animal, mas não, estávamos sozinhos. Conforme ele chegou mais perto, comecei a ficar insegura e quis virar e correr de volta para a trilha — mas eu sabia que correr de um cão agressivo serviria apenas para encorajá-lo. Seria melhor tentar conquistar sua confiança, deixar claro que não representávamos nenhuma ameaça.

Ele chegou mais e mais perto; agora podia ver seu rosto, e era digno de pesadelos. Um cachorro preto, escuro como a noite, a língua rosada pendurada para fora. Começou a latir enquanto se aproximava, com tanta ferocidade que meu coração acelerou no peito e senti meu fôlego sendo arrancado de mim.

"Não corra, Eustace", eu disse em tom baixo, envolvendo-o com o braço para protegê-lo. "Aconteça o que acontecer, não corra. Ele não vai machucar você, se ficar bem quietinho."

"Ele não quer *me* machucar", ele respondeu com a voz calma, e olhei para ele, mas seus olhos estavam fixos no cachorro, não em mim. Olhei para o mar outra vez e agora Isabella estava saindo da água, alisando o traje de banho e observando nós dois e o cachorro.

E ele chegou. Parou à nossa frente e se fincou na areia, com um rosnado grave e seco emergindo das profundezas do corpo. Estalactites de saliva escorriam pelos cantos da boca.

"Calma, rapaz", eu disse, em tom apaziguador. "Calma, cachorro."

Estendi a mão para acariciá-lo, pensando que isso talvez o convencesse a relaxar, mas, quando o fiz, ele latiu com tanta raiva que retraí minha infeliz mão queimada e apertei meu abraço em torno de Eustace. Isso só serviu para enfurecer a criatura, que começou a espumar e ganir, e então latiu com tanta agressividade que o pânico foi se avolumando dentro de mim. Ele deu um salto para a frente, ainda sem atacar, mas foi um movimento tão inesperado e rápido que eu e Eustace nos separamos e o cachorro ficou entre nós, ignorando o menino por completo e focando toda a sua ira sombria em mim.

"Por favor", eu disse, sabendo quão ridículo era tentar conversar com um cão que parecia ter perdido o controle dos próprios sentidos — mas o que mais poderia fazer além de implorar, de rogar que me poupasse? "Por favor."

Vi quando ele arrastou as patas de trás na areia algumas vezes e então afundou o corpo, baixando a cabeça com os olhos fixos em mim, e eu sabia que aquele era o momento. Tinha poucos segundos antes de ele saltar e, quando o fizesse, eu não teria escolha. Seria matar ou morrer. Fiz uma prece rápida em silêncio e ajustei minha posição, pronta para defender minha vida.

"Vá embora!", veio uma voz de repente e, para meu

espanto, Isabella tinha surgido e se colocado entre nós. "Vá embora", ela insistiu. "Você me ouviu? Saia daqui."

O cachorro recuou um pouco, começando a ganir em protesto, mas a criança foi implacável. "Deixe-nos em paz!", ela berrou. "Escutou?"

Não foi necessário repetir. O animal deu meia-volta e, derrotado, trotou para longe, agora a figura perfeita de um cachorro obediente e gentil. Desmoronei na areia, assombrada pelo que tinha testemunhado, e Isabella se virou para mim, vendo-me ali no chão, seu rosto uma mistura de reprovação e desdém.

"Não tem medo de cachorro, tem?", ela perguntou. "Eles só precisam saber quem está no comando."

17

Comecei a me recompor somente depois do almoço. Tinha ficado muito abalada pelo encontro com o animal, mas as crianças aparentavam já ter esquecido. Eustace — que esteve lá durante o ocorrido, claro —, não parecia nem um pouco preocupado e, quando perguntei sobre o assunto, tudo o que ele disse foi: "Era só um cachorro. Não ia me atacar".

E eu acreditava que ele estava absolutamente certo. A criatura não demonstrou nenhuma intenção de ferir Eustace. Era *a mim* que queria.

Ainda assim, as crianças pareciam estar aproveitando o dia. Isabella ficou renovada depois do mergulho e seu humor estava ótimo, como nunca tinha visto antes.

"Devíamos vir aqui mais vezes", ela disse, dançando à minha volta pela rua, agindo como uma menina, para variar, e não como a pequena adulta que costumava parecer com tanta frequência. "É um lugar esplêndido."

"Talvez", respondi. "Apesar de ter certeza de que existem outros lugares maravilhosos em Norfolk. Não precisamos vir para cá toda vez. Mas você está certa. É bom espairecer por um dia."

"Obrigada por nos trazer", ela disse, encantando-me com um raro sorriso. "Eustace", acrescentou, virando-se para o irmão, "diga a Eliza Caine como está agradecido."

"Muito", ele disse, parecendo perdido em pensamentos, talvez cansado depois de gastar tanta energia.

"Parece estar com sono, Eustace", comentei, colocando a mão na cabeça dele e tirando o cabelo da frente de seus olhos. "Deve ser a maresia. Sem falar naquele peixe do almoço. Vamos todos dormir bem hoje à noite." Conferi o relógio. "Talvez seja melhor voltarmos para a estação de trem", sugeri. "Eu disse a Heckling que estaríamos na estação Thorpe às cinco."

"Ah, precisamos mesmo?", choramingou Isabella. "Não podemos ficar mais um pouquinho?"

"Mais um pouquinho, se vocês quiserem", eu disse. "Mas não muito. E o que vamos fazer agora? Passear?"

"Quero ver a igreja", ela declarou, apontando para uma pequena torre à distância. Levantei uma sobrancelha, um tanto surpresa.

"Pensei que não gostasse de igrejas", respondi.

"Não gosto de ir à missa", ela disse. "Mas gosto muito de visitar igrejas. Se estiverem vazias, quero dizer. Se não estiver acontecendo nenhum sermão. E você também gosta, não é, Eliza Caine? Afinal, queria visitar a catedral de Norwich."

"Sim, eu gosto", admiti. "Então, tudo bem, vamos até lá dar uma olhada. Mas não ficaremos muito. Não podemos demorar, se quisermos pegar o trem das quatro."

Isabella fez que sim e seguimos pelo caminho em silêncio, nós três, contentes por ter algum tempo sozinhos com nossos pensamentos. Sempre gostei de igrejas, era fato. Papai tinha, de certa maneira, sido um homem religioso, e me levou à missa todo domingo enquanto crescia; de vez em quando, ele me levava para outra paróquia, alguma igreja sobre a qual ouvira falar que era ornamentada com maestria ou oferecia acústica excelente ao coral, ou que tinha frisos nas paredes ou arquitetura extraordinária. Eu gostava muito dessas expedições quando menina; havia um sentimento de paz entre as paredes de uma igreja, uma sensação de mistério que sempre me atraiu bastante. A igreja em Great Yarmouth não era diferente. Devia ter cerca de duzentos anos, mas estava em boas condições; era uma construção primorosa de pedra, com pé-direito alto e bancos de madeira esculpidos com técnica admirável. Na nave, olhei para cima e vi, no teto, uma bela representação do Senhor no paraíso, cercado por anjos, cada um deles O contemplando com reverência e louvor. Ao lado Dele, observando tudo com uma expressão curiosa no rosto — uma expressão que sugeria dominação, não amor —, estava Sua mãe, Maria. Olhei para ela, tentando imaginar o que tinha se passado na cabeça do artista, pois não era a forma tradicional como era representada. Não gostei; desviei o rosto.

As crianças não estavam em nenhum lugar à vista, mas pude ouvir suas vozes do lado de fora, primeiro com clareza, depois sumindo devagar conforme se afastaram da porta, e segui pela nave, por um momento me imaginando uma noiva nos braços do atraente marido, sorrindo para uma congregação de amigos e família ao sair de seu estado solitário para uma união entre semelhantes. E o rosto que vi — algo embaraçoso até mesmo para mim — foi o de ninguém menos que Alfred Raisin. Que tolice! Sorri com minha própria ingenuidade, mas, na verdade, estava me perguntando se alguém como eu poderia conhecer contentamento como aquele, e achei deveras improvável.

Saindo para o sol forte da tarde, protegi meus olhos e conferi o entorno. As ruas estavam quase vazias, mas Isabella e Eustace não caminhavam por elas, nem pela estrada que seguia até a estação de trem. Em vez disso, estavam a cerca de dez metros de mim, no cemitério da igreja, examinando as lápides. Sorri; havia momentos em que eles me lembravam de mim mesma, pois, naquelas expedições com papai, eu também gostava de ler as lápides, imaginando histórias de como os ocupantes tinham passado deste mundo para o próximo. Sempre fiquei especialmente intrigada com os túmulos de crianças e bebês, talvez porque eu mesma fosse pequena na época. Eles me assustavam e me atraíam ao mesmo tempo. Lembravam-me de que eu era mortal.

"Prontas para ir, crianças?", perguntei, aproximando-me delas, mas nenhuma das duas se virou para mim. "Crianças?", repeti, dessa vez mais alto, mas era como se tivessem virado estátuas. "Ah, deixem disso e vamos, sim?", insisti, e eles se viraram um pouco, saindo do caminho para permitir que eu visse o túmulo que examinavam com tanta atenção. Li o nome e as datas. A princípio, não tinham nenhum significado para mim. E, então, lembrei.

Ann Williams era o nome gravado na pedra. AMADA FILHA E IRMÃ. NASCIDA EM 15 DE JULHO DE 1846. FALECIDA EM 7 DE ABRIL DE 1867. SENTIREMOS SAUDADES.

"Ela amava Great Yarmouth", disse Isabella, em tom pensativo. "Tenho certeza de que está feliz por ter voltado para cá."

Naquela noite, em Gaudlin Hall, as crianças se prepararam para dormir depois de um jantar leve. Eustace era o mais cansado, pobrezinho; esperei cinco minutos antes de subir para o quarto dele.

Estava deitado na cama, de pijama, os olhos semicerrados, mas se virou para mim e sorriu.

"Veio para dizer boa noite?", ele perguntou. Fiz que sim, sorrindo.

"Gostou de hoje?", eu disse, sentando-me na cama e acariciando seu cabelo com delicadeza.

"Sim, obrigado", ele respondeu, sonolento.

"Que história interessante, aquela que me contou sobre o velho", acrescentei, torcendo para pegá-lo menos defensivo. "Mas me esqueci de perguntar uma coisa."

"Hum?", ele perguntou, já quase dormindo.

"Você comentou que já tinha visto o velho antes", respondi. "Que ele tinha conversado com você antes do dia em que caiu e machucou o joelho. O que ele disse, Eustace? Você se lembra?"

"Ele me perguntou se eu gostava da nova governanta", Eustace disse, bocejando e se virando na cama, dando as costas para mim.

"E o que você respondeu?", perguntei.

"Respondi que sim. Muito. E ele disse que isso era bom. Que eu não precisava me preocupar porque ele não ia deixar nada acontecer com ela. Disse que veio proteger você."

18

Passei a fazer longas caminhadas pelo jardim da mansão durante as tardes. Minha rotina diária tinha se resumido a aulas matinais com as crianças, seguidas de um almoço simples logo depois do meio-dia, momento em que Isabella e Eustace conversavam sobre o assunto mais recente que chamava sua atenção enquanto eu ficava quieta, tensa, com a certeza de que qualquer som ou movimento na casa resultaria em algum trauma inesperado para mim. Tinha dificuldade de dormir e a exaustão transparecia no meu rosto, que tinha se tornado pálido e cansado. Olheiras profundas e escuras circundavam meus olhos e eu mal conseguia mantê-los abertos nos fins de tarde. Ainda assim, de noite, por mais exaurida que estivesse, não dormia mais do que poucas horas inquietas, pois não tinha a menor dúvida de que a presença voltaria para me machucar. Depois do almoço, permitia que as crianças brincassem do que quisessem antes de terminarmos a lição mais tarde. Durante essas horas livres, pegava meu casaco e meu xale e ia para o bosque da mansão Gaudlin. O ar fresco revigorava meu humor deplorável e a mata fechada oferecia algo próximo à segurança.

Fazia bem para minha alma caminhar sem compromisso, permitir que a casa desaparecesse entre a folhagem. Quando entrava nas clareiras além do bosque e seguia para o lago que ficava quase no limite da propriedade, conseguia me imaginar em Londres outra vez, passeando pelas margens do Serpentine no Hyde Park, sem nenhuma preocupação além de o que cozinhar para papai no jantar aquela noite ou quais exercícios fazer com as pequeninas no dia seguinte.

A verdade era que, por mais que tivesse me apegado a Isabella e Eustace, sentia saudades do que tinha deixado para trás. Minhas meninas sempre foram uma parte importante da minha vida. Gostava de ver seus rostinhos pela manhã, mesmo os das que causavam mais problemas. Orgulhava-me das minhas aulas e me dedicava para garantir que cada uma sentisse ter seu próprio lugar na sala e que não seria incomodada pelas outras. Acho que elas também gostavam de mim.

Havia uma menina que vinha à minha cabeça com frequência cada vez maior quando eu caminhava pela área externa de Gaudlin Hall. Uma garotinha chamada Clara Sharpe, que tinha cinco anos quando entrou na minha sala. Era uma criança esperta e travessa, mas não malcriada; propensa a altos níveis de agitação pela manhã e longos períodos de mau humor à tarde. (Supunha que tal fato estivesse relacionado ao desjejum que ela comia antes de sair de casa e ao almoço que era oferecido antes das aulas da tarde; minha suspeita era de que tinham um impacto negativo em seu humor.)

Mesmo com seus defeitos, eu gostava bastante de Clara e me interessei por seu desenvolvimento, ainda mais depois que percebi seu imenso talento com matemática. Ao contrário da maioria das outras meninas — para elas, os números eram pouco mais do que uma série interminável de hieróglifos gregos —, Clara organizava e racionalizava tudo sem dificuldade; por mais nova que fosse, eu acreditava que, com o tempo, talvez quisesse seguir meus passos em uma carreira pedagógica. Isso me levou, inclusive, a conversar com a sra. Farnsworth várias vezes, e ela sugeriu que Clara poderia ter futuro como secretária de um gerente de banco. Lembro-me dessa conversa específica porque fiz um comentário que era para ter sido uma piada, sobre ela se tornar a *própria* gerente do banco algum dia, e a sra. Farnsworth tirou os óculos, olhou para mim estupefata e me acusou de ser revolucionária, o que neguei.

"Você não é uma dessas moças modernas, é, Eliza?", ela perguntou, encarando-me do alto de sua postura ereta, causando o mesmo temor de quando *eu* era uma menina e ela, minha professora. "Não tolero moças assim na St. Elizabeth's. Tampouco o conselho educacional."

"Não, é claro que não", respondi, com o rosto muito vermelho. "Estava apenas brincando, só isso."

"Hum", ela disse, não aparentando estar satisfeita. "Assim espero. Clara Sharpe, gerente de um banco. Que ideia."

Ainda assim, apesar de não me considerar uma moça moderna de jeito nenhum, a intensidade com que tinha se ofendido me pareceu ser a verdadeira ofensa. Afinal, por que uma criança não deveria almejar coisas maiores? Por que todos nós não deveríamos?

Com a intensidade com que a sra. Farnsworth me repreendera, suspeitei que ela tinha desejado ligar para papai e discutir a questão com ele; talvez só não o tenha feito porque percebeu que havia, afinal, uma distinção importante entre as pequeninas e suas professoras, e que ela podia apelar para a autoridade parental para disciplinar as primeiras, mas controlar as segundas era de sua inteira responsabilidade.

Eu pensava em Clara porque ela tinha vivido uma situação bastante angustiante. Seu pai era alcoólatra e sua mãe tentava tudo o que podia para manter a casa, apesar da ninharia que seu marido recebia e que tinha que sustentar a esposa e a filha — o pouco dinheiro que o sujeito ganhava era provavelmente gasto mais em cerveja do que em comida e roupas. Houve mais de uma ocasião em que Clara chegou à sala de aula com o rosto machucado; desejei viver em uma sociedade civilizada que me permitisse fazer perguntas sobre quem tinha causado aquilo e por quê. Não que eu tivesse alguma dúvida sobre as respostas. Em dias como aquele, eu tentava não imaginar o estado da mãe de Clara, pois suspeitava que o pai maltratava a esposa tanto quanto a filha. Cogitei ir à polícia, mas é claro que teriam rido de mim e dito que o que um inglês fazia na privacidade do lar era da conta dele e de mais ninguém.

Mas o sujeito deve ter exagerado certa noite e atacou a sra. Sharpe quando a cólera da esposa estava no limite, pois ela pegou uma frigideira do fogão, deu meia-volta e o acertou com tanta força na cabeça que ele caiu no chão, morto. A desafortunada mulher, vítima silenciosa de agressões por tanto tempo, foi presa de imediato — pois, naturalmente, atacar um marido era crime, embora atacar uma esposa fosse privilégio marital. Porém, ao contrário de Santina Westerley, que era sem dúvida uma criatura desequilibrada, a sra. Sharpe não foi condenada à morte. O juiz, um tipo moderno — a sra. Farnsworth não teria gostado nada dele —, concluiu que ela merecia certa atenuação e determinou que sua sentença fosse prisão perpétua, sem possibilidade de liberdade condicional; sentença que eu, na mesma situação, teria gostado muito menos do que uma semana de ansiedade e alguns segundos de dor excruciante, seguidos por uma eternidade de paz, recompensa por tanto sofrimento. Clara, sem nenhum outro familiar para acolhê-la, acabou em um abrigo e, depois disso, perdi o contato com ela. Mas a menina voltou aos meus pensamentos em uma daquelas manhãs, quando eu refletia sobre o assassinato da srta. Tomlin por Santina Westerley e seu violento ataque contra o marido, que o deixara em condições tão terríveis. Tentei entender a mente das mulheres que cometeram tais atos. Afinal, a sra. Sharpe tinha sido espancada e abusada; Santina Westerley tinha recebido amor e a segurança de um lar, riqueza, posição social e uma família. Colocadas uma ao lado da outra, percebi que as motivações eram um grande mistério.

Foi pensando nisso que virei uma esquina da propriedade e me vi diante do chalé de Heckling, e encontrei aquele homem difícil do lado de fora, com uma pilha de troncos ao lado, os quais apoiava em um toco e cortava em dois com um machado. Quando me viu, ele baixou o machado e limpou a testa com um lenço, oferecendo um cumprimento com a cabeça enquanto o cachorro, Pepper, correu até mim e saltitou em torno dos meus pés.

"Governanta", disse Heckling, lambendo os lábios de um jeito repulsivo.

"Sr. Heckling", respondi, cumprimentando-o. "Não há paz para os ímpios, não é mesmo?"

"Sim, ora, se eu não faço, ninguém faz", ele murmurou. Aquele homem era como um raio de sol em um dia umbroso.

Olhei o entorno e reparei na porta na lateral da mansão, quase oculta, através da qual a sra. Livermore fazia suas viagens para os aposentos do sr. Westerley. Eu não tinha conseguido enxergar até o dia que ela apontou para mim, mas, agora que eu a via, não entendia por que os responsáveis pela construção tinham feito tanta questão de mantê-la em segredo.

"Sempre trabalhou sozinho, sr. Heckling?", perguntei, virando-me outra vez para ele, que levantou uma sobrancelha em resposta.

"Como assim?", perguntou.

"Foi sempre apenas o senhor na propriedade? Consertando, cortando lenha, conduzindo a charrete, coisas assim? Imagino que, antigamente, havia muito mais coisas para fazer."

"Sim, isso", ele respondeu, aparentando relutância de contar muito sobre o passado. "Tinha outros, e eu mandava neles. Mas não precisamos mais agora, então eles foram dispensados. Fiquei porque a mansão precisa de pelo menos um zelador. E fui parido aqui, também."

"O senhor nasceu aqui?", perguntei, surpresa.

"Neste chalé", ele disse, indicando o casebre com a cabeça. "É que meu pai foi o zelador antes de mim. E o dele também foi, antes dele. Mas sou o último." Ele suspirou e desviou o rosto; pela primeira vez, pude ver que, sob toda aquela incivilidade, havia uma figura bastante solitária.

"Então, o senhor não tem filhos?"

Ele mascou alguma coisa na lateral da boca. "Não ainda vivo."

"Sinto muito", eu disse. Claro, todos nós tínhamos histórias.

"É."

Ele se abaixou para segurar o cabo do machado e o apoiou no toco; em seguida, pôs a mão no bolso e pegou um cigarro de palha.

"Imagino que o senhor veja tudo por aqui, não, sr. Heckling?", perguntei, depois de uma pausa.

"Como assim?"

"O senhor fica de olhos abertos?"

"Menos quando estou dormindo."

"Já viu algum intruso?"

Ele estreitou os olhos e deu uma longa tragada no cigarro enquanto me olhava de cima a baixo. "Intruso?", perguntou. "Por que pergunta uma coisa dessas, governanta? Alguém entrou aqui?"

Fiz que sim. "Eustace mencionou isso", respondi. "Um homem idoso que viu no jardim. Os dois chegaram a conversar."

"Não tem nenhum homem idoso por aqui" disse Heckling, sacudindo a cabeça. "Se tivesse, eu teria visto. Ou o Pepper aqui veria, o que seria pior para ele."

"Talvez Eustace tenha se enganado", respondi.

"Pode ser. Moleques inventam coisas. A senhorita deve saber disso tanto quanto qualquer um."

"Eustace não mente", respondi, surpresa comigo mesma por soar tão na defensiva.

"Então é o primeiro moleque da idade dele que não mente. Quando eu era moleque, mentir era como respirar. Meu pai sempre me batia por causa disso."

"Sinto muito."

A expressão de Heckling mudou para incompreensão. "Por quê?", ele perguntou.

"Ora... Deve ter sido desagradável para o senhor."

Ele deu de ombros. "Devo ter merecido", disse. "Aquele menino talvez precise de uma surra, se estiver mentido sobre coisas que viu ou não viu."

"Não vou bater em Eustace", respondi, em tom firme.

"Bom, é função do pai, acho", ele disse, desviando o rosto com um suspiro. "E o sr. Westerley não está muito em condições de fazer qualquer coisa pelo moleque, está?"

Eu não sabia se Heckling estava sendo ofensivo de propósito ou apenas comentando os fatos como eram — afinal, ele estava certo. Era função do pai disciplinar o filho, e era quase certo que o sr. Westerley nunca poderia fazê-lo outra vez. Sacudi a cabeça; aquilo não fazia a menor diferença, pois eu não acreditava que Eustace estivesse mentindo.

"Se o senhor encontrar tal cavalheiro", eu disse, enfim, "esse senhor de idade ou qualquer desconhecido que não more aqui, talvez possa fazer a gentileza de me informar."

"Ou atiro nele e pronto", respondeu Heckling. "Por ser um intruso."

"Bom, essa é outra opção, imagino", eu disse, virando-me para ir embora.

Um barulho fez com que eu me virasse outra vez e, para meu espanto, vi ninguém menos do que o sr. Raisin, o advogado, saindo de trás do chalé de Heckling. Ele abriu um sorriso de satisfação antes de tossir e permitir que o rosto voltasse ao normal; em seguida, curvou-se para me cumprimentar com educação. "Srta. Caine", disse. "Que prazer vê-la."

"O senhor também, sr. Raisin", respondi, enrubescendo de leve sem saber o motivo. "Que surpresa."

"Sim, bom, eu tinha assuntos pendentes com Heckling. Se a senhorita me permite... Obrigado, Heckling", ele acrescentou, meneando na direção do homem. "Creio que estamos resolvidos por hoje."

"Certo", disse Heckling, pegando o machado outra vez e dando um passo para trás. Ele esperou até partirmos para recomeçar a cortar lenha; eu e o sr. Raisin entendemos o recado e ficamos lado a lado para caminhar na direção da casa, diante da qual vi sua carruagem estacionada.

"Vim para conferir uns recibos", ele explicou enquanto andávamos. "Heckling é um homem de confiança, honesto em tudo que faz. Porém, quando precisa de alguma coisa, não hesita nem um segundo antes de encomendar de uma das lojas do vilarejo e pedir que enviem a cobrança direto para mim. Não reprovo isso, claro; sei que nunca pediria nada para benefício próprio. Mas prefiro conferir os recibos de vez em quando, para que ambos estejamos a par dos gastos da propriedade."

"Imagino que seja um trabalho complicado", eu disse.

"Pode ser", ele admitiu. "Mas Gaudlin Hall não é meu cliente mais inextricável. Conheço gente com menos posses e muito menos dinheiro que se envolve nos problemas mais complexos possíveis. Desatar estes nós requer habilidade de marinheiro. De qualquer forma, o sr. Cratchett cuida da maioria dos assuntos do dia a dia. Fico à disposição para qualquer coisa mais complicada. E não é nada se comparado com antigamente, claro. Decerto, quando meu pai era advogado do pai de James..."

"Por Deus", comentei. "Neste condado é obrigatório seguir a profissão do pai e assumir sua função quando ele falecer? Agora mesmo Heckling me contou a mesma coisa sobre a família dele."

"É a ordem natural das coisas, srta. Caine", o sr. Raisin disse, soando um pouco ofendido, e me arrependi do tom em que tinha falado. "E a advocacia é uma profissão respeitável, sabia? Assim como a de zelador, se você nasceu nessa classe. Aliás, assim como a de governanta."

"Claro, sr. Raisin", respondi, pedindo desculpas. "Não quis sugerir o contrário."

"Se me permite a pergunta, com que seu pai trabalhava?", perguntou.

"Ele era do departamento de entomologia do Museu Britânico."

"E foi uma carreira que ele seguiu a vida toda?"

"Bom, não", admiti. "Quando tinha a minha idade, foi professor por um período. Em uma escola para meninos."

"E antes de se juntar a nós aqui em Norfolk, o que fazia, mesmo?"

Sorri. Pela primeira vez em muito tempo, tive vontade de rir. "Eu era professora", disse.

"Em uma escola para meninas, sem dúvida."

"Sim, exato."

"Pois, então, srta. Caine", ele disse, parando na frente da carruagem e ajustando a postura, estufando o peito com uma expressão de puro contentamento no rosto, "parece que o que é bom para nós aqui no interior também é bom para quem vive na tão sofisticada capital."

Olhei para ele, para aqueles olhos azuis luminosos, e sorrimos um para o outro. Nosso olhar se manteve e a expressão dele pareceu confusa. Seus lábios se abriram; ele me olhou como se quisesse dizer alguma coisa, mas não conseguia encontrar as palavras.

"Sim, sim", respondi, enfim, disposta a lhe dar essa pequena vitória. "Uma repreensão justa, concordo. Mas, sr. Raisin, não vai nos deixar assim, tão rápido, não é?"

"Preferiria que eu ficasse?"

Não soube como responder tal pergunta. Por fim, ele suspirou e acariciou o cavalo. "Tirei metade do dia de folga, srta. Caine", ele disse. "Depois de resolver a questão dos recibos com Heckling, planejava ficar em casa com uma taça de clarete e *Oliver Twist*, que estou lendo pela primeira vez desde a publicação em livro. É uma história maravilhosa. Posso emprestar os primeiros volumes, se estiver interessada."

"É muito gentil da sua parte", respondi.

"Não é uma questão de gentileza", ele disse. "Imagino que, de vez em quando, deve ser um tanto... como posso dizer... tedioso aqui em Gaudlin Hall. Por causa da falta de companhia adulta. Um pouco de leitura pode ser um escape bem-vindo."

Sorri e pensei que havia três outros adultos quase sempre na mansão: Heckling, a sra. Livermore e o sr. Westerley. Um deles não *gostava* de conversar comigo; outro não *queria* conversar comigo; e o último simplesmente não *podia* conversar comigo. Ainda assim, apesar de tudo isso, "tedioso" era a última palavra que usaria para descrever a vida naquele lugar.

"Talvez", respondi. "Mas, sr. Raisin, antes que você vá embora, posso requisitar alguns minutos do seu tempo?"

Seu rosto demonstrou certa angústia; imaginei que ele sabia sobre qual assunto eu queria conversar e não se sentiu muito disposto. "Adoraria, srta. Caine. De verdade, gostaria muito. Mas o trabalho me chama."

"Você disse que tem metade do dia de folga."

"Ah, sim", ele respondeu, franzindo as sobrancelhas. "Eu me referia a... quer dizer..."

"Sr. Raisin, não é por muito tempo, prometo. Apenas alguns minutos. Tenho algumas perguntas a fazer."

Ele suspirou e fez que sim, talvez consciente de que não havia uma maneira apropriada de evitar aquilo. Indiquei um banco na frente do gramado; fomos até lá e nos sentamos. O sr. Raisin manteve uma distância segura de mim — Isabella e Eustace poderiam ter se sentado entre nós e, mesmo assim, nenhum de nós quatro encostaria no outro. Olhei para sua mão esquerda, pousada no colo. O anel dourado no quarto dedo. Ele acompanhou meu olhar, mas não se mexeu.

"Não vai me perguntar mais coisas sobre os Westerley, vai?", ele indagou. "Já contei tudo o que sei sobre eles. Do primeiro encontro ao último."

"Não, não é isso", eu disse, sacudindo a cabeça. "Aliás, sr. Raisin, você foi muito generoso por ter passado tanto tempo comigo naquele dia. Percebi que é um assunto penoso para você. No fim da nossa conversa, ficou óbvio quão profundamente afetado foi pelos eventos."

Ele meneou com a cabeça e fitou o gramado. "Foi uma época que nenhum dos envolvidos conseguirá esquecer", admitiu. "Mas, antes que faça mais perguntas, srta. Caine, permite que eu faça uma?" Concordei com a cabeça, surpresa que ele tivesse interesse em qualquer assunto relacionado a mim. "Falou com a sra. Livermore depois da nossa conversa?", ele perguntou. "Conheceu seu empregador, afinal?"

"Sim, eu o vi", respondi.

Ele desviou o rosto e sua expressão foi tomada por uma mistura de resignação e tristeza. "Eu a teria aconselhado a não fazer isso. Ele não é uma boa imagem para pessoas mais delicadas."

"Ainda bem que sou feita de material resistente, sr. Raisin."

"Sei disso. Percebi no instante em que a conheci. Admiro muito esse aspecto da sua personalidade, srta. Caine. Ainda assim, espero que a experiência não tenha sido muito perturbadora."

"Seria errado admitir minha crença de que aquele pobre homem preferiria ser libertado da própria dor?"

O sr. Raisin estremeceu de leve, como se minha observação tivesse sido uma blasfêmia. "Entendo, claro", ele disse. "Mas não devemos fazer comentários como esse. Não cabe ao homem decidir quando alguém deve ser mandado para a eternidade. Somente Deus pode fazer tal julgamento. Afinal, quebrar essa lei foi o que levou Santina Westerley ao cadafalso e James Westerley a uma morte em vida."

"Nós estivemos em Great Yarmouth outro dia", comentei, mudando de assunto.

"Nós?"

"Eu e as crianças."

Ele concordou com a cabeça e pareceu contente. "Que ótima ideia", disse. "Imagino que seja bom para as crianças respirar um pouco de ar fresco, longe deste lugar. Sempre que vejo o menino, Eustace, tenho a impressão de que está terrivelmente pálido. Isabella tem a pele mais escura, claro; imagino que venha do lado da mãe. Mas Eustace é um Westerley da cabeça aos pés."

"Acho que eles gostaram", concordei. "Foi um dia interessante, com certeza."

"Minha mãe cresceu em Great Yarmouth, sabia?", continuou o sr. Raisin, entusiasmado com o tema. "Quando eu era pequeno, costumávamos passar alguns fins de semana por lá. Meus avós tinham uma casa muito alegre." Ele sorriu e então riu um pouco, sem dúvida recordando alguma memória agradável da infância. "Eu, meus irmãos e minhas irmãs... tivemos momentos maravilhosos naquela época." Deu um tapa no joelho e sacudiu a cabeça. "Um período mais simples", acrescentou, em tom resignado. "Receio que a vida moderna imponha exigências demais sobre nós, não acha, srta. Caine? Há dias em que detesto viver em 1867. Tudo se move com tanta rapidez. Mudanças acontecem em ritmo desenfreado. Prefiro o estilo de vida de trinta anos atrás, quando eu era menino."

"Visitamos uma igreja", eu disse, interrompendo-o, querendo evitar uma discussão paralela sobre como o mundo moderno era uma decepção para ele. "Isabella parecia ter interesse especial pelo lugar. Acontece que havia um túmulo que ela queria ver."

O sr. Raisin franziu a sobrancelha. "Isabella?", perguntou. "E qual túmulo ela ia querer visitar em Great Yarmouth? Não tem família lá."

"O túmulo de Ann Williams."

Seu rosto desabou. "Ah", ele disse, meneando com a cabeça, entendendo meu raciocínio. "A srta. Williams. Claro. Eu tinha me esquecido que ela também cresceu em Great Yarmouth."

"Nascida em 1846, morta em 1867", recitei, relembrando a inscrição na lápide. "Morreu com a mesma idade que tenho agora. Vinte e um." Ele se virou e olhou para mim com certa surpresa; por um momento, pensei que seria deselegante a ponto de confessar ter pensado que eu fosse mais velha. Mas não, ele ficou em silêncio. "A srta. Williams, pelo que ouvi dizer, foi a terceira governanta aqui em Gaudlin Hall, sim?"

Ele pensou por um momento e depois concordou. "Correto", ele disse. "Mas ela não ficou por muito tempo. Seis ou sete semanas, se bem me lembro. Precisaria verificar essa informação no escritório, mas não deve ter passado muito disso."

"E a srta. Tomlin, a infeliz vítima da sra. Westerley, foi a primeira governanta."

"Isso mesmo."

"A srta. Tomlin foi a primeira. A srta. Williams foi a terceira. A srta. Bennet, que anunciou o próprio emprego no jornal, minha antecessora imediata, foi a quinta. E creio que mencionou uma srta. Golding e uma srta. Harkness naquele dia, no seu escritório."

"Sim, a segunda e a quarta governantas, respectivamente", ele respondeu, engolindo em seco e olhando para o chão. "Moças ótimas, as duas. A srta. Harkness era filha única de um velho amigo meu do tribunal de Liverpool. Sofreu muito com a perda, pobre homem."

"Srta. Tomlin, srta. Golding, srta. Williams, srta. Harkness, srta. Bennet e eu, srta. Caine. Acertei a ordem?"

"Acertou."

"Seis governantas em um ano. Não considera esse número fora do comum?"

Ele olhou em meus olhos. "Apenas um tolo não consideraria, srta. Caine", disse. "Mas, como eu já expliquei, houve tantos acidentes trágicos..."

"Acidentes!", exclamei, rindo ao desviar o rosto. Virei-me para as árvores, a folhagem acumulada em volta das raízes, os troncos sombrios e ameaçadores. No meio do bosque, pensei ter visto o movimento rápido de um homem, o vislumbre de uma barba branca, e perdi o fôlego; inclinei-me para a frente e tentei enxergar melhor, mas não havia nada e a paisagem ficou plácida outra vez. "Então o senhor crê em coincidências?", comentei com amargura.

"Creio em *má sorte*, srta. Caine. Acredito que um homem pode partir com cem anos de idade e uma criança pode reencontrar Deus antes mesmo de seu primeiro aniversário. Acredito que o mundo é um lugar misterioso e que não podemos ter a pretensão de entendê-lo."

"Das seis governantas", eu disse, determinada a não permitir que sua retórica me subjugasse, afinal, não estávamos em um julgamento, "você mesmo disse que apenas duas ainda vivem. Eu e a srta. Bennet. Não percebe que existem forças estranhas em ação?"

"Forças estranhas?", ele perguntou. "Em que sentido?"

"Uma presença maligna", expliquei. "Um fantasma."

O sr. Raisin se levantou em um salto, seu rosto enrubescendo. "O que quer de mim?", ele perguntou. "Que resposta espera?"

"Diga o que aconteceu com elas!"

"Com as governantas? Não! É horrendo demais. Eu sofri com a morte de todas elas, não você. Não pode me pedir para revivê-las."

"Mas sou a sucessora!", berrei, erguendo o rosto, recusando-me a parecer fraca diante dele. Se quisesse sobreviver naquele lugar, era imperativo que demonstrasse somente força e nada mais. "Mereço saber."

"Creio que não faria nenhum bem", ele protestou. "Vai perturbá-la sem necessidade."

"Tenho o direito de ouvir a história delas, não concorda?"

"Não, não concordo", ele insistiu. "Afinal, não conheceu nenhuma dessas moças. Elas são completas estranhas para você."

"Mas ocupo o cargo que era delas. Ao contrário do senhor, ao contrário do sr. Heckling, ao contrário da *rainha*, não herdei esse cargo de um parente falecido. Sou apenas a mais recente contratada para um emprego que se provou fatal para quase todas as ocupantes anteriores."

Ele suspirou, exausto, e se sentou outra vez, pensando no assunto, a cabeça apoiada nas mãos. Um longo silêncio pairou entre nós e jurei que não seria a primeira a falar. "Pois bem", ele disse, enfim. "Mas eu garanto, srta. Caine, que isso não terá nenhum resultado positivo. São histórias trágicas, coincidências terríveis, nada mais."

"Decidirei isso por conta própria, sr. Raisin", respondi.

"Não tenho dúvida", ele disse, arqueando uma sobrancelha, e tive a impressão de que talvez estivesse dividido entre a admiração por mim e o desejo de nunca ter ido a Gaudlin Hall naquela manhã. "Bom, sabe sobre a srta. Tomlin, claro", começou. "A primeira governanta. Conversamos mais do que o suficiente sobre o destino da pobre moça. A srta. Golding foi a próxima. Depois que Santina, ou melhor, que a sra. Westerley foi presa e o sr. Westerley foi internado, não tive escolha senão publicar um anúncio em busca de uma governanta para as crianças. A srta. Golding era daqui. Não do vilarejo, mas de King's Lynn, que, como deve saber, não fica tão longe. Ela vinha de uma boa família. Eu mesmo a entrevistei. Fiquei preocupado que, com a grande notoriedade associada à mansão naquela época, a vaga atraísse o tipo errado de pessoa. E eu estava certo, foi isso mesmo que aconteceu. Apareceram várias figuras asquerosas à minha porta. Era repulsivo. Mas, quando conheci a srta. Golding, soube no mesmo instante que era a moça certa. Ela era muito séria. Do tipo pragmático. Gosto disso em uma mulher. Não me interesso por posturas afetadas e caprichosas, nunca me interessei. Dê-me uma mulher objetiva, que tenha os pés no chão, e serei um homem feliz. Fiquei admirado com o fato de a srta. Golding ter se solidarizado com os eventos recentes, mas não ficado fascinada por eles, como outras. Além disso, sua maior preocupação era o bem-estar das crianças, e ela fez questão de deixar isso bem claro na entrevista. Foi um grande alívio para mim, pois, como pode imaginar, Isabella e Eustace ficaram bastante traumatizados com o ocorrido. Ainda não tinha passado nem um mês desde aquele acontecimento terrível."

"Claro", eu disse, percebendo, com uma pontada de culpa, que nunca tinha parado para pensar em como as crianças reagiram às consequências imediatas do assassinato da governanta, da agressão contra o pai e da prisão da mãe. "Elas devem ter ficado muito perturbadas."

"Isabella ficou razoavelmente calma", respondeu o sr. Raisin, passando a mão pela barba ao relembrar aqueles dias difíceis. "Mas ela é uma menina calma na maior parte do tempo, não é? Um pouco calma demais, eu diria. Na verdade, foi sempre muito mais próxima do pai do que da mãe. Eu a ouvia chorando de noite e foi assim que soube quão mal estava. Mas escondia muito bem. Aquela menina é habilidosa para mascarar sentimentos. Não sei se isso é tão saudável."

"Você a ouvia?", perguntei, surpresa.

"Desculpe", ele disse. "Eu devia ter mencionado. Eu e minha esposa levamos as crianças para casa no dia dos ataques. Não havia mais ninguém para cuidar delas. Nós as hospedamos durante algumas semanas, até que a srta. Golding foi contratada, momento em que Isabella insistiu em voltar para a própria casa, para cá, Gaudlin Hall. Não vi nenhum motivo para recusar, se havia um adulto responsável presente."

"E Eustace?", perguntei. "Como ele lidou com tudo?"

"Em silêncio", disse o sr. Raisin, com um sorriso triste. "O coitadinho não falou nenhuma palavra do momento em que o levei embora de carruagem naquela noite até alguns dias depois de ter voltado a Gaudlin. Ao poucos, depois que a srta. Golding assumiu a casa, ele voltou a falar. Mas é um menininho muito perturbado, srta. Caine. Percebe isso, não? Às vezes, parece que quem foi mais profundamente afetado por tudo isso e por tudo que veio depois foi ele. Preocupo-me com Eustace, preocupo-me mesmo. Receio por seu futuro. Os traumas da infância podem nos prejudicar depois de adultos."

Desviei o olhar e senti o coração apertado. Tudo o que ele dizia era verdade. Fui arrebatada por tristeza pelo menino, a quem eu tinha me apegado tanto. Ao mesmo tempo, tive a sensação de que não havia nada que pudesse fazer para ajudá-lo, de que não tinha capacidade de devolver a felicidade a ele. Sua inocência tinha sido perdida para sempre.

"Então a srta. Golding assumiu a posição de governanta", eu disse, estimulando-o a continuar.

"Sim. E tudo ficou bem por um tempo. Ela se provou tão eficiente quanto eu esperava. Enquanto isso, aconteceu o julgamento de Santina. Ela foi considerada culpada, claro; não havia a menor chance de isso ser questionado. Pelo assassinato da srta. Tomlin e pela tentativa de assassinato do próprio marido. Houve alguns atrasos antes da sentença ser dada, pois o juiz ficou doente por um período. E, depois disso, passou-se mais uma semana até que a sentença fosse executada, até que a sra. Westerley fosse… bom, enforcada. Ao longo de tudo isso, a srta. Golding fez um trabalho exemplar, na minha opinião. As crianças pareciam tão bem quanto era de esperar dentro das circunstâncias e ela era uma presença alegre e eficiente no vilarejo. Fiquei muito satisfeito com minha escolha."

"E o que aconteceu com ela?", perguntei. "Como morreu?"

"Os eventos aconteceram muito perto um do outro", ele disse. "Foi um azar inacreditável. Santina foi enforcada na manhã de uma terça-feira, quando o sino bateu meio-dia.

Eu estava lá como testemunha, claro. Senti que era minha obrigação. Lembro-me muito bem daquela manhã. Quando ela andou na direção do cadafalso, olhou na minha direção e, por um momento, vi a mulher que tinha sido antes, linda e jovial, a moça que jantara conosco uma centena de vezes, que sempre ganhava de mim no baralho. Olhou para mim e sorriu de leve, um sorriso cheio de remorso. Quebrei meu juramento e berrei que as crianças estavam bem, que eu tinha feito tudo para garantir que recebessem os cuidados necessários. Disse a ela que os acolheria sempre e que zelaria por eles como se fossem meus. Achei que isso lhe daria algum conforto no fim, mas teve o efeito oposto. Ela ficou furiosa e tentou correr para cima de mim; acho que teria me atacado se não fosse pelos carcereiros, que a restringiram. Santina tinha perdido a razão, claro. É o único jeito de explicar. Medo. O horror à forca."

"E você era o único presente?", perguntei. "Do vilarejo, quero dizer."

"Sim, o único. Não, espere, não é verdade. A sra. Toxley estava lá. Você conhece Madge Toxley, não?"

"Conheço."

"Não no enforcamento, claro. Mas na prisão. Eu a vi indo embora quando cheguei. Considerei um tanto estranho na época, mas nunca pensei duas vezes no assunto até agora. Elas tinham sido amigas, mas achei esquisito fazer aquela visita. Ainda assim, não dei importância, pois estava lá para testemunhar um enforcamento, não para especular sobre as amizades alheias. Eu já tinha estado em dois enforcamentos na vida, srta. Caine, e não é uma experiência agradável. Acho medonho, para ser sincero."

Senti um calafrio. Não conseguia nem imaginar como seria ver outra pessoa morrer daquela maneira.

"Fiquei em uma hospedaria em Norwich naquela noite", ele continuou. "Tive um sono agitado. E, quando voltei para Gaudlin na manhã seguinte, o sr. Cratchett me deu a notícia terrível de que a srta. Golding tinha morrido na noite anterior."

"Como, sr. Raisin?", perguntei, inclinando-me para a frente. "Como ela morreu?"

"Um acidente pavoroso, sinistro por sua simetria. A srta. Golding tinha uma imaginação muito ativa e era muito habilidosa com as mãos. Estava tentando construir uma espécie de balanço para as crianças entre duas árvores, usando cordas que pegou emprestado de Heckling ou encontrou em um dos depósitos. De qualquer maneira, tinha escalado uma árvore e estava amarrando a segunda corda quando deve ter perdido o equilíbrio e, de alguma maneira, acabou enroscada na corda ao cair. A corda se enrolou em seu pescoço e a sufocou."

"Ela foi enforcada", eu disse, fechando os olhos, tentando manter o ritmo da respiração. "Como a mãe das crianças."

"Sim."

"E a sra. Westerley já estava morta quando isso aconteceu?"

"Sim, havia cerca de cinco horas, eu diria."

"Entendi." Pensei naquilo. Não estava surpresa. Se ele tivesse contado que a infeliz srta. Golding morrera pela manhã, eu não teria acreditado. Na minha cabeça, não havia dúvida de que aquilo só poderia ter acontecido depois que Santina Westerley tivesse sido executada. "E a srta. Williams", continuei, "a terceira governanta, cujo túmulo vi em Great Yarmouth. O que aconteceu com ela?"

"Coitada", disse o sr. Raisin, sacudindo a cabeça. "Afogou-se na banheira. Era uma moça adorável, mas vivia sempre cansada. Acho que ficava acordada até tarde na maioria das noites, lendo. As mulheres *deviam* ler, srta. Caine? Sempre me faço essa pergunta. Não é estímulo demais para elas? A srta. Williams nunca estava sem um livro. Usava a biblioteca de James como se fosse oxigênio. Certa vez, ela me contou que sempre teve dificuldade para dormir, mas que o problema se exacerbara desde sua chegada a Gaudlin Hall. E ela também era muito propensa a acidentes. Tinha sofrido vários pequenos machucados desde a chegada. Eu dizia que precisava ser mais cuidadosa e, uma vez, ela ficou quase histérica por causa disso, afirmando que os acidentes não eram culpa dela, que eram infligidos por forças ocultas. Creio que estava na banheira um dia, caiu no sono, escorregou para baixo da água e, infelizmente, nos deixou."

"E a srta. Harkness?", perguntei. "A quarta governanta?"

"Parece mesmo muito estranho, eu sei", disse o sr. Raisin. "E posso entender por que consideraria essa sequência de acontecimentos surpreendente e perturbadora. Mas a srta. Harkness era uma mulher desastrada. Entrou na frente da minha carruagem duas vezes, bem no meio da rua, e quase foi parar embaixo dos cascos dos meus cavalos. Afirmava que era o vento, mas a verdade era que ela não olhava por onde andava. Ainda bem que tenho bons reflexos e consegui desviar sem demora nas duas ocasiões. Porém, em outra situação parecida, com o desafortunado sr. Forster, de Croakley, ela não teve tanta sorte e foi pisoteada até a morte. Foi horrível. Pavoroso demais para descrever. Logo depois disso, contratei a srta. Bennet, que se tornou a quinta governanta. Caso acredite que há alguma coisa funesta por trás de tudo isso, srta. Caine, lembre-se de que a srta. Bennet está viva e muito bem. Que eu saiba, ela voltou para Londres e reassumiu seu cargo antigo."

"Qual cargo?"

"De professora. Como você. Enviei o pagamento da última semana para a conta do pai dela, em Clapham; não quis ficar nem o suficiente para que o banco abrisse e eu pudesse retirar o valor necessário."

"E a srta. Bennet?", perguntei. "Ela ficou a salvo durante o tempo que passou aqui?"

"É claro", ele respondeu, então começou a rir um pouco e a sacudir a cabeça. "Mas era uma histérica. Não gostava nada dela. Entrava esbravejando no meu escritório, dizendo todo tipo de bobagem sobre Gaudlin Hall e o que acontecia aqui. O sr. Cratchett sugeriu que a internássemos, e ele talvez estivesse certo. A srta. Bennet se comportava como se fosse uma personagem em uma história de fantasma."

"Mas nada aconteceu a ela?", insisti. "Por favor, sr. Raisin, preciso saber."

"Sim, nada aconteceu a ela, claro que não. Quer dizer", ele acrescentou, "ela se machucou com uma faca certa vez; foi um corte profundo e teria sangrado até a morte se a sra. Livermore não estivesse por perto para ajudá-la. E comentou sobre um ou outro incidente trivial, mas..."

Levantei de repente e me afastei dele, sem saber se devia permitir que meus pensamentos seguissem na direção que queriam ir. Observei a paisagem de Gaudlin. Tive vontade de correr, correr e correr.

"A senhorita está bem?", ele perguntou, agora também se levantando e se aproximando de mim. Senti sua presença, o calor de seu corpo, tão diferente daquela aura maligna que me atormentava desde minha chegada. Queria apenas dar um passo para trás e me permitir cair na segurança de seus braços. Mas é claro que não o fiz. Fiquei onde estava.

"Estou bem, obrigada", eu disse, afastando-me dele e sorrindo. "Mas está ficando tarde. E já o mantive aqui por tempo demais. Perderá seu meio dia de folga se não for agora, e a sra. Raisin vai me culpar."

"Garanto, srta. Caine", ele disse, dando um passo em minha direção, "que a sra. Raisin não vai culpar ninguém, só a mim. Ela tem inúmeros precedentes nisso."

Sorri e até ri um pouco. "Vou acompanhá-lo até a carruagem", disse.

Conforme observei o sr. Raisin desaparecer pela alameda, fui tomada por uma grande exaustão, como se os acontecimentos do último mês tivessem, enfim, exercido todo o seu peso sobre meu espírito. Quis desmoronar no cascalho aos meus pés, enterrar meu rosto nas mãos, gritar e ser resgatada daquele lugar lúgubre, fúnebre. Minha vida era tão simples antes, a rotina diária da escola e papai, nossas conversas diante da lareira, seus livros, os cuidados com a casa, até mesmo as reclamações constantes de Jessie, e agora era só mistérios, mortes sem explicação e um tipo de brutalidade que me fazia questionar a própria natureza da existência. Por um momento, senti-me pronta para me render à histeria, mas o som de risadas à distância, aquele som inesperado, fez-me levantar o rosto e então vi Isabella e Eustace jogando bola perto das árvores. Observei por uns instantes, pensando em me juntar a eles, mas decidi que não e voltei para a casa. Fechei a porta atrás de mim e fiquei parada na entrada; olhei o entorno e respirei sem fazer barulho.

"Onde você está?", eu disse, baixinho.

A cortina da sala de estar ao meu lado começou a se mexer um pouco e eu observei, sem sair do lugar. Não havia vento. O dia estava calmo. "Onde você está?", repeti.

E foi então que ouvi as vozes. Eram duas. Uma conversa baixa. Uma discussão. Os sons vinham de dentro da casa. Eu sabia que não podiam ser as crianças, pois estavam lá fora. E não podia ser a sra. Livermore e o sr. Westerley, pois o quarto dele era longe demais para que o eco viesse até mim, mesmo que aquele homem tenebroso conseguisse se fazer ouvir. Escutei com atenção e percebi que as vozes vinham de cima, não do primeiro andar, mas do segundo. Senti uma inexplicável sensação de tranquilidade dentro de mim, nenhum medo, conforme subi as escadas e ouvi as vozes cada vez mais altas, mas ainda indecifráveis. Seriam vozes mesmo? Era difícil saber. Talvez fosse apenas o vento encontrando novas maneiras de transbordar pelas rachaduras.

Segui os sons até uma porta no final do corredor e pressionei a orelha contra ela, e meu coração deu um salto quando me dei conta de que não estava enganada. Havia duas vozes, sem dúvida, envolvidas em uma discussão implacável. Um homem e uma mulher. Não pude escutar nenhuma palavra que diziam, apenas uma espécie de murmúrio baixo, mas percebi a diferença de gênero e identifiquei o tom da conversa, que ficava cada vez mais agressivo.

Não aceitaria mais ser amedrontada. Pus a mão na maçaneta e a girei, escancarando a porta e marchando para dentro, sem a menor preocupação com minha segurança.

O quarto estava vazio. Alguns brinquedos antigos espalhados em um canto, um cavalo de balanço empoeirado e um berço. Tirando isso, não havia nenhum ornamento e, o que era mais importante, ninguém.

"Onde você está?", berrei, agora elevando o tom de voz, quase gritando de frustração, medo e pânico. Minhas palavras devem ter ecoado tão longe pela casa que até o miserável sr. Westerley, meio morto na cama, perto do telhado, devia ter se mexido um pouco no colchão e se perguntado o que era aquilo.

"Onde você está?"

Mas não houve resposta.

19

Ao descer do trem na estação de Paddington, senti como se estivesse voltando ao passado. Os passageiros iam e vinham, fazendo transferências entre trens, quase nenhum reparando na moça parada ali no meio da plataforma, olhando à volta e inspirando o ar poluído e familiar de Londres, algo que ficara sem por tanto tempo. Se alguém tivesse parado para me observar, talvez tivesse visto no meu rosto uma expressão de alívio misturado com ansiedade. Eu tinha voltado para casa — mas ali já não era mais minha casa.

O dia estava misericordiosamente seco e saí pela Praed Street, reparando nos vendedores de flores e barracas de produtos diversos de sempre, antes de seguir para a Gloucester Square, onde ficava a pequena casa em que tinha crescido. Fui invadida por sentimentos curiosos de apreensão conforme me aproximei; receava ficar emocionada demais, imaginava que revê-la traria tantas memórias felizes que eu seria arrebatada por elas. Mas, para meu alívio, não senti nenhuma lágrima brotar nos olhos. Pela janela da frente, vi um homem de meia-idade entregando um livro a um menino; eles liam juntos quando uma mulher, sem dúvida a esposa do homem e mãe do menino, entrou no aposento com um vaso de flores, fez alguma observação para a família e riu de algo que o garoto disse em resposta. A porta da frente foi aberta e uma menina de uns sete anos saiu para pular corda, interrompendo seus passos por um instante ao me ver.

"Olá", eu disse.

"Olá", ela respondeu. "Quer falar com a mamãe?"

Sorri e fiz que não. "Estou apenas de passagem", disse. "Eu morava nesta casa. Vivi minha vida toda aí."

"Meu nome é Mary", ela disse. "Sei todas as letras do alfabeto e posso listar todos os livros do Novo Testamento na ordem."

Mary. O nome da minha falecida irmã. Então uma Mary moraria naquela casa, afinal. "E do Velho?", perguntei, sorrindo mais uma vez para ela, que fez uma careta de incerteza.

"Não sou tão boa nisso", respondeu. "Papai diz que preciso estudar mais. Quando você morou aqui?"

"Até pouco tempo atrás. Faz dois meses que me mudei."

"Alugamos esta casa até a nossa ficar pronta. Vai ser bem maior do que essa."

"Mas será que vai ser tão confortável quanto?", perguntei, com um sentimento de lealdade pela casa da minha família; não gostei de ouvi-la insultada.

"Acho que sim."

"Mary!", uma voz fez a criança se virar e sua mãe, uma mulher de aspecto acolhedor e expressão aberta, apareceu na porta atrás dela. A mulher hesitou por um momento, mas então sorriu e me cumprimentou. Respondi com educação, mas, sem vontade de me envolver em mais conversas, despedi-me de Mary e segui meu caminho. Fiquei contente que a casa estivesse mais uma vez ocupada por uma família. Tinha sido um lar feliz no passado e agora poderia ser de novo.

Madge Toxley tinha aceitado receber Isabella e Eustace em casa naquele dia, apesar de, como ela mesma comentara, eles quase não precisarem de babá, pois eram sempre muito bem-comportados. Isabella ficara incomodada com a perspectiva de passar um dia inteiro longe de Gaudlin Hall, insistindo mais uma vez que não tinham autorização para sair, mas respondi que ela não tinha feito objeções tão enfáticas quando a oferta foi uma tarde de lazer nas praias de Great Yarmouth, argumentação que a silenciou um pouco.

Madge se surpreendeu quando me viu chegar em sua casa tão cedo naquela manhã, trazendo as crianças sonolentas comigo; expliquei que havia uma emergência à minha espera em Londres e que ela me faria um favor imenso se pudesse cuidar deles até de noite.

"Mas é claro", disse, abrindo a porta para deixá-las entrar. Quando o fez, vi seu marido, Alex, na sala ao fundo; ele olhou para mim e em seguida sumiu de vista. "Espero que não seja nada sério."

"Não, é apenas uma coisa que preciso resolver, só isso. Uma pessoa com quem preciso conversar."

Madge meneou com a cabeça, mas não pareceu satisfeita com a resposta, e entendi o motivo no mesmo instante.

"Eu vou voltar, você tem minha palavra", eu disse. "Não abandonaria as crianças. Prometo."

"Claro que não, Eliza", ela respondeu, enrubescendo de leve. "Não pensei nem por um segundo que..."

"E, se tivesse pensado, teria sido perfeitamente compreensível", eu disse, colocando a mão em seu braço, num gesto de confiança e amizade. "Não, eu volto à noite, independentemente do que aconteça hoje."

A presença — o que quer que fosse — não parecia ter intenção de machucar as crianças. Sua maleficência era direcionada apenas para mim. Mas não quis arriscar. Saber que não ficariam sozinhas acalmava um pouco minha mente.

Em Paddington, o ponto de ônibus que eu procurava ficava a uma caminhada de cinco minutos da minha antiga casa e, quando cheguei, pus a sacola no chão e fiquei ao lado de uma senhora idosa, que se virou para me olhar de cima a baixo com uma expressão desdenhosa no rosto. Não consegui entender a razão; eu tinha me esforçado para estar bem-vestida naquele dia, mas, por algum motivo, não estava do agrado dela. Pensei tê-la reconhecido como a sra. Huntington, que às vezes cuidara de mim quando eu era pequena, mas então lembrei que aquela boa senhora perdera a cabeça quando seu marido e seu filho foram mortos em um acidente, alguns anos antes, e fora internada em um asilo para desatinados em Ealing. Portanto, não poderia ser ela — mas poderia ser sua irmã gêmea, tamanha a semelhança. Rezei para o ônibus chegar, pois a maneira como me encarava me perturbou e irritou. Quando o veículo enfim chegou, entrei, informei meu destino, paguei minha passagem ao motorista e sentei.

No passado, eu nunca tinha dedicado muita atenção às ruas de Londres. Acho que você nunca dedica, quando mora na cidade. Mas agora, passando por elas, fiquei espantada com quão sujas aparentavam ser e com o fato de a neblina parecer nunca se dissipar. Estava sempre ali, parada, um miasma contra o qual as pessoas precisavam lutar para se deslocar. Tentei entender por que a capital tinha se tornado poluída a ponto de mal se conseguir enxergar o outro lado da rua. Nesse quesito, Norfolk levava vantagem sobre Londres; era um lugar limpo, pelo menos. Era possível respirar por lá. Eu podia aturar um fantasma em troca de um pouco de ar puro.

Calculei minha viagem para chegar à escola logo antes do almoço e o trânsito colaborou comigo, pois, quando vi o prédio surgir na paisagem da cidade, olhei para meu relógio e constatei que ainda faltavam dez minutos até os meninos receberem o sinal para o intervalo do almoço. Depois de descer do ônibus, esperei perto da grade e observei. Não era necessário ter pressa; o momento chegaria logo.

Ali, parada, não pude deixar de pensar na minha primeira manhã como professora na St. Elizabeth's, na transição que fiz de aluna para docente, no terror que senti quando minhas pequeninas apareceram diante de mim, algumas nervosas, outras perto das lágrimas, todas observando e esperando para ver que tipo de tutora teriam pelos próximos doze meses. Como era de imaginar, eu era a professora mais nova da escola. A maioria das mulheres sentadas atrás das mesas nas salas adjacentes tinha me ensinado alguns anos atrás, portanto eu sabia quão cruéis às vezes elas podiam ser. Eu tinha sido castigada em diversas ocasiões por aquelas mesmas senhoras que me receberam tão calorosamente naquela manhã, como se fosse uma velha amiga. A hipocrisia não passou despercebida por mim e ainda me sentia intimidada ao cumprimentá-las ou ao entrar na sala de descanso dos professores, área proibida quando era aluna e que oferecia apenas a promessa de momentos terríveis para quem entrasse.

Naquele dia, decidi nunca assustar minhas pequeninas, intimidá-las ou bater nelas. Não era necessário que me amassem — aliás, seria melhor não amarem. Respeito era tudo o que importava, e eu faria o melhor possível para conquistá-lo. Durante os três anos em que trabalhei na St. Elizabeth's, ganhei autoconfiança suficiente para gostar do meu emprego e acreditar que tinha habilidade razoável para executá-lo. Certa de que meu futuro não incluía a possibilidade de um marido ou uma família, imaginei que passaria minha vida entre as quatro paredes da sala de aula; que as décadas se sucederiam e que eu ficaria mais velha e mais cinzenta, enquanto o retrato da rainha e do príncipe Albert nunca envelheceria. Mas as pequeninas, *minhas* pequeninas, nunca mudariam; teriam a mesma idade para sempre, substituídas ano após ano por uma nova turma, muitas delas irmãs mais novas de meninas que já tinham se sentado à minha frente. Havia parte de mim que ansiava pelo momento em que apareceria uma criança no primeiro dia de aula cuja mãe fora minha aluna no passado. Nesse dia, eu saberia que tinha sido bem-sucedida na minha profissão.

O som de um sino sendo tocado dentro da escola me tirou do devaneio e passei pelo portão no mesmo instante que as portas se abriram e os meninos começaram a tomar conta do gramado e a se sentar sob os plátanos, abrindo suas lancheiras metálicas com seus minguados almoços. Alguns já corriam pelo pátio, perseguindo uns aos outros, tentando aproveitar a juventude depois de três horas sentados nas carteiras. Dois deles estavam discutindo por algum motivo e logo trocavam socos. Por um instante, perguntei-me se devia intervir, mas, para meu alívio, um professor surgiu em uma das portas laterais, um homem de aparência robusta, e os meninos se assustaram e dispersaram. Desviei os olhos da bagunça e entrei na escola pela porta da frente, olhando o entorno daquele prédio desconhecido antes de escolher um corredor aleatório e seguir por ele.

Ainda havia meninos passando; arteiros, talvez; levados, daqueles mantidos em classe por uns minutos a mais para serem castigados por alguma diabrura. Passei os olhos pelas portas abertas de cada sala, certa de que reconheceria minha presa ao vê-la. A maior parte dos professores era homem, o que não devia ser incomum em uma escola para meninos; fiquei surpresa ao descobrir que a mulher que eu procurava era professora naquele lugar e imaginei que se tratava de uma instituição progressista. Afinal, eram apenas mulheres na St. Elizabeth's, com uma exceção — a única vez que essa regra tinha sido suplantada foi com Arthur Covan, e eu duvidava que um sucessor fosse apontado no futuro próximo. Teria sido tão bom, sonhei acordada, uma divisão com mais equilíbrio. Teria sido agradável discutir atividades curriculares com um grupo de rapazes bem-apessoados.

Cheguei ao fim do corredor e estava prestes a dar meia--volta e refazer meus passos quando a encontrei. Ela estava sozinha em uma sala, de costas para mim, usando o apagador para limpar as lições matinais da lousa. Olhei para ela e senti uma mistura de alívio por tê-la encontrado e rancor por estar vivendo com tamanho descaramento, enquanto minha vida decaíra para aflição e perigo constantes. Entrei e olhei à volta; não havia nenhum menino presente, o que me deixou satisfeita. Segurei a maçaneta e fechei a porta com força atrás de mim.

Ela deu um pulo, apavorada, e se virou com a mão no peito. Pareceu bastante amedrontada e me perguntei se era comum se assustar com facilidade. Porém, quando me viu e se deu conta da própria tolice, deu uma risadinha.

"Desculpe", ela disse. "Estava em outro mundo. Quase morri do coração! Tenho me assustado facilmente esses dias. Não foi sempre assim."

"Não foi minha intenção assustá-la", respondi, apesar de ter sido exatamente o que pretendia fazer. Afinal, não tinha escrito ou mandado qualquer aviso sobre meus planos de ir a Londres. Não queria que ela postergasse o encontro ou se recusasse a me ver.

"Não tem problema", ela disse, estreitando os olhos e me observando com mais atenção. "Conheço a senhora, não? Sra. Jakes, não é? Mãe de Cornelius?"

Sacudi a cabeça. "Não."

"Ah, lamento. Me confundi. Veio falar comigo ou está procurando outra pessoa?"

"É você mesma que estou procurando", eu disse. "Se puder conversar por alguns minutos, eu ficaria muito grata."

"Claro", ela respondeu, sentando-se atrás da mesa e me oferecendo a cadeira à sua frente. "Desculpe", acrescentou, "mas não ouvi seu nome."

Sorri para ela. Será que era fingimento ou estava falando sério? Aquela mulher me considerava uma imbecil? (Ou melhor, ela *ainda* me considerava uma imbecil?) "Você não me reconhece?", perguntei, em tom de descrença.

Ela olhou para mim e pareceu ficar um tanto desconfortável, ajustando a posição na cadeira. "Se a senhora puder me dizer quem é seu filho..."

"Não sou mãe de ninguém, srta. Bennet", respondi com voz firme. "Se me acha familiar, é porque já nos vimos antes, há pouco mais de um mês. Esbarrou em mim na plataforma da estação Thorpe, em Norwich. Nossas malas bateram uma na outra e caíram. Você olhou diretamente para mim naquele dia, e posso jurar que sabia muito bem quem eu era. Portanto, é bastante surpreendente que finja não me reconhecer agora."

Vi a cor desaparecer de seu rosto e ela engolir em seco, retribuindo meu olhar até não suportar mais e desviar o rosto. "Sim, claro", disse a srta. Bennet. "Srta. Caine, não é?"

"Sim."

"Isso é... inesperado", ela disse.

"Posso imaginar." Ouvi a frieza na minha própria voz e fiquei espantada. Não tinha percebido que sentia tanta raiva daquela mulher até estar sentada à sua frente. E agora, com apenas um braço de distância entre nós, pude sentir meu sangue borbulhar. Meu sofrimento era culpa dela, minhas noites insones eram sua responsabilidade. A srta. Bennet não conseguia mais me olhar nos olhos e direcionou a vista um pouco mais para baixo, para minhas mãos, que separei e pousei sobre a mesa, as cicatrizes da queimadura ainda bastante visíveis. Vi quando sua expressão se contorceu em uma careta e ela desviou o olhar.

"Como pode ver, trago as cicatrizes de Gaudlin Hall", eu disse. "Mas minhas mãos feridas são a menor das minhas preocupações."

Ela se forçou a responder. "Então, você... não está feliz na mansão?"

Ri. Mal pude acreditar que ela estava assumindo aquela postura inocente. "Srta. Bennet", eu disse. "Acho melhor deixarmos os jogos de lado. Preciso conversar sobre aquele lugar. Vim a Londres por nenhum outro motivo senão discutir isso com você, e não tenho muito tempo. Preciso pegar o trem de volta, e você com certeza tem uma classe cheia de meninos que voltarão correndo para cá quando acabar a hora do almoço."

"*Correndo* talvez seja exagerar um pouco", ela respondeu, sorrindo para mim, e eu ri. O comentário quebrou um pouco a tensão, pelo menos.

"Bom, sim, que seja", eu disse.

"Acho que devo desculpas", ela respondeu. "Por tê-la enganado daquele jeito."

"Honestidade desde o começo teria sido mais respeitoso. Poderia ter me recebido na mansão, para começar, e não permitido que eu chegasse naquela primeira noite sem ter a menor ideia do que estava acontecendo. As dificuldades iniciais só pioraram minha situação."

"Não tive como", ela disse, sacudindo a cabeça. "Você não entende, srta. Caine? Não podia ficar nem mais um dia! Nem mais uma hora! Mas me permita, com toda a sinceridade, dizer que estou muito feliz de ver que você está bem."

Ri outra vez, e agora minha risada aparentava mais rancor. "*Bem*?", perguntei. "Estou viva, se é isso que quer dizer. Mas fui ferida. Repetidas vezes. Ameaçada por um cachorro selvagem. Empurrada de uma janela. Minhas mãos, como pode ver, foram queimadas e desfiguradas. E houve outras coisas. O que quero saber, srta. Bennet, é muito simples. O que aconteceu com você enquanto esteve lá? E como sobreviveu?"

Ela se levantou de repente e foi até a janela para observar os meninos jogando bola no pátio. "Sei que não é isso que quer ouvir, srta. Caine", ela disse depois de uma longa pausa, "mas realmente não quero falar sobre isso. Sinto muito. Reconheço que fez uma longa viagem até aqui, mas simplesmente não posso falar sobre aquele lugar. Ainda não consigo dormir, entende isso? Tenho sobressaltos o tempo todo. Você mesma viu, quando entrou na sala."

"Mas você escapou", respondi, levantando a voz. "E não posso dizer o mesmo da srta. Tomlin. Ou da srta. Golding. Ou da srta. Williams. Ou da srta. Harkness. Você sobreviveu a Gaudlin Hall e nenhuma das suas antecessoras teve a mesma sorte. Sua sucessora talvez tampouco tenha. Portanto, repito a pergunta. O que aconteceu com você lá? Creio que me deve uma resposta. Uma resposta honesta. Pode me ajudar, não percebe?"

Ela se virou e sua expressão era de absoluto tormento. "Se acha que sobrevivi, srta. Caine, então não entende meu estado de espírito. Estou viva, é verdade. Respiro. Venho trabalhar. Me alimento. Volto para casa. Mas vivo em um estado constante de ansiedade nervosa. Preocupo-me o tempo todo que... que..."

"Que o quê, srta. Bennet?"

"Que ela me encontre."

Desviei o rosto, sua frase confirmando, enfim, que também tinha sentido a presença e sofrido seus tormentos.

"*Ela*", eu disse, depois de um prolongado silêncio. "Por que usou o pronome feminino?"

"Não acha que se trata dela?", a sra. Bennet perguntou.

"Sim", admiti. "Claro que acho. Creio se tratar da falecida sra. Westerley."

A srta. Bennet concordou com a cabeça e se sentou em uma das carteiras dos alunos, pegando o quadro de ardósia do menino e tamborilando a superfície, distraída, antes de voltar para sua própria mesa. "O que posso dizer", ela continuou, enfim, "é que não sou uma mulher que se intimida com facilidade. Na adolescência, minha mãe dizia que eu tinha mais força e coragem do que meus dois irmãos mais velhos. Quando cheguei ao vilarejo de Gaudlin Hall e descobri a história dos Westerley e das governantas que vieram antes de mim, achei que não passava de uma terrível coincidência. Uma série desastrosa de acontecimentos que fez um grupo de fofoqueiros provincianos e supersticiosos dizer que o lugar era assombrado, que nada de bom poderia acontecer com quem morasse lá."

"O sr. Heckling está ileso", comentei. "A sra. Livermore também. Nenhum dos dois foi atacado."

"Mas o sr. Heckling e a sra. Livermore não têm nenhuma responsabilidade para com as crianças", ela disse baixinho. "Tampouco se interessam por eles."

Pensei naquilo. "É verdade", admiti. "Mas, diga, quanto tempo ficou na casa antes de perceber alguma coisa?" Ela sacudiu a cabeça e passou a mão nos olhos. "Por favor, srta. Bennet", insisti. "Por favor, diga."

"Um dia", ela respondeu, dando de ombros com indiferença. "Pouco menos de um dia, aliás. Cheguei pela manhã; você, claro, chegou de noite. E senti uma coisa antes de o dia terminar. Não tinha acontecido nada de incomum ao longo dele, mas, quando fui para a cama, estava exausta. Lembro-me de entrar embaixo das cobertas e pensar que com certeza teria uma boa noite de sono, depois da longa viagem. Fechei os olhos. Não lembro com o que sonhei — nunca me lembro dos meus sonhos, ou, pelo menos, muito raramente —, mas lembro que fui invadida por uma sensação horrível de estar sendo estrangulada. Pude ver uma mulher no meu sonho, uma mulher com pele morena e as mãos em torno do meu pescoço, sufocando-me. E lembro que... Srta. Caine, já se descobriu no meio de um sonho e alguma coisa dentro de você diz que precisa acordar, que precisa escapar?"

"Sim", eu disse. "Sim, já tive essa sensação."

"Bom, foi assim que me senti", ela continuou. "Forcei-me a acordar, pensando que poderia me livrar da mulher se me libertasse do sonho. Mas, para meu horror, quando abri meus olhos, a sensação ainda estava lá. Havia *mesmo* mãos na minha garganta, eu estava *mesmo* sendo estrangulada. No mesmo instante, tirei minhas mãos de debaixo das cobertas para afastar as daquela estranha e, quando o fiz, pude sentir os pulsos esbeltos e a força daqueles dedos. Quando minhas mãos se fecharam sobre as dela, elas se dissiparam e desapareceram por completo. A asfixia parou, a presença evaporou. Saltei da cama e desmoronei no canto do quarto, ofegante, tossindo e cuspindo. Não sabia o que estava acontecendo, se tinha sido algum pesadelo terrível que provocou uma ilusão na mente desperta, mas não, não havia a menor possibilidade de eu ter apenas imaginado o ataque, pois minha garganta ficou muito machucada. Tanto que a primeira coisa que Isabella me disse na manhã seguinte foi que eu tinha uma marca no pescoço."

"Eu também senti as mãos", eu disse, olhando em seus olhos. "Na minha primeira noite naquela cama."

"Então ela também tentou estrangular você?"

"Não, ela puxou meus tornozelos. Senti que estava sendo arrastada para baixo. Não sei dizer qual era a intenção, mas com certeza era maldosa."

"E você pensou que estava enlouquecendo?"

"Não", respondi. "Sabia o que tinha sentido. Ainda posso sentir aquelas mãos."

"Eu também", disse a srta. Bennet. "A mera lembrança me impede de dormir a noite inteira."

"E o que mais?", perguntei, inclinando-me para a frente. "O que mais aconteceu com você? Srta. Bennet, por favor, já me contou muita coisa. Não custa nada contar o resto."

"Viu o estado do telhado?", ela perguntou, e eu fiz que não.

"Nunca estive lá em cima", disse.

"É melhor que não suba", ela respondeu. "A mansão parece sólida, mas, na verdade, está caindo aos pedaços. A estrutura não é mais a mesma. Daqui a cinquenta anos, srta. Caine, garanto que um vento derrubará aquele lugar, se reparos não forem feitos. Talvez até antes."

"O que estava fazendo no telhado?", perguntei.

"Gosto de pintar", ela explicou. "Não sou muito boa, claro, mas é prazeroso para mim. Lá em cima é plano, e a vista das Norfolk Broads é magnífica. Era um dia ensolarado e levei meu cavalete e minhas tintas para o telhado. Duas coisas aconteceram. Apesar de o clima estar bom, um vento forte surgiu do nada, levantou-me da cadeira e teria me derrubado se eu não tivesse conseguido agarrar uma viga de pedra perto da chaminé e me segurado nela até o vento finalmente parar. Então, corri para o térreo e estava recuperando o fôlego na alameda quando pedras começaram a cair do telhado. Uma aterrissou a poucos centímetros de mim. Se tivesse me acertado, teria me matado no mesmo instante. Corri, claro. Fui para o gramado. Somente quando estava a uma distância segura as pedras pararam de cair."

Sacudi a cabeça. Ainda não tinha visto nenhuma chuva de pedras; seria um pesadelo à minha espera? Será que precisaria de uma armadura para não ser apedrejada até a morte?

"E houve o incidente com a faca", ela disse.

"Sim?"

"Eu estava preparando o almoço, cortando legumes, e a faca que eu segurava... Parece ridículo, eu sei, mas foi como se ela tivesse vida própria. Virou-se contra mim. Eu a estava segurando com as duas mãos, mas ela me empurrou para trás, contra a parede. Ali, encurralada contra as pedras, minhas mãos chegaram cada vez mais perto da minha garganta, a ponta da faca prestes a me degolar."

"E como você impediu isso?", perguntei.

"Não impedi", ela disse. "Isabella chegou. E ela falou uma única palavra: 'não'. Então minhas mãos voltaram ao meu controle. Larguei a faca, desmoronei no chão e, quando olhei para cima, Isabella estava em pé ao meu lado. *Você devia tomar mais cuidado com facas*, ela me disse. *Mamãe nunca nos deixa brincar com elas.*"

"Nunca *deixa*? No presente?"

"Também reparei nisso."

"E ela não ficou com medo do que tinha testemunhado?"

Agora foi a vez da srta. Bennet rir. "Isabella Westerley?", ela perguntou. "Com medo? Você a conhece, srta. Caine. Passou o último mês com ela. Acha que aquela criança sente esse tipo de emoção? Acha que sente *alguma* emoção?"

"Ela sofreu muito", eu disse, defendendo-a. "Pense em tudo o que passou. A morte da mãe, a destruição da vida do pai. Sem contar todas as governantas que morreram. Como conseguiu manter a sanidade é um mistério para mim."

"Você está supondo que ela manteve", respondeu a srta. Bennet, sacudindo a cabeça. "Não confio naquela menina. Nunca confiei. Eu a pegava me espionando, observando todos os meus movimentos. Ela aparecia do nada e me dava medo, essa é a verdade. Uma menina de doze anos que me apavorava."

"E Eustace?", perguntei, torcendo para que ela não difamasse o menino, pois ele era meu favorito, meu querido.

"Bom, Eustace...", ela disse, sorrindo um pouco ao se lembrar dele. "Ele é um doce de menino. Mas, para usar suas próprias palavras, sofreu muito. Preocupo-me com o futuro dele, preocupo-me mesmo."

"Se me permite a pergunta, o que a fez ir embora?", perguntei. "Houve algum outro incidente? Algo que tenha feito você tomar a decisão?"

"Acho que tudo o que descrevi teria sido mais do que suficiente", ela respondeu. "Mas, sim, houve mais uma coisa. A égua de Heckling. Suponho que você já tenha passado algum tempo perto dela, não?"

"Sim", eu disse. "Um animal tranquilo. A essa altura, acho que ele devia aposentá-la, deixá-la descansar."

"Eu diria o mesmo", ela respondeu. "Mas um dia ela se virou contra mim, quando Heckling não estava lá para ver, claro. Fui passear e levei um pacote de torrões de açúcar para ela; era algo que eu fazia quase todas as manhãs e pensei que me adorava por conta disso. Mas, nesse dia em especial, quando pus a mão no pacote, a égua empinou, balançando as patas no ar e, se eu não tivesse saltado para fora do caminho, ela teria descido em cima de mim e me esmagado contra o chão. Fiquei chocada e olhei para a égua, implorando para ela se controlar, mas havia sede de sangue em seus olhos, estava salivando, e eu corri. Corri o mais rápido que pude, srta. Caine, e aquele velho animal correu atrás de mim com intenções assassinas. Estava rinchando e grunhindo como um demônio e, se eu não tivesse chegado à porta da mansão e entrado antes que ela me alcançasse, não tenho dúvida de que teria morrido."

"Parece impossível", eu disse, pensando naquele animal pacífico e de confiança. "Mas comigo aconteceu uma coisa parecida. Um cachorro. Tive certeza de que iria me atacar. Se não fosse por Isabella, teria dilacerado minha garganta."

"Então o espírito dela influencia mesmo animais", disse a srta. Bennet, com um pequeno calafrio. "Por que será? De qualquer jeito, para mim foi o limite. Escrevi o anúncio, esperei na janela para ver Heckling pegar o animal e ela estava calma, como sempre foi — e fui até o vilarejo para telegrafar a oferta de emprego para o editor do *Morning Star*. Que, imagino, foi onde você viu."

"Foi sim", concordei, meneando com a cabeça. "Mas você não foi embora", acrescentei. "Apesar de tudo que aconteceu. Esperou até encontrar uma substituta."

Ela sorriu para mim. "Srta. Caine", disse, "tenho plena consciência de que não saí dessa aventura sem manchar meu caráter. Foi errado anunciar o cargo sob falso pretexto. Sabia que pareceria ser o senhor de Gaudlin Hall, não uma mera governanta. E sei que, se fosse uma alma mais corajosa, devia ter esperado pela sua chegada e avisado sobre as coisas que estavam acontecendo. Mas o fato é que não queria correr o risco. Não queria arriscar que desse meia-volta e embarcasse no trem de volta a Londres. Foi covardia da minha parte, claro. Sei muito bem disso. Mas acontece que eu precisava fugir. A única coisa que não faria, a única atitude que não consegui tomar, foi abandonar aquelas crianças e deixá-las com o espírito. Deixá-las sem um protetor. Até saber que você estava vindo, não pude ir embora." Ela hesitou e sacudiu a cabeça. "Não, não foi bem isso", a srta. Bennet disse, pensativa. "Não pude abandonar *Eustace* sem um protetor. Isabella... Acho que aquela menina não precisa de ninguém. Sabe cuidar de si mesma."

Levantei-me e caminhei sem pressa pela sala. Um quadro na parede listava os reis e rainhas da Inglaterra, da Batalha de Hastings à rainha Vitória, e me distraiu por um momento, levando-me a memórias de épocas mais felizes.

Como queria estar apenas esperando pela volta das minhas pequeninas depois do intervalo do almoço, cansadas e bocejando, prontas para os exercícios da tarde.

"E você, srta. Caine", disse a srta. Bennet, depois de um longo silêncio. "Sofreu muito?" Concordei com a cabeça e contei a ela, sem me alongar, os vários incidentes que se passaram desde que comecei minha residência na mansão. "Pelo menos você sobreviveu", ela comentou.

"Até agora", respondi.

"Mas está aqui", ela disse, sorrindo e vindo até mim, segurando minhas mãos. "Está aqui, afinal. Escapou. Como eu. Talvez o espírito esteja enfraquecendo."

Sacudi a cabeça e recolhi as mãos. "Acho que não entendeu", respondi. "Posso ter sobrevivido até agora, mas não escapei, para usar a palavra que você usou. Estou aqui em Londres apenas por hoje. Já disse, volto a Norfolk no trem da tarde."

"Vai voltar para Gaudlin Hall?"

"É claro que vou", eu disse. "Aonde mais poderia ir? Não tenho outra opção."

"Vá para qualquer lugar", ela esbravejou, jogando as mãos para o alto, meses de tensão extravasados em sua frustração. "Qualquer lugar, não importa. Volte para a escola onde ensinava antes. Vá para a Cornualha, Edimburgo, Cardiff, Londres. Vá para a França ou para a Itália. Viaje até o coração da Rússia, se quiser, ou viva com aquelas moças infelizes nas ruas da capital. Mas fuja daquele lugar horrível. Se tiver algum juízo, srta. Caine, afaste-se de Gaudlin Hall o máximo que puder."

Eu a encarei, chocada com seu egoísmo. "Nesse caso", eu disse, em um tom seco, tentando controlar minha raiva crescente, "quem cuidaria das crianças?"

"Ela cuidaria."

Fiz que não. "Eu não os deixaria com ela", respondi.

A srta. Bennet deu de ombros. "Então ela virá atrás de você. Como foi atrás das outras." Desviou o rosto, o tom de voz sugerindo que aquilo era óbvio e inevitável. "Ela virá. E você morrerá."

Suas palavras me atravessaram como uma faca. "Mas por quê?", perguntei, mais para mim mesma do que para qualquer outra pessoa. "Por que ela quer nos atacar? Meu único desejo é ajudar aquelas crianças. Cuidar delas. E quanto à outra presença? O velho? Você não mencionou nada sobre ele. Qual é o papel dele nisso tudo?"

A srta. Bennet franziu as sobrancelhas e me encarou, sacudindo a cabeça como se não tivesse ouvido direito. "Desculpe, o que disse?", ela perguntou.

"O outro espírito", respondi. "São dois, não são? Ele impediu que eu fosse jogada pela janela uma vez — pude sentir suas mãos em mim. Eustace já o viu, já conversou com ele. O velho disse que está lá para cuidar de mim."

A srta. Bennet abraçou o próprio corpo e percebi que tinha ficado ainda mais assustada. "Desculpe, srta. Caine. Não tenho ideia do que está falando."

"Nunca o sentiu?"

"Não", ela disse. "Nunca. Apenas um espírito destrutivo. Apenas ela."

"Talvez ele estivesse lá e você só não percebeu. Talvez tenha impedido que as pedras caíssem sobre você, por exemplo."

A srta. Bennet pensou por um instante, mas fez que não. "Eu saberia", ela disse, com voz confiante. "Tenho certeza de que saberia. Perceberia se houvesse outro. E não havia. Juro."

Meneei com a cabeça. Não tinha alternativa senão acreditar nela — afinal, não havia nenhum motivo para a srta. Bennet mentir. O sinal tocou e vi os meninos no pátio terminando seus jogos, recolhendo suas lancheiras e seguindo para a entrada.

"É melhor eu ir", disse. "Creio que devo agradecê-la, srta. Bennet, por sua sinceridade. Você confirmou muitas coisas para mim. E, por mais estranho que pareça, é um alívio saber que outra pessoa passou pelo que estou passando. Assim não acho que estou ficando louca."

"Mas você *está* ficando louca", disse a srta. Bennet, calmamente. "Deve estar, se decidiu voltar para lá. Só uma louca voltaria àquele lugar."

"Então, sou uma louca", respondi. "Que seja. Mas as crianças não sairão de lá enquanto o pai estiver na casa, disso não tenho dúvida. Nunca falam sobre ele, nunca reconhecem sua presença. Mas são confortados ao saber que ele está lá. E nunca os deixarei sozinhos com aquele espírito maligno."

Pus a mão na maçaneta e ouvi a voz da srta. Bennet atrás de mim, agora triste, arrependida.

"Deve me considerar um monstro", ela disse. "Por tê-los abandonado como abandonei."

Virei-me e fiz que não. "Você fez o que ditou sua índole", respondi, sorrindo para ela. "E devo fazer o que dita a minha. Adeus, srta. Bennet."

"Adeus, srta. Caine", ela disse. "E boa sorte."

Era tarde quando cheguei em Gaudlin Hall. O trem sofreu um atraso em Londres e então mais outro, logo depois de Manningtree. Foi uma viagem desconfortável. Um homem de meia-idade sentado à minha frente no vagão começou um flerte inoportuno, experiência totalmente nova para mim e que, em outra ocasião, talvez tivesse apreciado, mas naquele momento não gostei e fui forçada a mudar de assento. Tive a infelicidade de me sentar ao lado de uma senhora idosa que fez questão de me presentear com histórias sobre a crueldade da filha e do genro, sobre como a impediam de ver os netos e como nenhum deles tinha valor e, portanto, não seriam mencionados em seu testamento.

Madge Toxley levara as crianças para a mansão, para que deitassem em suas próprias camas; ela pareceu aliviada ao me ver, pedindo sua charrete no mesmo instante e descendo a alameda com pressa extraordinária. Conforme subi as escadas de Gaudlin Hall, rezei para conseguir dormir a noite toda e recuperar minhas energias para estar preparada para enfrentar qualquer tragédia que pudesse acontecer no dia seguinte. Parei no primeiro patamar antes de subir para meu quarto e fiquei surpresa ao ouvir vozes vindo do quarto de Eustace. Verifiquei o relógio perto de mim; já passara da meia-noite, tarde demais para as crianças estarem acordadas. Segui pelo corredor, parei do lado de fora do quarto e pressionei meu ouvido contra a porta. Foi difícil entender o que era dito, mas, depois de um instante, minha audição se ajustou e pude ouvir Eustace falando baixinho.

"Mas e se ela não voltar?", ele estava perguntando.

"Ela vai voltar", foi a resposta. Mas a voz não era de Isabella, como eu esperava, e sim uma voz mais velha, madura, masculina.

"Não quero que nos abandone que nem as outras", disse Eustace.

"Ela não vai fazer isso", respondeu a segunda pessoa, e nesse momento abri a porta e entrei. Não havia nenhuma luz no quarto além da vela de Eustace no criado-mudo, iluminando o menino. Sua pele alva parecia branca como a neve em contraste com o pijama. Olhei o entorno. Ele estava sozinho.

"Com quem você estava falando?", perguntei, caminhando em sua direção, segurando-o pelos ombros e levantando a voz. "Com quem você estava falando, Eustace?"

Ele ofegou por um instante, assustado, mas, por mais que eu o amasse, já bastava daquilo e eu não o soltaria sem uma resposta. "Com quem você estava falando?", esbravejei, e ele cedeu.

"Com o velho", Eustace disse.

Poderia ter chorado de tanta frustração. "Aqui não tem nenhum velho", berrei, soltando-o e dando uma volta completa para verificar o quarto antes de olhar para ele outra vez. "Não tem mais ninguém aqui."

"Ele está atrás de você", disse Eustace, e me virei de novo, o coração acelerado. Mas não havia ninguém ali.

"Por que não consigo vê-lo?", berrei. "Por que não o vejo também?"

"Agora ele saiu", disse Eustace, baixinho, afundando sob as cobertas. "Mas ainda está na casa. Diz que não vai embora, por mais que ela queira. Ele não vai para onde deveria ir, não enquanto você ainda estiver aqui."

20

"Um fantasma?", perguntou o reverendo Deacons, sorrindo para mim, sua expressão sugerindo que se tratava de algum tipo de brincadeira.

"Sei que parece ridículo", respondi. "Mas estou convencida disso."

Ele sacudiu a cabeça e indicou um banco no lado esquerdo da igreja, o banco da família Westerley, no qual eu e as crianças sentávamos todos os domingos. Havia uma placa de latão pregada no encosto, com o nome e a data de nascimento e morte de um antepassado. Século XVII. A linhagem voltava pelo menos até aquela época. "Minha doce menina", disse o vigário, sentando-se a certa distância de mim. "Tal noção é absurda."

"Por que seria? Lembra-se do que disse Shakespeare, reverendo? Há mais coisas, Horácio, em céus e terras, do que sonhou nossa filosofia."

"A ocupação de Shakespeare era entreter o público", ele respondeu. "Shakespeare não passava de um mero escritor. Sim, em uma de suas peças, um fantasma pode aparecer no terraço, apontando seu assassino, exigindo vingança. Ou comparecer a um banquete para assombrar seu próprio algoz. Mas essas coisas existem apenas para excitar e provocar calafrios na espinha da multidão pagante. Na vida real, srta. Caine, receio que fantasmas sejam superestimados. São fruto da ficção e de mentes excêntricas."

"Não faz muito tempo que homens como o senhor acreditavam em bruxas e outras superstições", comentei.

"Tempos medievais", ele disse, fazendo um gesto de desdém com a mão. "Estamos em 1867. A Igreja evoluiu bastante desde então."

"Mulheres sob suspeita de bruxaria eram submersas na água", respondi, com rancor. "Caso se afogassem, a inocência estava provada, mas teriam perdido a vida só com a acusação. Se sobrevivessem, eram consideradas culpadas e então queimadas na fogueira. De um jeito ou de outro, eram mortas. As mulheres, claro. Não os homens. Ninguém questionava essas crenças na época. E agora o senhor diz que estou sendo absurda. Não vê a ironia?"

"Srta. Caine, a Igreja moderna não pode ser responsabilizada pelas superstições do passado."

Suspirei. Ir para lá tinha provavelmente sido uma decisão equivocada, mas eu estava sem alternativas e pensei que um vigário talvez pudesse ser de alguma ajuda. Na realidade, nunca fui uma pessoa muito religiosa. Tinha, claro, seguido certos preceitos e participado de algumas missas de domingo. Mas, para meu constrangimento, sempre fui uma daquelas almas perdidas cuja mente divaga durante o sermão e que não presta muita atenção à leitura dos ensinamentos. O que dizia sobre mim o fato de somente agora, em um momento de profunda crise, recorrer à Igreja para conseguir ajuda? E o que dizia sobre a Igreja o fato de que, quando busquei consolo, ela não fez nada além de rir de mim?

"Sabemos tão pouco sobre o mundo", continuei, determinada a não me permitir ser tratada como uma mulher histérica. "Não sabemos como chegamos aqui ou para onde vamos quando partirmos. Como podemos estar tão convencidos de que não existem almas perdidas, nem vivas nem mortas? Como podemos ter tanta certeza de que isso é insensato?"

"É o resultado de morar em Gaudlin Hall", ele respondeu, sacudindo a cabeça. "Sua mente está aberta a ilusões por causa do histórico sombrio daquele lugar."

"E o que o senhor sabe sobre Gaudlin Hall?", perguntei. "Quando esteve lá pela última vez?"

"Está usando um tom de voz agressivo, srta. Caine", ele disse, e percebi que estava se esforçando para afastar a raiva. "Desnecessariamente, se me permite dizer. Talvez não saiba, mas visitei o sr. Westerley." Levantei uma sobrancelha, surpresa, e ele, percebendo meu ceticismo, fez que sim com a cabeça. "É verdade, garanto", o vigário continuou. "Logo depois que foi levado para casa. E uma ou duas vezes desde então. O pobre homem se encontra num estado tão terrível que apenas vê-lo já é bastante perturbador. A senhorita o viu?"

"Sim", admiti.

"Então não seria possível, srta. Caine, que pousar os olhos em um espécime tão desafortunado da humanidade e saber a história de como acabou naquele estado tenha mexido um pouco com sua imaginação?"

"Acredito que não", eu disse, não admitindo condescendência. "Afinal, se o senhor o vê com tanta regularidade quanto diz e eu o vi apenas uma vez, por que eu sofreria dessas ilusões macabras, se o senhor não sofre?"

"Srta. Caine, é mesmo necessário que eu diga?"

"Sim."

Ele suspirou. "Receio que vá discordar de mim, mas creio que seria verídico dizer que sua sensibilidade, enquanto mulher..."

"Pare, por favor", insisti, levantando a voz a ponto de ecoar pelo corredor. Fechei os olhos por um momento, ordenando a mim mesma para controlar meu temperamento, a não permitir que ele me irritasse tanto. "Não diga que sou mais suscetível por causa do meu sexo."

"Então, não direi", respondeu o reverendo Deacons. "Mas vai encontrar mais respostas nessa sugestão do que gostaria."

Fiquei na dúvida se deveria simplesmente levantar e ir embora. E, afinal, o que tinha me levado até ali? Era um contrassenso, tudo aquilo — o prédio, o altar, aquele homem ridículo com vestes e ar santimonial. A vida que a paróquia lhe oferecia, enquanto outros morriam de fome. Mais tola era eu, por pensar que ele poderia oferecer algum tipo de conforto. Recompus-me e estava prestes a ir embora com o que me restava de dignidade quando um pensamento passou pela minha cabeça.

"Tenho uma pergunta. Sem relação com os acontecimentos em Gaudlin Hall. Pode me dar uma resposta?"

"Posso tentar."

"O senhor acredita em vida após a morte, padre?", perguntei. "Na recompensa do Céu e na danação do Inferno?"

"Claro", ele disse, sem hesitar, parecendo chocado que eu ousasse questionar suas crenças.

"O senhor acredita nessas coisas sem quaisquer provas de sua existência?"

"Minha doce menina, é aí que mora a fé."

"Sim", eu disse. "Mas, se o senhor acredita nessas duas formas de existência após a morte, então por que se opõe tanto à possibilidade de uma terceira?"

Ele franziu o cenho. "O que quer dizer com uma terceira?", perguntou. "De que tipo?"

"Um terceiro destino", expliquei. "Um lugar onde as

almas dos mortos ficam antes de serem aceitas no Paraíso ou condenadas ao Inferno."

"Esse lugar é o Purgatório, srta. Caine."

"Um quarto destino, então", eu disse, quase rindo da inacreditável variedade de lugares para onde uma alma poderia ir. "O senhor acredita em três, mas não em quatro. Um lugar em que as almas continuam a fazer parte deste mundo, nos observando, às vezes interagindo conosco. Ferindo ou protegendo alguns de nós. Um plano de existência como esse parece tão ridículo quanto os outros — Céu, Inferno e Purgatório —, não acha?"

"Não existe menção a esse lugar na Bíblia", ele respondeu com paciência, falando como se eu fosse uma criança, o que me fez jogar as mãos para o alto, frustrada.

"A Bíblia foi escrita por homens", exclamei. "Passou por tantas mudanças, por tantas traduções ao longo dos séculos, que se adapta e se reinventa de acordo com a época em que o leitor entra em contato com ela. Apenas um tolo acredita que as suas palavras são as palavras de Jesus Cristo."

"Srta. Caine, está se aproximando da blasfêmia", o vigário disse, reclinando-se no banco e parecendo escandalizado. Percebi que sua mão tremia um pouco enquanto ele falava; imaginei que não estivesse acostumado a ser desafiado de maneira tão aberta, muito menos por uma mulher. Sua posição, assim como a de muitos da mesma classe, era de respeito incontestado — e imerecido. "E se a senhorita vai continuar falando dessa maneira, não vou mais escutar."

"Peço desculpas", respondi, pois não queria enfurecê-lo ou fazer com que o teto desmoronasse sobre minha cabeça — já havia chances demais disso acontecer em Gaudlin Hall. "Não é minha intenção deixá-lo nervoso. De verdade. Mas o senhor precisa admitir que existe tanta coisa que não sabemos sobre o universo que é perfeitamente possível, aliás, é provável, *muito* provável, que existam mistérios cuja revelação nos surpreenderia. Chocaria, até. Faria com que duvidássemos dos alicerces nos quais baseamos nossa fé neste mundo."

Ele pensou no assunto, tirou os óculos e limpou com um lenço antes de recolocá-los no nariz. "Não sou um homem muito estudado, srta. Caine", disse, depois de uma longa pausa. "Sou um simples vigário. Não tenho pretensões ao bispado, tampouco espero que tal cargo seja oferecido a mim algum dia. Não almejo nenhuma outra posição neste mundo além de ser um pastor para meu rebanho. Eu leio, claro. Tenho uma mente inquisitiva. E admito que, ao longo da vida, houve momentos em que tive... questões sobre a natureza e o significado da existência. Não seria humano se não tivesse passado por isso. A natureza da fé espiritual é a das perguntas eternas sobre o universo. Mas rejeito sua hipótese porque exclui Deus da equação. É Deus quem escolhe quando entramos nesse mundo e quando saímos. Ele não toma decisões pela metade e deixa almas perdidas em tormento. É decisivo. Não é Hamlet, se a senhorita quiser usar termos shakespearianos. Tais ações seriam as de um Deus cruel e impiedoso, não do Deus benevolente sobre o qual lemos na Bíblia."

"O senhor não acha que Deus pode ser cruel e impiedoso?", perguntei, tentando não rir para não provocá-lo ainda mais. "A leitura que faz da Bíblia é superficial a ponto de não reconhecer barbárie em todas as páginas?"

"Srta. Caine!"

"Não pense que desconheço os testamentos, reverendo. E me parece que o Deus sobre quem fala tem muito talento para a brutalidade e a malignidade. É quase um especialista no assunto."

"A senhorita está sendo desrespeitosa. O Deus que eu conheço nunca trataria um de seus filhos de maneira tão vingativa. Abandonar uma alma como você sugere... nunca! Não neste mundo."

"E fora dele?"

"Não!"

"Tem certeza? Ele disse isso para o senhor?"

"Srta. Caine, é melhor parar com isso. Pense no lugar em que está."

"Estou em uma construção feita de tijolos e argamassa. Erguida por homens."

"Não posso ouvir mais nem uma palavra", ele berrou, finalmente perdendo a paciência. (Será que eu tinha esperado por aquele momento? Será que eu *queria* provocar uma resposta humana, e não espiritual, naquele homem impotente?) "Precisa ir embora se não puder falar com o respeito que..."

Levantei do banco em um salto, frustrada, e o encarei com desprezo. "O senhor não está lá, padre", esbravejei. "Acordo em Gaudlin Hall, passo a maior parte do dia lá, durmo lá. E, durante todo esse tempo, há apenas um pensamento passando pela minha cabeça."

"E qual pensamento é esse?"

"A casa é assombrada."

Ele gemeu em protesto e desviou o rosto, sua expressão, um estudo de angústia e raiva. "Recuso-me a ouvir essas palavras", ele disse.

"Claro que se recusa", respondi, afastando-me dele para ir embora. "Porque sua mente é fechada. Assim como a de todos do seu tipo."

Marchei pelo corredor da igreja, meus sapatos ecoando nas pedras sob meus pés, e saí para a luz de uma manhã fria de inverno, tomada por um ímpeto quase insuportável de gritar. À minha frente, vi os comerciantes do vilarejo cuidando da própria vida, como se não houvesse nada de estranho no mundo. Ali estava Molly Sutcliffe, esvaziando um balde de água com sabão na rua da casa de chá. Ali estava Alex Toxley, caminhando para o consultório. Mais adiante, pude ver a sombra do sr. Cratchett, sentado perto da janela do escritório, os grandes livros de registro abertos à sua frente, seus olhos fixos nas páginas conforme a caneta corria por elas, fazendo anotações. O cavalo e a carruagem do sr. Raisin estavam ali fora — portanto, ele estava lá, atrás da mesa — e um pensamento me ocorreu. Uma pergunta que precisava de resposta.

"Ah, srta. Caine", disse o sr. Cratchett, levantando o rosto com uma expressão resignada. "Veio nos visitar mais uma vez. Que alegria. Acho que talvez seja melhor providenciar uma mesa especial, com o seu nome nela."

"Sei que é uma inconveniência, sr. Cratchett", respondi. "E não quero ocupar mais nem um minuto do tempo valioso do sr. Raisin. Ele já foi bastante solícito comigo. Mas tenho uma pergunta, apenas uma, que preciso fazer. O senhor pode conversar com ele e perguntar se teria um momento, por favor? Prometo que não vou ficar mais do que um ou dois minutos."

Percebendo que eu faria jus à minha palavra e que ele se livraria de mim mais rápido se cedesse, o escriturário suspirou, deixou a caneta bico de pena no tinteiro e foi à sala ao lado, voltando logo depois e meneando com postura aborrecida.

"Dois minutos", ele avisou, apontando para mim; concordei com a cabeça e passei por ele. No escritório, o sr. Raisin estava sentado atrás da mesa e, quando fez menção de se levantar, fiz um gesto pedindo que ficasse onde estava.

"Que bom que veio", ele disse. "Desde nossa conversa no outro dia tenho pensado muito na senhorita. Eu..."

"Não quero atrapalhá-lo", interrompi. "Sei que é muito ocupado. Tenho apenas uma pergunta. Se eu fosse embora, ou melhor, se nós fôssemos embora — juntos, quero dizer —, haveria alguma objeção legal?"

Ele levantou uma sobrancelha e me encarou. Abriu e fechou a boca várias vezes, espantado. "Se *nós* fôssemos embora, srta. Caine?", perguntou. "Eu e você?"

"Não, não eu e você", respondi, quase rindo do mal-entendido. "Eu e as crianças. Se eu as levasse para Londres, para morar comigo. Ou para outro país da Europa. Sempre quis morar fora. O Estado aprovaria isso? Teríamos apoio? Ou seríamos perseguidos por policiais e trazidos de volta a Gaudlin? Eu seria presa por sequestro?"

Ele pensou por um instante e fez que não. "Isso está fora de cogitação", ele disse. "Existem determinações claras na documentação do sr. Westerley de que, enquanto ele estiver presente em Gaudlin Hall, as crianças não podem ficar longe por um período muito extenso. Mesmo se estiverem sob os cuidados de um guardião, como a senhorita."

Minha mente acelerou e comecei a seguir raciocínios impossíveis. "E se ele também sair de lá?", perguntei. "E se eu o levar comigo?"

"James Westerley?"

"Sim, e se eu, ele e as crianças nos mudarmos para Londres? Ou Paris. Ou para a América, se preciso."

"Srta. Caine, você perdeu o juízo?", ele perguntou, levantando-se e estufando o peito. "Você mesma viu o estado em que se encontra aquele pobre homem. Ele precisa de cuidados constantes."

"E se eu oferecesse isso?"

"Sem nenhum treinamento? Sem nenhuma qualificação em enfermagem? Acha que seria justo com ele? De jeito nenhum, está fora de questão."

"E se eu aprendesse?", perguntei, consciente de que já tinha ultrapassado muito meu limite de perguntas. "E se eu fizesse um curso de enfermagem e convencesse o senhor de que poderia cuidar dele? Permitiria que eu o levasse, e as crianças também?"

"Srta. Caine", disse o sr. Raisin, saindo de trás da mesa, conduzindo-me até uma poltrona e se sentando à minha frente. Seu tom agora era mais gentil. "Converso regularmente com o médico do sr. Westerley. Aquele homem nunca sairá do quarto. Nunca. Até mesmo *tentar* movê-lo seria matá-lo. Entende? Ele precisa ficar onde está e, enquanto estiver vivo, as crianças também precisam ficar. Não há possibilidade, *nenhuma* possibilidade, disso mudar. A senhorita, claro, está livre para ir embora quando quiser, não podemos mantê-la presa aqui, mas, como deixou claro em diversas ocasiões, você não pretende abandonar as crianças. Sua posição sobre isso continua a mesma?"

Balancei a cabeça. "Sim, senhor", respondi.

"Pois bem. Então não há mais nada a discutir sobre o assunto."

Baixei os olhos para o tapete, como se pudesse encontrar respostas para as minhas aflições ali. "Então não há ninguém que possa me ajudar", comentei baixinho, enquanto pensava: não posso ir embora e ela vai me matar.

"Ajudá-la com o quê?", o sr. Raisin perguntou, e fiquei comovida com a preocupação em sua voz. Sacudi a cabeça e sorri para ele. Por um momento, nossos olhos se encontraram e reparei que os dele passaram rapidamente pelos meus lábios. Sustentei seu olhar.

"Srta. Caine", o sr. Raisin disse em voz baixa, e, assim que as palavras saíram, ele engoliu em seco, constrangido, e uma onda de rubor cobriu suas bochechas. "Eu ajudaria, se pudesse. Mas não sei do que precisa. Se puder me dizer..."

"Nada", respondi, em tom resignado, agora me levantando e alisando o vestido. Estendi a mão; o sr. Raisin olhou para ela por um instante e então me cumprimentou. O gesto durou um pouquinho mais do que o necessário e... será que seu dedo indicador se mexeu sobre o meu, apenas um milímetro, pele acariciando pele? Senti um suspiro nas profundezas do meu ser, maior do que jamais sentira, e quis desviar os olhos, mas os dele tinham me hipnotizado e eu poderia ter ficado daquele jeito para sempre, ou cedido à tentação, se não tivesse reparado no porta-retratos prateado sobre a mesa, a imagem contida nele fazendo com que eu recolhesse a mão em um movimento brusco e desviasse o rosto.

"Espero que a sra. Raisin não tenha se queixado por ter voltado tarde para casa depois do nosso último encontro", comentei.

"Ela fez alguns comentários a respeito", ele respondeu, virando o rosto e também olhando para o retrato; tinha a aparência de uma mulher severa, um pouco mais velha que o marido. "Nunca teve pudor de manifestar a própria opinião."

"E por que deveria?", perguntei, consciente do meu tom de confrontação. "Pena que nunca tive a sorte de conhecê-la."

"Talvez pudesse jantar conosco algum dia", ele disse, seguindo o protocolo.

Sorri para o sr. Raisin e sacudi a cabeça. Ele meneou, claro, pois não era um homem burro e entendeu perfeitamente.

Eu me resignara.

21

Então, eu estava condenada. Se não quisesse abandonar as crianças — Eustace, principalmente, aquele menino angustiado e vulnerável —, precisaria ficar em Gaudlin Hall enquanto o sr. Westerley respirasse. E não tinha dúvidas de que havia mais chance de eu morrer antes dele do que o contrário.

Mais tarde naquele dia, fui para a sala de estar e tentei ler *Silas Marner*, que encontrei na biblioteca. Fui atingida por uma sensação de calma, um sentimento de aceitação silenciosa de que estava fadada a ficar ali até morrer, mais cedo ou mais tarde. Passos na alameda me alertaram sobre a aproximação de um visitante; estiquei-me no sofá para espiar pela janela e vi Madge Toxley conversando com Eustace e Isabella. Observei os três, um grupo inusitado; Eustace era o mais falante, e o que ele dizia provocava risos em Madge. Isabella começou a falar em seguida, e a risada diminuiu um pouco. Madge pareceu um pouco perturbada com o que a menina estava dizendo, uma expressão sombria cruzando seu rosto conforme olhou para a casa. Em um momento, vi que passou os olhos por uma das janelas acima, desviou o rosto e, de repente, olhou outra vez, como se tivesse visto algo inesperado ali. Apenas quando Eustace puxou de leve sua manga Madge voltou a olhar para o menino, parecendo bastante agitada com o que quer que tivesse acontecido. Pensei em sair para me juntar a eles, mas me dei conta de que não queria participar da conversa. Imaginei que Madge viria até mim mais tarde.

E ela assim fez, batendo na porta da frente algum tempo depois e olhando por cima do meu ombro com o rosto apreensivo quando abri para recebê-la.

"Querida", ela disse, entrando. "Você parece bastante cansada. Não tem conseguido dormir?"

"Não muito bem", admiti. "Mas estou contente por ver você."

"Achei melhor fazer uma visita", Madge disse. "Fui embora um tanto afobada na outra noite, quando voltou de Londres. Acho que fui um pouco rude. E a sra. Richards — conhece a sra. Richards? O marido dela é dono da funerária no vilarejo — me contou que viu você saindo da igreja hoje de manhã parecendo pronta para matar alguém, antes de seguir furiosa para o escritório do sr. Raisin."

"Não há nada com o que se preocupar", respondi, sacudindo a cabeça. "Garanto que não feri ninguém. Tanto o sr. Raisin quanto o sr. Cratchett estão ilesos."

"Fico feliz de ouvir isso. Vamos tomar um chá?"

Concordei e a levei para a cozinha, enchendo a chaleira e colocando-a no fogão para ferver água. Ainda sentia insegurança sempre que abria as torneiras; apesar de não ter saído nada além de água fria desde a tarde em que fui escaldada, nunca podia ter certeza de quando a presença interferiria de novo e me causaria mais sofrimento.

"E sua visita para Londres?", perguntou Madge, depois de uma pausa desconfortável. "Foi bem-sucedida?"

"Depende do que considera bem-sucedida", respondi.

"Imagino que estivesse resolvendo pendências relacionadas ao espólio de seu pai."

"É mesmo?", perguntei, levantando uma sobrancelha; ela fez que não com a cabeça e teve o decoro de parecer constrangida.

"Não, imaginei outra coisa. Desconfio que foi em busca de Harriet Bennet."

H. Bennet. Ocorreu-me que, nesse tempo todo, eu nunca tinha pensando em qual nome estaria escondido sob a abreviação "H". Agora eu sabia.

A chaleira começou a soltar seu apito cortante; enchi o bule e o levei para a mesa com as xícaras. Fiquei em silêncio por alguns instantes. "Você estava conversando com as crianças lá fora?", eu disse, enfim.

"Sim", ela respondeu. "Aquele Eustace é um rapazinho divertido, não? Um doce. De um jeito bem peculiar."

"Ele é um menino adorável."

"Não queria que Isabella me contasse nada sobre sua viagem para Londres. Disse que tinha detestado a cidade e nunca mais voltaria para lá. Acho que ele tem medo de que você esteja se preparando para abandoná-lo."

Uma pontada de culpa me trespassou e senti uma lágrima se formando em meu olho. "Ah, não", eu disse. "Preciso convencê-lo do contrário, se é isso mesmo que ele acredita. Ele não tem nenhum motivo para se preocupar. Isabella acha a mesma coisa?"

Madge sacudiu a cabeça. "Creio que não", respondeu. "Não me entenda mal, mas acho que, para ela, tanto faz se você ficar ou partir."

Ri. Qual seria a reação adequada àquele comentário?

"Aliás", continuou Madge, "ela fez uma observação bastante inusitada. Disse que você podia ir embora se quisesse; que partir provavelmente seria melhor para você, mas que eles não tinham permissão para ir. Que *ela* não permitiria. Perguntei quem era *ela*, mas Isabella não respondeu. Apenas sorriu para mim, um sorriso desconcertante, como se guardasse um grande segredo cuja revelação poderia destruir a todos. Posso?"

Olhei para Madge e, ao entender ao que tinha se referido, fiz que sim; ela pegou o bule, serviu duas xícaras e então me passou o leite.

"Eliza", ela disse. "Por que visitou Harriet Bennet?"

"Para perguntar sobre as experiências dela aqui em Gaudlin Hall."

"E ficou satisfeita com as respostas?"

Pensei no assunto, mas não achei palavras para responder. Eu não sabia o que tinha esperado da srta. Bennet, tampouco como me sentia em relação ao que me contara. "Madge", eu disse, mudando um pouco de assunto, "na última vez em que conversamos, você contou sobre aquela noite medonha em que a sra. Westerley, Santina, matou a srta. Tomlin e feriu o próprio marido."

A sra. Toxley teve um calafrio. "Não, por favor", ela respondeu, fazendo um gesto sutil para deixar o assunto de lado. "Pretendo esquecer aquela noite por completo. Não que vá conseguir, claro. Ficará comigo para sempre."

"E você disse que viu Santina mais uma vez."

"Isso mesmo. Mas contei na mais extrema confidencialidade, Eliza. Não comentou com ninguém, não é? Alex ficaria colérico se descobrisse. Ele me proibiu expressamente de visitá-la."

"Não, prometo que não comentei nem vou comentar", eu disse. "Tem minha palavra."

"Obrigada. Acredite, meu marido é o cúmulo da gentileza e da consideração, mas, no que diz respeito a Santina Westerley, não toleraria nenhuma desobediência da minha parte."

"Madge, seu segredo está seguro", respondi com um

suspiro, perguntando-me por que uma mulher inteligente como aquela se sentiria presa à noção de obediência e desobediência. Afinal, era uma criança ou um adulto? Uma imagem do sr. Raisin veio à minha cabeça, uma cena absurda de nós dois vivendo em harmonia matrimonial, ambos livres de palavras como aquelas; no mesmo instante que surgiu, eu a apaguei. Não era a hora de devanear. "Mas é muito importante que me conte sobre seu último encontro com aquela mulher infeliz", continuei. "Você disse que a visitou na prisão, não foi?"

Madge contraiu os lábios por um momento. "Prefiro não falar nisso, Eliza", ela respondeu. "Foi uma experiência bastante desagradável. Para uma dama, entrar em um lugar como aquele é horrível. Para ser franca, sempre me considerei uma mulher de pulso. Do tipo que pode lidar com qualquer situação difícil, se for necessário, sabe? Mas a prisão? Suponho que nunca tenha estado em uma."

"Não", respondi. "Nunca."

"Não entendo por que o sr. Smith-Stanley não faz alguma coisa para melhorar o estado das prisões. Nunca vi tanta imundice. As pobres criaturas que estão nesse tipo de lugar foram encarceradas pelos crimes mais hediondos, claro, mas por que condená-las a viver em condições tão asquerosas? A perda da liberdade já não é punição suficiente para o vício e o crime? E pense, Eliza, que aquela era uma prisão de mulheres, onde é de imaginar que as condições sejam um pouco melhores. Tenho calafrios de pensar como é o equivalente masculino."

Madge deu um pequeno gole no chá e ficou pensativa por bastante tempo antes de levantar o rosto, notar que eu olhava para ela com atenção e abrir um sorriso discreto. "Vejo que não a fiz mudar de ideia. Está decidida a saber o que aconteceu, não está?"

"Por favor, Madge", eu disse, baixinho. "Não é uma

questão de curiosidade mórbida. Não tenho fascínio por depravação, se é isso que a deixa preocupada, tampouco estou obcecada pelo caso. Só preciso saber o que ela disse naquele dia, quando sua morte era iminente."

"Era um dia muito frio", respondeu Madge, desviando o rosto e fitando as chamas na lareira. "Lembro muito bem disso. Quando cheguei à prisão, ainda não sabia se conseguiria ir até o fim. Tinha mentido para Alex, coisa que nunca faço, e sentia uma combinação de culpa e medo. Do lado de fora da prisão, disse a mim mesma que ainda podia mudar de ideia, que podia dar meia-volta, chamar uma charrete e passar o dia fazendo compras em Londres ou visitando minha tia, que mora em Piccadilly. Mas não fiz isso. Havia jornalistas ali, claro, pois era o dia em que Santina Westerley ia morrer e o caso tinha ganhado notoriedade nos jornais. Eles avançaram para cima de mim e perguntaram meu nome, mas me recusei a responder; então bati na porta, *esmurrei* a porta até um oficial da prisão abrir, pedir meu nome e me deixar numa sala de espera, onde me sentei, trêmula, sentindo como se eu mesma fosse uma condenada.

"Devem ter se passado apenas alguns minutos, mas pareceu uma eternidade até que o diretor da prisão aparecesse e perguntasse o que eu queria. Expliquei que tinha sido vizinha da sra. Westerley, talvez sua amiga mais próxima, e fui informada de que Santina seria enforcada em menos de duas horas.

"'É por isso que estou aqui', eu disse a ele. 'Pensei que seria bom para ela ver um rosto familiar na sua última manhã. O crime foi chocante, claro, mas somos cristãos, e deve entender que uma conversa com alguém que foi sua amiga no passado pode acalmar seu espírito e levá-la ao cadafalso com a mente mais serena.'

"Ele não pareceu interessado em nada disso, mas respondeu que a sra. Westerley tinha direito a um visitante e, como não havia mais ninguém ali, perguntaria se ela estava disposta a me ver. 'Depende dela', insistiu. 'Não podemos forçá-la a ver ninguém, se não quiser. E eu não forçaria nada mesmo. Não em um dia como hoje. Tentamos fazer as últimas horas serem confortáveis', acrescentou, parecendo sentir que aquilo era um alívio para sua consciência. 'Logo ela pagará por seus crimes.'

"Depois disso, ele me conduziu pelo pátio da prisão, que era nojento, Eliza, simplesmente nojento, e então por outra porta, onde fui obrigada a passar pelas celas daquelas mulheres desafortunadas, andando pelo corredor enquanto se jogavam contra as grades. Quem eram? Batedoras de carteiras, ladras, agressoras, meretrizes. Quem pode saber o tipo de sofrimento que enfrentaram durante a infância para levar a um destino tão ignominioso? Quase todas gritavam para mim, estendendo as mãos pelas grades. Acho que era novidade ver uma senhora de família entre elas, bem-vestida e tudo mais. Algumas imploravam que eu as ajudasse, afirmando que eram inocentes. Outras berravam vulgaridades que constrangeriam até um cigano. Algumas apenas olhavam para mim com expressões estranhas no rosto. Tentei não olhar para elas, mas foi muito assustador, Eliza. Juro."

"Não duvido", respondi.

"E o cheiro! Querida, era uma coisa atroz. Pensei que fosse desmaiar. Por fim, chegamos a uma cela que não tinha janelas, feita de quatro paredes sólidas, e o diretor pediu que eu esperasse do lado de fora enquanto falava com Santina. Era ali que aqueles que estavam prestes a morrer passavam as últimas vinte e quatro horas. É claro que fiquei receosa de ser largada sozinha, mas, como as mulheres estavam todas trancafiadas, não parecia haver nenhum perigo.

"Ainda assim, foi um alívio quando o diretor voltou para me dizer que Santina concordara em me ver. Era silencioso lá dentro, Eliza. Foi a primeira coisa em que reparei. As paredes eram espessas o suficiente para isolar a maior parte do som vindo do resto da prisão. Santina estava sentada atrás de uma mesa, parecendo extraordinariamente calma para uma mulher cuja forca estava sendo testada naquele mesmo instante. Sentei-me à frente dela e o diretor nos deixou sozinhas.

"'Que gentil da sua parte me visitar', ela disse, e tentei sorrir. Santina estava bonita como sempre, apesar do cárcere. Não me importo de confessar, Eliza, que eu ficava frustrada com o jeito como todos os homens olhavam para ela, inclusive meu marido. Mas Santina não fazia de propósito, eu sabia. Ela não seduzia e flertava, como outras mulheres fazem; apenas existia. E era lindíssima.

"'Fiquei em dúvida por bastante tempo', disse a ela. 'Mas senti que precisava vê-la hoje.'

"'Sempre foi tão bondosa comigo', ela disse, sua voz com aquele sotaque espanhol que sempre teve. Santina falava um inglês impecável, claro; afinal, era muito inteligente e aprendia rápido. Mas o sotaque nunca desapareceu. Lembro-me de ter olhado para ela por muito tempo, sem saber o que dizer, até desistir da etiqueta e perguntar diretamente por que tinha feito aquilo, o que tinha passado na cabeça dela para cometer atos tão terríveis, ou se tinha sido possuída pelo diabo naquela noite.

"'Eles iam roubar meus filhos', ela me disse, sua expressão se fechando, os lábios se contraindo de raiva. 'E não vou permitir que ninguém toque neles. Fiz essa promessa assim que descobri que estava grávida de Isabella.'

"'A srta. Tomlin era apenas uma governanta', protestei. 'Quase uma menina. Estava lá para ajudá-la. Aliviar um pouco da responsabilidade sobre seus ombros. Ensinar história, matemática, leitura. Não representava nenhuma ameaça a você.'

"Quando falei isso, quando usei a palavra 'ameaça', ela ergueu as mãos e fechou os punhos com força. 'Você não sabe o que pode acontecer', disse, sem nem olhar para mim, 'quando uma mãe perde os filhos de vista. O que outras pessoas fazem com eles.'

"'Mas ninguém queria machucá-los', respondi. 'Ah, Santina, ninguém jamais teria machucado seus filhos. O próprio James lhe disse isso.'

"'Ele queria outra mulher para cuidar deles.'

"'Não, não queria', eu disse, e ela se levantou, agora falando tão alto que, imaginei, o diretor devia estar pronto para nos interromper a qualquer momento.

"'Nenhuma mulher cuidará dos meus filhos além de mim', esbravejou. 'Nenhuma. Não vou permitir, entendeu? E depois que eu partir, Madge Toxley, se você tentar cuidar deles, vai se arrepender.'

"Lembro-me de ter sido tomada por uma onda de medo quando ela disse aquilo. É claro que não havia nada que pudesse fazer do túmulo, e alguém precisaria tomar conta de Isabella e Eustace. Afinal, eles ainda são tão pequenos. Mesmo assim, quando Santina disse aquilo, acreditei que estava falando sério. Faz algum sentido, Eliza? Naquele mesmo instante, decidi que não me ofereceria para levar as crianças para minha casa, como eu e Alex já tínhamos discutido. Aliás, saber que estavam com os Raisin foi um alívio para mim, apesar... Bom, não sei se conhece a sra. Raisin, mas acho que seria justo dizer que o marido dela é um santo. Mesmo assim, eu sabia que eles seriam bem cuidados. É claro que não tinha como saber que James teria alta do hospital e seria mandado de volta a Gaudlin Hall. Eu tinha certeza, todos tínhamos, de que sua morte era iminente. Então, claro, quando ele voltou, as crianças também voltaram, dentro de poucas horas."

"Você acha que era uma psicose?", perguntei. "Essa

necessidade desesperada de ser a única pessoa no controle dos filhos?"

Madge pensou no assunto por um momento e fez que não com a cabeça. "É difícil dizer", ela respondeu. "Ninguém sabia muita coisa sobre a infância de Santina. Ela talvez tenha contado mais a James. Se foi o caso, ele nunca compartilhou os segredos com Alex e, depois dos ataques, não pôde explicar melhor. Nunca conhecemos a família dela. Seus pais eram falecidos, ela não tinha irmãos ou irmãs. Não veio acompanhada por nenhum amigo ou confidente da Espanha, quando James a trouxe para cá como esposa. Era como se não tivesse passado. Mas tinha, claro; aquele passado sofrido sobre o qual já falamos. Acho que afetou sua mente de um jeito que só ficou aparente depois que as crianças nasceram. O que acredito, o que *sei*, é que ela sofreu muito quando pequena. E ficou convencida de que, se não cuidasse das crianças ela mesma, de forma obsessiva e irrestrita, então eles também sofreriam um destino indescritível. Existe crueldade no mundo, Eliza, você vê isso, não vê? À nossa volta. Respirando na nossa nuca. Passamos a vida inteira tentando fugir dela."

"Acredita mesmo nisso?", perguntei, surpresa com sua visão sombria do mundo.

"Sim", ela disse. "É uma convicção. Sei do que estou falando. Quando conheci Alex... Querida, eu tive *muita sorte* de conhecer Alex. O motivo não vem ao caso. Mas conheço bem a crueldade, Eliza Caine. Por Deus, conheço bem."

Seu rosto ficou frio e eu não disse nada por um bom tempo; sabia que seria melhor não fazer perguntas sobre sua vida. Sempre me considerei a criatura mais infeliz do mundo por ter perdido tão nova uma mãe e uma irmã que nem cheguei a conhecer, mas minha infância tinha sido feliz. Meu pai me amou com todas as fibras do seu ser e jurou me proteger sempre. Com tanto amor, como eu poderia entender o passado de Santina Westerley? Ou até mesmo o de Madge Toxley?

"A última imagem que tive", continuou Madge, enfim, "foi de Santina marchando de um lado para o outro da cela, repetindo que qualquer outra mulher que tentasse cuidar de seus filhos se arrependeria. Que ela destruiria essa pessoa. Àquela altura, o diretor da prisão estava na cela, acompanhado de um carcereiro, e os dois a imobilizaram. Não foi uma tarefa fácil. Fui embora sem nem me despedir e corri para longe da prisão, chorando. Foi terrivelmente perturbador. Uma hora depois, Santina Westerley estava morta. Eles a enforcaram."

"Mas ela nunca morreu", eu disse, baixinho, e Madge me encarou, os olhos arregalados.

"Desculpe, o que disse?", perguntou.

"Ah, ela morreu, claro", respondi, corrigindo-me. "O carrasco cumpriu a função. O pescoço dela quebrou. O sangue parou de fluir e ela deixou de respirar. Mas o que aconteceu com ela depois disso é outra história. Santina ainda está aqui, Madge. Em Gaudlin Hall. Ela assombra esta mansão."

Madge Toxley olhou para mim de um jeito muito parecido com o do reverendo Deacons naquela manhã — como se eu tivesse perdido a cabeça.

"Querida, não pode estar falando sério!"

"Não?"

"Essa ideia é ridícula. Fantasmas não existem."

"Quando Santina Westerley estava viva, assassinou a srta. Tomlin e tentou fazer o mesmo com o próprio marido. Depois que morreu, enforcou a srta. Golding em uma árvore, afogou Ann Williams na banheira, empurrou a srta. Harkness na frente de uma carruagem, fazendo com que fosse pisoteada. Tentou tudo o que podia para acabar com a vida de Harriet Bennet, que conseguiu escapar. Agora, ela pretende me matar. Não vai permitir que eu crie seus filhos, não tenho dúvida disso. Ela já tentou me matar de diversas maneiras. E não acredito que vá parar até conseguir. Seu espírito está aprisionado entre essas paredes, onde os filhos estão confinados, e enquanto esta casa estiver em pé e uma mulher após a outra assumir o papel de governanta, continuará o massacre. Mas eu não posso ir embora", continuei, um tom de resignação surgindo em minha voz. "Não posso fazer o que minha antecessora fez. Portanto, estou condenada à morte. Ela virá me buscar; isso é tão certo quanto a noite vir depois do dia."

Madge me encarou e sacudiu a cabeça. Puxou um lenço da bolsa e passou sobre os olhos. "Querida, estou preocupada com você", ela disse, enfim, com voz baixa. "Acho que você perdeu o juízo. Não percebe o absurdo que diz? Não consegue ouvir a si mesma?"

"É melhor você ir, Madge", respondi, levantando-me e alisando meu vestido. "E, por favor, não converse mais com as crianças, se as encontrar. Não é bom para você. Pode atrair coisas ruins."

Ela também se levantou e pegou o casaco. "Vou falar com Alex", disse. "Traremos um médico para vê-la. Talvez ele possa lhe dar algum tipo de sedativo. Você ainda está em luto, Eliza, não está? Por seu pai? Sua mente perdeu o rumo pela tristeza, é a única explicação. Está fantasiando. Vou falar com Alex", Madge repetiu. "Ele saberá o que fazer."

Sorri para ela e concordei com a cabeça; não seria de nenhuma utilidade discutir. Madge acreditaria no que tinha escolhido acreditar e duvidaria do que não conseguia aceitar. A não ser que assumisse o cargo de governanta das crianças Westerley, não havia nenhuma possibilidade de compreender as coisas que se passavam em Gaudlin Hall. E eu não desejaria aquilo para ninguém. Que pensasse que eu estava louca, se quisesse. Que pensasse que tudo podia ser resolvido com um tônico, um remédio ou um longo repouso. Que atribuísse meu raciocínio à morte de meu pai. Nada daquilo importava. Eu era a governanta daquele lugar. Tinha assumido a responsabilidade de cuidar daquelas crianças e, do mesmo jeito que meu pai se recusou a ceder minha guarda a minhas tias Hermione e Rachel depois da morte da minha mãe, da mesma maneira que defendeu seu direito sobre mim e seu compromisso com minha segurança, eu fizera o mesmo por Isabella e Eustace. Não os abandonaria, independentemente das consequências. Santina Westerley tinha deixado suas intenções perfeitamente claras antes de morrer e parecia ser uma mulher fiel à própria palavra. Em breve, viria atrás de mim outra vez. E era muito provável que, dessa vez, conseguisse o que buscava.

Despedi-me de Madge na entrada e, por um momento, observei-a descer a alameda antes de fechar a porta. Apoiei a testa contra a madeira, tentando imaginar o que fazer a seguir, e, quando me virei, uma mão agarrou meu pescoço e me lançou com força pelo ar. Acertei a parede do corredor com um grito e senti um corpo invisível avançando para cima de mim. Porém, antes que pudesse me alcançar, outra presença surgiu do meu lado esquerdo e houve um som de trovão quando as duas colidiram, uma rugindo para a outra, e então desapareceram por completo, deixando apenas uma coisa para trás. Algo familiar.

Um cheiro de canela.

22

Quando a noite chegou, eu estava convencida de que não havia a menor chance de o espírito de Santina Westerley me deixar em paz enquanto vagasse entre a vida e a morte. Poderia sobreviver a inúmeros ataques, como já tinha feito, mas, sem dúvida, era apenas uma questão de tempo até ela me pegar desprevenida e alcançar seu objetivo. Será que eu a veria quando partisse deste mundo para o próximo? Será que nossos trajetos se cruzariam por ao menos um instante, como tinha acontecido com Harriet Bennet na estação ferroviária Thorpe, seis semanas antes? Ou eu apenas desapareceria para o nada e ela continuaria à espera da próxima vítima?

Tentei imaginar se minhas antecessoras tinham lutado com tanta perseverança quanto eu; se tinham sucumbido ao medo ou decidiram enfrentar o que as atormentava. Elas tinham contra-atacado? Chegaram a descobrir quem era a agressora? Considerei improvável. De qualquer maneira, ainda havia esperança para mim, pois tinha certeza de que possuía algo com que não contaram: um espírito protetor.

Depois do ataque no corredor, fiquei largada no chão, trêmula; por quanto tempo, não sei. Estava assustada, claro, mas identificar quem era a presença e o motivo de tanto ódio por mim eliminou um pouco do horror daqueles encontros — eu a entendia, pelo menos. Agora era apenas uma questão de sobrevivência. Mas o cheiro de canela que perdurou no corredor me deixara espantada, emotiva e terrivelmente amedrontada. Pensei em Eustace e seus encontros com o velho; enfim, ficou evidente quem era meu benfeitor.

Chorei ali, deitada, e senti uma angústia diferente de tudo o que sentira desde a primeira vez que entrei em Gaudlin Hall. Será que papai, assim como Santina Westerley, não tinha partido desta existência? Era ele quem estava me protegendo naquele lugar terrível? Parecia não haver outra explicação e, ainda assim, aquilo me deixou pesarosa; imaginar a dor de papai, sua solidão, sua incapacidade de se comunicar comigo. Qual tinha sido mesmo sua promessa quando voltei da Cornualha, ainda menina, e ele conseguiu ficar em paz com a morte de mamãe? *Cuidarei de você para sempre, Eliza. Manterei você a salvo*. De alguma forma, ele conseguia se comunicar com Eustace, mas não comigo. Eu não sabia por quê. Será que a alma dos mortos tinha mais facilidade de se manifestar para as crianças? Eu não suportava mais esse tipo de mistério. Se quisesse sobreviver, não tinha escolha. Precisava provocar uma reação do fantasma. Precisava pôr um fim àquilo.

Quando me recuperei, fui para a escrivaninha no antigo escritório do sr. Westerley e, depois de vasculhar algumas gavetas, encontrei um bloco e envelopes timbrados com a insígnia de Gaudlin Hall. Peguei uma caneta-tinteiro na escrivaninha e comecei a escrever. Quando terminei, levantei-me e fui para o centro do aposento. Li em voz alta a carta que tinha escrito, falando com toda a robustez de oratória que encontrei dentro de mim, tentando me igualar à autoconfiança de Charles Dickens quando ele se dirigiu ao público na galeria perto de Knightsbridge, não muito tempo antes. Enunciei cada palavra com clareza para que não houvesse nenhuma dúvida das minhas intenções.

Prezado Sr. Raisin [comecei],

É com profunda tristeza que solicito minha demissão como governanta de Gaudlin Hall.

Prefiro não entrar em detalhes sobre os motivos da minha partida. Basta dizer que as circunstâncias aqui se tornaram insustentáveis. Ademais, creio não ser um lugar adequado para crianças e, com isso em mente, decidi levar Isabella e Eustace comigo para meu próximo destino, o qual não posso revelar. Por razões que hei de explicar em outra oportunidade, prefiro não registrar tal localidade em uma carta. Basta dizer que, quando estivermos instalados, escreverei novamente.

Garanto ao senhor que as crianças serão bem cuidadas. Assumirei sozinha a responsabilidade pelo bem-estar delas.

Peço desculpas pelo aviso repentino, mas, assim que esta carta for enviada ao senhor, farei as malas, pois partiremos pela manhã. Quero agradecê-lo pela consideração que demonstrou por mim durante minha estadia e espero que me tenha sempre como sua amiga,

Eliza Caine

Cheguei ao fim da narração e aguardei um instante. Esperava fúria. Houve um pequeno movimento nas cortinas, mas nada que me fizesse pensar que a presença entrara no aposento e se preparava para atacar; podia ter sido apenas a brisa. Ainda assim, acreditava que, onde quer que a presença estivesse, onde quer que *Santina* estivesse, ela tinha ouvido minhas palavras e calculava o próximo passo.

Coloquei a carta dentro de um envelope e saí para o jardim com um xale em volta do corpo, pois agora o vento se intensificava. Tinha escurecido, mas a lua estava cheia. Segui para o casebre onde morava Heckling. Sua égua estava num dos estábulos, a cabeça alongada me examinando conforme passava, os olhos encontrando os meus. Hesitei, recordando que aquele mesmo cavalo tinha sido possuído pelo mal enquanto perseguia a srta. Bennet. Tive medo de ela se soltar das cordas e me acossar; se o fizesse, creio que minhas chances de sobrevivência seriam mínimas. Mas a égua parecia calma naquela noite e, conforme passei, ela apenas rinchou baixinho e voltou a mascar feno.

Ao bater à porta do chalé, lamentei não estar com meu casaco, pois esfriara bastante; meu corpo tremia enquanto esperava a porta ser aberta. Quando isso enfim aconteceu, ali estava Heckling, com roupas de descanso, iluminado por duas velas altas atrás dele, efeito que o fez parecer de outro mundo. Não aparentava estar muito contente por me ver.

"Governanta", ele grunhiu, tirando um fiapo de tabaco dos dentes.

"Boa noite, sr. Heckling", eu disse. "Desculpe por ser tão tarde, mas tenho uma carta que precisa ser entregue."

Estendi o envelope e Heckling o pegou, conferindo-o sob a luz da lua para ver o nome. "Sr. Raisin", ele murmurou. "Está bem. Entrego amanhã de manhã."

Fez menção de voltar para dentro, mas eu o impedi, estendendo a mão para tocar seu cotovelo. Ele se virou outra vez, surpreso com a intimidade do gesto. Por um instante, achei que fosse me bater, e dei um passo para trás, receosa.

“Desculpe, sr. Heckling”, eu disse. “Mas é uma mensagem de grande importância. Precisa ser entregue hoje.”

Ele me encarou como se não conseguisse acreditar no que eu tinha dito. “Já é tarde, governanta”, respondeu. “Só presto pra dormir.”

“Como eu disse, peço desculpas por isso. Mas receio ser inevitável. Não posso esperar até amanhã. Preciso que leve para o sr. Raisin imediatamente.”

Heckling respirou fundo, puxando ar das profundezas do peito. Era evidente que queria apenas ficar em paz na frente da lareira, o cachimbo na boca, talvez uma caneca de cerveja por perto, sozinho com os próprios pensamentos, independentemente do que acontecesse no mundo lá fora.

“Está bem”, ele disse, enfim. “Se é tão importante, eu levo. Devo esperar a resposta?”

“Apenas tenha certeza de que o sr. Raisin lerá na sua frente, no ato da entrega”, respondi. “Acredito que a resposta será imediata. Obrigada.”

Ele apenas grunhiu ao entrar no chalé para buscar as botas.

Voltei para a casa e girei a maçaneta da porta, mas, ao tentar abri-la, uma força maior parecia empurrá-la do outro lado. Meu acesso era negado. Acima da minha cabeça, ouvi o som de uma gárgula do telhado da mansão se soltando e despencando; fui forçada a pular para fora do caminho conforme atingiu o chão, seu volume pesado de pedra estilhaçando-se em centenas de pedaços. Conforme as pedras menores foram jogadas para cima pelo impacto, uma acertou minha bochecha e gritei ao apertar a mão contra o rosto. Não saiu sangue. Se a gárgula tivesse caído em cima de mim, decerto teria morrido na mesma hora. Mas não estava morta. Ainda não. Esperei, acuada contra a parede, enquanto mais restos do telhado caíram no chão à minha frente. Harriet Bennet estava certa; o estado de deterioração era avançado. Quando a chuva de pedras cessou, fui mais uma vez para a porta da frente, esperando que a força continuasse a me manter fora, mas, dessa vez, ela se abriu com facilidade e corri para dentro, perdendo o fôlego, fechando-a atrás de mim. Fiquei ali por um tempo, esforçando-me para recuperar o ar. Será que tinha perdido a sanidade? Será que aquele esforço todo era uma loucura? Duvidei que veria a luz do dia outra vez, mas perseverei. Eu ou ela poderíamos morar em Gaudlin Hall — mas não as duas.

Subi as escadas e fui para a sala de vestir das crianças, onde um guarda-roupa e uma cômoda na parede esquerda continham todas as vestimentas e os sapatos de Isabella, enquanto um conjunto igual de móveis, do lado direito, continha as coisas de Eustace. Em um canto, estavam algumas malas; escolhi duas e comecei a enchê-las com roupas das crianças.

"O que está fazendo?", perguntou uma voz atrás de mim e me virei, assustada. Isabella e Eustace estavam à porta, ambos de pijama e com cara de sono, segurando uma vela.

"Ela está nos abandonando", disse Eustace, com voz chorosa, abraçando a irmã em busca de consolo. "Não falei que ia embora?"

"Que pena", respondeu Isabella. "Mas até que durou bastante, você não acha?"

"Não vou abandonar você, meu querido", eu disse, indo até ele, acolhendo seu rosto com as mãos e dando um beijinho. "Nunca vou abandonar vocês, nenhum dos dois. É importante que entendam isso."

"Então, por que está fazendo as malas?"

"Ela não está fazendo as malas *dela*, Eustace", disse Isabella, entrando no quarto e vendo as roupas separadas. "Não percebe? São as nossas malas." Ela franziu o cenho por um instante e se virou para mim. "Mas não faz sentido", continuou, depois de um tempo. "Vamos para algum lugar? Você sabe que não podemos sair de Gaudlin Hall. Não temos permissão. Ela não vai deixar."

"Ela quem?", perguntei, desafiando Isabella sem rodeios dessa vez.

"Ora, mamãe, claro", a menina respondeu, dando de ombros como se fosse a coisa mais óbvia do mundo. "Só pode cuidar de nós aqui."

"Sua mãe está morta", supliquei, segurando a menina pelos ombros e a sacudindo, frustrada. A sombra de um sorriso passou por sua boca. "Entende isso, não entende, Isabella? Ela não pode mais tomar conta de vocês. Mas eu posso. Eu estou viva."

"Ela não vai gostar", respondeu Isabella, desvencilhando-se de mim e voltando apressada para a porta; Eustace fez o mesmo em seguida. "Não vou com você, Eliza Caine, não importa o que diga. E Eustace também não. Não é mesmo, Eustace?"

Ele olhou de uma para a outra, sem saber com quem estava sua lealdade. Mas eu não tinha tempo para aquilo — afinal, não era minha intenção levar as crianças embora de Gaudlin Hall. Precisava apenas dar essa impressão. Ela tinha que acreditar que era esse o meu plano.

"Para a cama, vocês dois", eu disse, fazendo um gesto de mão para dispensá-los. "Conversamos daqui a pouco."

"Tudo bem", respondeu Isabella, sorrindo para mim. "Mas não será de nenhuma utilidade. Não sairemos daqui."

Eles voltaram para o quarto e fecharam a porta. Fiquei no corredor, respirando com hesitação, permitindo que meu corpo relaxasse por um instante.

Assim que o fiz, um par de mãos geladas envolveu minha garganta e arregalei os olhos, apavorada, conforme fui empurrada para o chão. Senti um corpo sobre o meu, um peso extraordinário, mas nenhuma presença física era visível no corredor. Estava escuro, claro, havia apenas uma vela acesa na parede mais adiante, mas eu sabia que, mesmo sob a claridade do sol de um meio-dia de verão, não veria ninguém. Seria apenas eu, jogada no chão, meu rosto contorcido, minhas mãos se debatendo no ar enquanto tentava me soltar do domínio daquele monstro.

Tentei gritar por ajuda, mas nenhuma palavra saiu, e as pernas do corpo sobre o meu imobilizaram as minhas, um joelho se forçando contra meu abdômen, o que provocou dor lancinante no meu peito. Achei que ela me despedaçaria, dividiria meu corpo em dois; perguntei-me se aquele seria o momento da minha morte conforme as mãos se fecharam mais e mais em volta do meu pescoço, cortando minha respiração, fazendo o mundo ficar cada vez mais escuro.

Um som formidável veio do ar, um rugido de reprovação, e a presença foi arrancada de cima de mim. Ouvi um grito, um grito feminino, quando o segundo espírito a empurrou contra a parede; em seguida, fez-se ouvir o ruído de um corpo caindo pela escada. E, então, silêncio. Silêncio completo.

Com ele, veio o cheiro de canela no ar. Não pude mais evitar a pergunta.

"Papai?", berrei. "Papai, você está aí? É você mesmo?"

Mas agora tudo era silêncio, como se nenhum dos espíritos estivesse presente. Tossi e tossi, tentando limpar minha garganta, mas estava terrivelmente machucada, assim como meu peito. Pensei que a presença talvez tivesse rompido alguma coisa dentro de mim e que, naquele mesmo instante, o sangue jorrava de algum vaso essencial, iniciando uma hemorragia que findaria minha vida. Mas não havia nada que pudesse fazer sobre aquilo naquele momento. Deixei as malas das crianças no patamar e subi as escadas até meu próprio quarto.

As paredes do meu corredor eram decoradas com pinturas e, enquanto passava, elas se ergueram de seus ganchos, uma a uma, e despencaram para o chão, o que me fez gritar e correr. Uma delas voou na minha direção, errando por centímetros, e continuei a correr, escancarando a porta e a fechando atrás de mim, tentando ignorar o pensamento de que aquilo não faria a menor diferença — afinal, a presença não precisava se preocupar com portas. Talvez já estivesse ali. Talvez já estivesse à minha espera.

Mas tudo estava quieto no quarto. Tive outro acesso de tosse e, depois que passou, me sentei na cama, tentando pensar no que faria a seguir. Estava contando com uma única coisa: que a presença me atacaria com tanta violência que o segundo espírito, a alma do meu próprio pai, colocaria um fim a suas ações. Não sabia nem se aquilo era possível. Ela tinha sido executada uma vez e continuara ali; talvez não pudesse ser morta de novo. Talvez fosse imortal. E como eu poderia ter certeza de que papai era mais forte do que ela?

Um estrondo descomunal arrancou a janela da parede, jogando-a para fora da mansão e lançando-a do segundo andar para o chão lá embaixo, o ruído de vidro se estilhaçando em mil pedaços competindo com o som do vento e com o grito que emergiu da minha boca. Meu quarto agora estava exposto às intempéries. Corri para a porta em uma tentativa de fuga, mas fui empurrada para trás e fiquei presa entre as duas presenças, o fantasma de Santina à minha frente e o de meu pai atrás. Berrei ao me debater para escapar, mas eles eram poderosos demais para mim; sua força ia muito além da força humana. Como a mais fraca dos três, de algum jeito consegui escorregar entre seus corpos e fui até a porta, pela qual passei correndo, batendo-a atrás de mim. O corredor estava destruído. Todas as pinturas jaziam no chão, em pedaços; o tapete tinha sido erguido e estava torcido e rasgado. O papel de parede descascava e as pedras mofadas e apodrecidas atrás dele vazavam algum tipo de substância viscosa primal. Dei-me conta de que ela estava furiosa com minha recusa de morrer e se preparava para destruir tudo. Se meu plano fosse provocá-la à ira, eu certamente teria conseguido. Corri para o fim do corredor e abri a porta, sem saber para onde ir.

Fiquei frente a frente com as duas escadas.

A primeira levava ao telhado, um lugar perigoso demais para eu me aventurar; a segunda, ao quarto do sr. Westerley. Gritei de um jeito patético. Nunca devia ter ido naquela direção. Devia ter descido as escadas e saído para o jardim. A presença era mais poderosa e mais violenta dentro da mansão; quanto mais longe eu pudesse chegar, mais segura estaria. Olhei para trás, para a porta do meu quarto, de onde ouvi um rugido potente, um furor de combate; senti que, se passasse por ali outra vez, ela saberia — e eu acabaria no meio de uma guerra da qual talvez nunca saísse com vida. Por isso, dei meia-volta, tomei uma decisão repentina e subi as escadas, abrindo a porta no topo e batendo-a atrás de mim.

23

O quarto estava em silêncio, exceto pelo som da respiração sofrida de James Westerley. Coloquei o ouvido na porta e fiquei assim por um instante, obrigando-me a não chorar, esperando que meu próprio fôlego se recuperasse. Então, reunindo toda a minha coragem, virei-me para ver o corpo sobre a cama.

Era uma imagem digna de pena. Uma horrenda carcaça de ser humano. Seus braços estavam sobre os lençóis, mas as mãos eram massas disformes, com vários dedos faltando, outros resumidos a tocos presos à carne. Seu rosto era uma desordem. Quase todo careca, o crânio deformado, uma contusão que nunca diminuiria puxando o lado esquerdo da cabeça em um ângulo esquisito, no qual eu não conseguia focar a vista direito. Um dos olhos estava faltando e tinha sido substituído por um buraco avermelhado e preto. Do outro lado, o olho direito estava surpreendentemente intacto, a pupila azul brilhante fixa em mim, em alerta total, a pálpebra e os cílios eram as únicas partes que ainda pareciam humanas. O nariz tinha sido quebrado em vários pontos. Seus dentes não existiam mais. Os lábios e o queixo se fundiam; era impossível saber onde o vermelho natural da boca encontrava o escarlate dos ferimentos. Parte da mandíbula não estava mais lá, e pude ver cartilagem e osso. Ainda assim, apesar daquele horror, não senti nada além de empatia por ele. O ato de maior crueldade de sua esposa tinha sido permitir que sobrevivesse daquele jeito.

Um grito medonho surgiu de sua boca e cobri a minha com as mãos, odiando ouvir a expressão de uma dor como aquela. Ele gemeu outra vez, como o som derradeiro de um animal moribundo, e desconfiei que tentava dizer alguma coisa. As palavras vinham, mas suas cordas vocais tinham sido afetadas a tal ponto que os sons eram quase impossíveis de decifrar.

"Sinto muito", eu disse, indo em sua direção, segurando sua mão entre as minhas. Não me importei com a aparência ou com a sensação tátil; aquele homem precisava sentir o toque de outro ser humano. "Sinto muito, James." Apesar da diferença hierárquica, usei seu primeiro nome; pelo menos naquele quarto, senti que éramos iguais.

Seu gemido pareceu mais definido agora e pude perceber que ele se esforçava com todas as células do corpo para se fazer entender. Sua cabeça levantou um pouco do travesseiro e o som veio outra vez. Reclinei-me sobre o rosto dele, tentando escutar.

"Mate-me", ele disse, com um esforço colossal, o empenho fazendo com que salivasse e espumasse pela boca. Engasgou e lutou para tomar fôlego. Eu me afastei, sacudindo a cabeça.

"Não posso", respondi, horrorizada com o pedido. "Não consigo."

Um filete de sangue surgiu de sua boca e escorreu pela bochecha; observei, petrificada, sem saber o que fazer. Ele levantou a mão e, com muita dificuldade, fez um gesto para eu me aproximar.

"Único jeito", ele balbuciou. "Quebre o elo." Foi então

que entendi. Ele a tinha trazido para Gaudlin Hall. Ele tinha se casado com ela, dado filhos a ela. E ela tentou matá-lo, mas, de alguma maneira, ele sobreviveu. Estava tão próximo de um cadáver quanto possível, mas ainda respirava. E, assim, ela continuava a existir com ele. Podiam viver, os dois — ou podiam morrer, os dois.

Gritei, erguendo as mãos para o céu, desesperada. Por que tinha sido incumbida de fazer aquilo? O que tinha feito para merecer aquele destino? Mesmo assim, apesar de todas as minhas ressalvas, comecei a olhar em volta, em busca de algo no quarto que pudesse pôr um fim ao sofrimento daquele homem. Se eu ia me tornar uma assassina, que fosse rápido e terminasse logo. Ordenei a mim mesma que não pensasse no assunto. Era uma atitude monstruosa, um crime contra Deus e contra a própria natureza, mas eu não poderia pensar a respeito, senão me persuadiria a mudar de ideia. Eu tinha que agir.

Em uma cadeira num canto do quarto — a cadeira na qual eu imaginava que a sra. Livermore se sentava enquanto cuidava dele — havia uma almofada. Uma almofada macia, para apoiar as costas, que permitia que ela descansasse por alguns minutos. Oferecia-lhe conforto; que oferecesse conforto também a James Westerley. Fui até a cadeira, peguei a almofada e me virei para ele outra vez, segurando-a firme com as duas mãos.

Seu único olho bom se fechou e pude ver o grande alívio que percorreu seu corpo naquele momento. O fim estava próximo. Seria libertado daquela morte em vida. Eu seria, ao mesmo tempo, sua assassina e sua salvadora. Em pé ao lado dele, ergui a almofada, preparando-me para colocá-la sobre seu rosto, mas, assim que meus braços começaram a descer, a porta foi escancarada e arrancada das dobradiças e uma força maior do que tudo o que eu já tinha sentido entrou no quarto.

Foi como se estivesse no olho do furacão. Cada partícula de pó, cada item que não estivesse fixo no chão se ergueu e começou a girar ao meu redor. Até mesmo a cama do sr. Westerley foi levantada e sacudiu conforme um grito — como o rugido tenebroso de mil almas condenadas — preencheu o quarto. Perdi o equilíbrio quando a parede atrás de mim desmoronou, as pedras arrancadas voando para a noite lá fora. Em instantes, o aposento no topo de Gaudlin Hall estava exposto por completo às intempéries. Pude ver o pátio lá embaixo; meus pés oscilaram na beirada quando uma mão me segurou — ah, aquela mão que eu conhecia tão bem, a mesma mão que tinha segurado a minha ao longo da infância, a que me levou e buscou na escola tantas vezes — e me puxou para a segurança, arrastando-me para o outro lado do quarto, onde estava a segunda porta, a que a sra. Livermore usava para entrar e sair de Gaudlin Hall. Abri com pressa e corri escada abaixo.

Os degraus pareciam eternos. Mal pude acreditar que havia tantos deles, mas, de alguma maneira, consegui descer e descer até emergir na escuridão da noite, fora da casa. Eu estava no chão outra vez, quase sem conseguir acreditar que ainda vivia. Corri para o estábulo de Heckling, mas ele tinha saído, claro; àquela altura, já teria chegado à casa do sr. Raisin e entregado minha carta, e estaria no caminho de volta para cá, a égua trotando pela estrada, o homem grunhindo consigo mesmo, irritado com minha urgência noturna. Abri a porta do chalé, mas então mudei de ideia. De que adiantava entrar, afinal? O que eu pretendia fazer, esconder-me? Não levaria a nada. Não estaria em segurança ali.

Dei meia-volta e corri para o pátio — então fui erguida no ar. Fiquei suspensa por um instante antes de ser jogada de uma altura de cerca de três metros contra o chão. Gritei, meu corpo explodindo de dor, mas, antes que pudesse me levantar, a presença me agarrou, ergueu-me de novo e me jogou. Dessa vez, minha cabeça bateu contra as pedras. Senti minha testa molhada e pus a mão, que ficou vermelha sob a luz da lua. Eu não conseguiria sobreviver a muito mais daquilo. Olhei para a mansão e fiquei espantada ao ver as paredes do terceiro andar começarem a cair. Parte do telhado tinha desmoronado e pedras choviam à volta do quarto onde estive. Pude ver meu próprio quarto, a janela arrancada do lugar. Vislumbrei a cama do sr. Westerley perto da beirada do precipício lá em cima, enquanto mais e mais pedras se soltavam da construção, deslocando várias outras, um efeito dominó que, com o tempo, traria a casa inteira para o chão.

As crianças, pensei.

Fui erguida de novo e preparei meu corpo para o inevitável impacto contra o cascalho, mas, dessa vez, antes que eu subisse muito, fui libertada do domínio da presença e largada no chão, sem muita dor. Ouvi Santina gritar e meu pai rugir. O confronto os afastou de mim e os levou para perto da casa, e, conforme me esforcei para levantar, ouvi o som de cascos de cavalo e a aproximação de uma charrete. Virei-me e vi Heckling e sua égua subindo pela alameda, a charrete ocupada não por uma pessoa, como eu esperava, mas por quatro — sentado ao lado de Heckling estava o sr. Raisin em pessoa, além de Madge e Alex Toxley.

"Socorro!", berrei, correndo na direção deles, ignorando a dor que queimava meu corpo. "Ajudem, por favor!"

"Querida!", exclamou Madge, descendo primeiro e correndo até mim, a expressão em seu rosto deixando evidente quão sangrento e escoriado estava meu rosto. Se eu era uma mulher pouco atraente antes, pensei, isso nem se comparava com minha aparência agora. "Eliza!", ela gritou. "Ah, meu Deus, o que aconteceu?"

Cambaleei em sua direção, mas caí nos braços do sr. Raisin, que tinha descido da charrete e corrido até mim.

"Eliza", ele exclamou, segurando minha cabeça contra seu peito e, mesmo com toda a dor e angústia, senti contentamento por ser abraçada daquela maneira. "Minha pobre menina. De novo, não! De novo, não!", ele gritou de repente e me dei conta de que a imagem terrível que ele estava vendo o lembrava da noite medonha quando chegou a Gaudlin Hall e encontrou o cadáver da srta. Tomlin e o corpo destroçado de seu amigo, James Westerley.

"Vejam!", apontou Madge, apontando para a mansão, e nos viramos para ver mais pedras se soltando da construção; um dos lados da estrutura começava a ruir conforme as janelas do térreo eram destruídas pela força de dois espíritos chocando-se contra elas em uma luta por supremacia. "A casa!", ela berrou. "Vai desmoronar!"

Um som desumano subiu pela minha garganta quando pensei que Isabella e Eustace ainda estavam lá dentro. Desvencilhei-me do abraço do sr. Raisin e disparei para a porta da frente enquanto ele me chamava, implorando que eu voltasse. Meu corpo todo doía; eu tinha medo de pensar nos ferimentos que tinha sofrido, mas busquei forças em todas as partes do meu próprio espírito para subir aquela escada e correr até os quartos das crianças no primeiro andar.

O quarto de Isabella era o primeiro, mas ela não estava em lugar nenhum, então corri para o de Eustace, torcendo para encontrar os dois juntos. Mas não, ele estava sozinho, sentado na cama, uma expressão aterrorizada no rosto, lágrimas descendo pelas bochechas.

"O que está acontecendo?", ele me perguntou. "Por que ela não vai embora?"

Eu não tinha uma resposta para ele. Em vez disso, peguei-o no colo, segurei-o com firmeza contra meu corpo e desci a escada, correndo até o jardim. Alex Toxley o tirou dos meus braços e o deitou na grama para examiná-lo. Sua esposa, Heckling e o sr. Raisin observavam a guerra que acontecia lá em cima, dois corpos inexistentes lutando entre si, chocando-se contra as paredes de Gaudlin Hall, derrubando janelas, arrancando as pedras das fundações conforme buscavam a vitória.

"O que é isso?", berrou o sr. Raisin. "O que pode ser?"

"Preciso voltar", eu disse a Madge. "Isabella ainda está em algum lugar lá dentro."

"Ela está lá", interveio Heckling, apontando para cima, e todas as cabeças se voltaram para o topo da casa, logo abaixo do telhado, onde o quarto do sr. Westerley estava visível. Perdi o fôlego. As pedras agora caíam mais rápido; o quarto começava a se desfazer. Não demoraria muito para cair. E ali estava Isabella, ao lado da cama do pai, virando-se para olhar para nós por um momento antes de subir na cama, deitar-se com ele e abraçá-lo. No instante seguinte as paredes e pavimentos cederam por completo e o lado esquerdo da casa ruiu. Tudo o que podíamos ver — o quarto do sr. Westerley, meu quarto logo abaixo, o próprio sr. Westerley, Isabella — despencou em uma torrente de pedras, móveis e fumaça, implodindo com tanta violência e velocidade tão medonha que eu soube, na mesma hora, que ele tinha, enfim, conseguido morrer, e que Isabella, que estava sob minha responsabilidade, cujo bem-estar tinha sido atribuído a mim, também tinha partido.

Não tive mais do que um instante para considerar isso, pois, logo depois da ruína, uma luz branca repentina, mais clara do que qualquer coisa que eu já tinha visto, surgiu das paredes à nossa frente. Numa fração de segundo, num tempo menor do que um piscar de olhos, vi meu pai e Santina Westerley entrelaçados em um combate derradeiro, e então, com a mesma rapidez, o corpo dela se desintegrou e explodiu em milhões de fragmentos de luz que nos cegaram. Desviamos o rosto, ofegantes. Quando olhamos outra vez, tudo era silêncio. A casa estava parcialmente destruída e a fúria do andar térreo tinha desaparecido por completo.

Santina Westerley partira. Eu tinha certeza. Todo o medo se fora. Seu marido tinha sido libertado do sofrimento, e ela também fora levada; para onde tinha ido era uma pergunta que nenhum homem poderia responder.

Olhei para Heckling e para o sr. Raisin, para os Toxley e para meu querido Eustace. Eles olharam para mim, estupefatos, sem saber o que dizer ou como explicar o que tinha acabado de acontecer. E, enfim, senti uma dor implacável no meu corpo, todas as feridas e o sangue se materializando, e me afastei deles, cambaleando para o gramado, sobre o qual desmoronei e fiquei deitada, sem palavras ou lágrimas, disposta a entregar minha vida ao próximo mundo.

Deitada ali, as vozes dos meus amigos desapareceram e meus olhos começaram a se fechar. Então senti um corpo me abraçar — aqueles braços fortes e confiáveis que conheci minha vida toda e em nome dos quais passara o último mês em luto. Senti aqueles braços envolvendo meu corpo e fui cercada pelo cheiro de canela quando a cabeça do meu pai encostou-se à minha e sua boca encontrou minha bochecha, pressionando os lábios contra ela por bastante tempo, seus braços apertando meu corpo para me dizer que ele me amava, que eu era forte, que sobreviveria a tudo aquilo e muito mais, e relaxei naquele que era o abraço mais carinhoso do mundo, sabendo que nunca mais o sentiria. Lentamente, ele foi ficando mais fraco, seus braços começaram a afrouxar, seus lábios se afastaram de mim e o calor do seu corpo cedeu espaço para o frio da noite conforme me deixou para sempre e partiu, enfim, para o conforto daquele lugar de onde ninguém pode voltar.

24

Os funerais aconteceram três dias depois.

Nesse meio-tempo, Eustace mergulhou em silêncio e ficou o mais perto de mim que podia, sem dizer uma única palavra. Se eu saísse de um aposento, ele ia para a porta e esperava pela minha volta, como um cachorrinho fiel, e insistia em dormir na minha cama. Inicialmente, o sr. e a sra. Raisin se ofereceram para cuidar dele, e os Toxley se dispuseram a me receber em seu quarto de hóspedes. Aceitei a oferta com gratidão, mas Eustace deixou claro que para onde eu fosse ele iria também. Portanto, fomos nós dois para a casa de Madge Toxley, que fez tudo o que pôde para manter o clima leve.

Ao contrário do menino de oito anos sob minha responsabilidade, não fui acometida por um grande trauma relacionado aos eventos ocorridos. As emoções negativas associadas a eles se dissiparam naquelas últimas horas em Gaudlin Hall. O fluxo de adrenalina provocado por enfim derrotar o fantasma de Santina Westerley talvez tivesse me munido com uma coragem que nunca acreditei possuir. Eu sabia — soube naquela mesma noite, quando o marido de Santina despencou para a morte e ela desapareceu com ele — que a presença tinha partido para sempre; que seu espírito, de alguma maneira, estava conectado ao dele. Santina o mantivera vivo por uma razão, sabendo que a lei a condenaria à morte pelo que tinha feito com a srta. Tomlin. Portanto, eu não temia seu retorno e pude dormir com tranquilidade; era acordada apenas pela agitação de Eustace perto de mim, cujos sonhos, imaginei, não eram tão pacíficos quanto os meus.

Tentei conversar com ele sobre Isabella, mas Eustace apenas fez "não" com a cabeça; acreditei ser mais sensato não pressioná-lo sobre o assunto. Quanto a mim, chorei por Isabella na noite da sua morte e no funeral, quando ela, em um caixão branco, foi entregue à terra, ao mesmo túmulo dos pais. A noção de que estavam juntos outra vez e ficariam assim pela eternidade serviu como um pequeno consolo. Isabella sempre pareceu no controle de suas emoções, uma criança introspectiva, mas creio que tinha sofrido uma grande perda psicológica por causa das ações violentas e consequente morte da mãe, trauma que nunca poderia ter sido curado. Foi uma tragédia, uma verdadeira tragédia, mas ela tinha partido e Eustace estava comigo; precisava concentrar meus pensamentos nele.

"Há uma escola muito boa", disse o sr. Raisin na sala de estar de Madge Toxley, no dia seguinte ao funeral, quando veio me visitar. Tinha trazido consigo um novo cãozinho, um king charles spaniel brincalhão com cerca de dois meses, e convencemos Eustace a sair com o animal e jogar alguns gravetos para ele buscar. Fiquei atenta, observando-o pela janela, mas Eustace parecia estar de bom humor e apreciar a companhia canina; tive a impressão, inclusive, de tê-lo visto sorrir e dar risadas pela primeira vez desde que o conheci. "Fica perto de Ipswich. Um colégio interno chamado St. Christopher's. Já ouviu falar, srta. Caine?"

"Não, não conheço", respondi, sem entender por que estava me dizendo aquilo. Será que tinha ouvido falar sobre uma vaga de emprego e pensou que seria uma boa opção para mim?

"Acho que pode ser a solução."

"Solução para quem?", perguntei.

"Ora, para Eustace, claro", ele disse, como se fosse a coisa mais óbvia do mundo. "Tomei a liberdade de fazer um contato inicial com o diretor, que concordou em receber o menino para uma entrevista. Se Eustace causar uma boa impressão, e não tenho dúvida de que causará, será aceito para o início do próximo ano letivo."

"Tive uma ideia bem diferente", eu disse, tomando cuidado ao escolher as palavras, sabendo perfeitamente que não tinha nenhum direito sobre o menino.

"Teve?", ele perguntou, levantando uma sobrancelha. "Que tipo de ideia?"

"Pretendo voltar para Londres", eu disse.

"Para Londres?"

Impressão minha ou detectei uma sombra de decepção em seu rosto?

"Sim, daqui a alguns dias. Espero que haja uma vaga para mim na minha antiga escola. Sempre tive um bom relacionamento com a diretora, então, com sorte, ela talvez me aceite de volta. E gostaria de levar Eustace comigo."

O sr. Raisin olhou para mim, espantado. "Mas não é uma escola para meninas?"

"Sim", admiti. "Mas há uma escola para meninos do outro lado da rua. Eustace poderia estudar lá. E morar comigo. Eu tomaria conta dele. Como tenho feito nas últimas seis semanas", acrescentei.

O sr. Raisin pensou no assunto por um momento e coçou o queixo. "É uma grande responsabilidade", disse, enfim. "Tem certeza de que quer assumi-la?"

"Absoluta", respondi. "Na verdade, sr. Raisin, não consigo imaginar deixá-lo para trás. Acho que passamos juntos por uma situação marcante, nós dois. Eu o entendo tão bem quanto é possível. Acho que Eustace tem um período difícil e doloroso à frente e gostaria de ajudá-lo a superar esses dias sombrios. Posso ser uma mãe para ele, se a lei — se *você* — permitir."

O sr. Raisin meneou com a cabeça e fiquei contente de ver que não parecia tão contrário à ideia. "Haveria a questão do dinheiro", ele disse, depois de um momento, estreitando os olhos. "A casa pode ter desmoronado, mas o terreno ainda vale muito. E o sr. Westerley tinha bons investimentos. Esse dinheiro é parte do espólio e, algum dia, será de Eustace."

"Não preciso de dinheiro", respondi no mesmo instante, para tranquilizá-lo. "Tampouco Eustace. Tome conta da herança até que ele faça dezoito anos, ou vinte e um, ou vinte e cinco, seja qual for a idade estipulada no testamento do pai, e administre-a com sua atenção e competência de sempre. Enquanto isso, eu e ele podemos viver confortavelmente com meu salário. Sou uma mulher comedida, sr. Raisin. Não preciso de luxos na vida."

"Bom, ainda precisamos considerar a questão do seu salário", ele acrescentou. "Podemos continuar a..."

"Não", eu disse, sacudindo a cabeça. "É generoso da sua parte, mas, se recebesse um salário, estaria mais uma vez na posição de governanta de Eustace, uma funcionária paga. Em vez disso, gostaria de ser a guardiã dele. Se for deixá-lo mais calmo, talvez eu e você possamos ser guardiões juntos. Eu o consultaria com prazer sobre assuntos importantes relacionados à criação dele. Aliás, seu aconselhamento seria muito bem-vindo. Mas não quero nenhum pagamento. Caso ache apropriado colaborar com os livros dele e esse tipo de coisa, estou certa de que podemos chegar a um acordo. Fora isso, não creio que a questão financeira seja motivo de preocupação."

O sr. Raisin fez que sim com a cabeça e pareceu contente, estendendo a mão para me cumprimentar. Levantamos e sorrimos um para o outro. "Ótimo", ele disse. "Estamos em perfeito acordo. E, se me permite dizer, srta. Caine, acho que ele é um menino de muita sorte. De muita, muita sorte. A senhorita é uma mulher incrível."

Ruborizei, desacostumada a receber elogios como aquele. "Obrigada", eu disse, conduzindo-o para a porta. Do lado de fora, o sr. Raisin assobiou para o cãozinho, que olhou tristonho para Eustace.

"Parece que ele gostou de você", o sr. Raisin comentou, e então se virou para mim. "Então, creio que é adeus. Sentirei falta das suas visitas não anunciadas ao meu escritório, srta. Caine."

Ri. "Tenho certeza de que o sr. Cratchett ficará contente de me ver indo embora", respondi, e ele sorriu. Nossos olhos se encontraram e ficamos assim por alguns momentos. Havia mais a ser dito, claro, mas nada que pudesse ser expresso em palavras. O que quer que fosse, precisaria ficar ali, em Gaudlin.

"Conversaremos em breve, sem dúvida", o sr. Raisin disse, enfim, suspirando ao se virar para partir e fazendo um gesto de despedida com a bengala. "Envie seu endereço em Londres quando o tiver. Precisaremos nos comunicar com frequência nos próximos anos. Adeus, Eustace! Boa sorte, garoto!"

Observei conforme ele desceu pela alameda e o cachorro o seguiu por um instante, antes de parar e olhar para trás, para Eustace. Ele se sentou nas patas traseiras, olhou para seu dono e então para o menino outra vez. O sr. Raisin se virou e viu o que estava acontecendo.

"Então é assim que vai ser", ele disse, com um sorriso.

Na segunda-feira seguinte, voltei para a St. Elizabeth's School e bati à porta da sra. Farnsworth.

"Eliza Caine", ela disse, deixando-me perturbada por usar meu nome completo; aquilo me trouxe à cabeça Isabella, que sempre gostou de fazer o mesmo. "Que surpresa."

"Desculpe incomodar", respondi. "Será que a senhora tem um momento para conversar?"

Ela concordou com a cabeça e fez um gesto para eu me sentar. Expliquei que o cargo em Norfolk não tinha sido o que eu esperava e que decidira voltar a Londres.

"Que eu me lembre, avisei que você estava tomando uma decisão precipitada", ela disse com prepotência, satisfeita por estar certa. "Na minha opinião, as mocinhas de hoje são imprudentes em suas decisões. Deviam confiar nos conselhos das mais velhas."

"Eu estava em luto", comentei, desejando estar em qualquer outro lugar naquele momento. "Tenho certeza de que a senhora também se lembra disso. Meu pai tinha acabado de falecer."

"Sim, claro", ela disse, um pouco constrangida. "Como era de imaginar, não estava em condições de decidir nada. Na ocasião, falei que lamentava perdê-la, e estava falando sério. Você era uma professora excelente. Mas sua vaga foi preenchida, claro. Eu não podia deixar as pequeninas sem um tutor."

"Claro que não", respondi. "Mas será que não terá outra vaga em breve? Lembro que a srta. Parkin comentou sobre se aposentar no final do semestre. A senhora já encontrou uma substituta?"

"É verdade", ela concordou com a cabeça. "E, não, ainda não anunciei o cargo. Mas você entende a posição em que me coloca?", perguntou, sorrindo para mim. "Você se provou indigna de confiança. Caso a contrate outra vez, quem pode garantir que não me abandonará com um aviso de última hora, como fez no passado? Estou administrando uma escola aqui, srta. Caine, não um..." Ela teve dificuldade de encontrar um final para aquela frase. "Não um hotel", acrescentou, enfim.

"As circunstâncias mudaram um pouco", expliquei. "Posso garantir à senhora que, quando me restabelecer em Londres, não partirei de novo, seja qual for o motivo."

"É o que diz agora."

"Tenho uma nova responsabilidade", contei a ela. "Que não tinha antes."

Ela levantou uma sobrancelha e pareceu intrigada. "É mesmo?", perguntou. "Pois, diga-me, que responsabilidade é essa?"

Suspirei. Preferiria que a conversa não tivesse seguido por aquele caminho, mas, se esse seria o fator decisivo para meu retorno, eu não tinha escolha. "Tenho um menino sob meus cuidados", disse. "Eustace Westerley."

"Um menino?", ela perguntou, e então tirou os óculos e os pousou na mesa, escandalizada. "Srta. Caine, a senhorita está me dizendo que teve um filho? Que é uma mãe solteira?"

Seis semanas atrás, minha inclinação natural teria sido ficar vermelha, mas, depois de tudo pelo que tinha passado, a única coisa que pude fazer foi rir. "Sinceramente, sra. Farnsworth", eu disse. "Sei que não ensinamos ciências na St. Elizabeth's, mas seria muito difícil eu ir embora, engravidar, dar à luz e voltar em um período tão curto de tempo."

"Claro, claro", ela gaguejou, e agora foi sua vez de enrubescer. "Mas, então, não entendi."

"É uma longa história", expliquei. "É o filho da família que me contratou. Infelizmente, os pais morreram de maneira bastante trágica. Ele não tem mais ninguém no mundo. Está sozinho. Mas tem a mim. Vou criá-lo como sua guardiã."

"Entendo", ela respondeu, pensando no que eu tinha dito. "Admirável da sua parte. Mas não acha que isso vai interferir em seu trabalho aqui?"

"Se a senhora fizer a bondade de me aceitar de volta, vou matricular Eustace na St. Matthew's, do outro lado da rua. Não creio que seja problemático de conseguir."

"Então, tudo bem, srta. Caine", ela disse, levantando-se e me cumprimentando com a mão. "Ocupará a vaga da srta. Parkin quando ela for embora, daqui a algumas semanas. Mas espero que seja fiel à própria palavra e não me decepcione."

Concordei e saí, aliviada. Era como se minha vida antiga estivesse voltando para mim, sem a presença de papai — mas com a de Eustace.

25

Passaram-se vários meses. Eu e Eustace fomos morar em uma pequena casa em Camberwell Gardens, com um quintal para o cachorro correr e brincar. Nossos dias eram dias comuns. Tomávamos o desjejum pela manhã e caminhávamos dez minutos até a escola; eu esperava no portão até Eustace entrar na dele e em seguida atravessava a rua para começar meu dia. Mais tarde, nós nos encontrávamos outra vez, comíamos e ficávamos lendo ou jogando até a hora de dormir. Contentávamo-nos com a companhia um do outro.

Eustace prosperou na nova escola. Ele aparentemente deixara os acontecimentos dos últimos meses para trás e, com o tempo, aprendi que não queria conversar sobre o assunto. Tentei algumas vezes falar sobre seu pai, sua mãe e sua irmã, mas de nada adiantava. Ele sacudia a cabeça, mudava de assunto, fechava os olhos, saía de perto — qualquer coisa para evitar aquilo. E aprendi a respeitá-lo. Com o tempo, pensei, talvez quando fosse mais velho, iria querer conversar comigo sobre o ocorrido. E, quando estivesse pronto, eu também estaria.

Fez amizades, em especial com dois meninos, Stephen

e Thomas, que moravam na nossa rua e estudavam na mesma escola. Eu gostava quando eles vinham nos visitar, pois, apesar de serem travessos, eram bem-intencionados e tinham um bom coração; além disso, eu me divertia com suas asneiras. Agora eu tinha vinte e dois anos, ainda era uma mulher jovem. Gostava da companhia daquelas crianças, e o fato de trazerem tantas alegrias a Eustace me deixava encantada. Ele nunca teve amigos antes, apenas Isabella.

Em resumo, éramos felizes. E eu tinha fé de que não surgiria nada em nossa vida para perturbar essa felicidade. Seríamos deixados em paz.

26

Escrevo estes últimos parágrafos em uma madrugada do mês de dezembro. Lá fora, a noite está escura e as ruas estão mais uma vez tomadas pela detestável névoa londrina. A casa está mais fria do que o normal; foi assim nas últimas noites, apesar do carvão extra que tenho colocado na lareira, que mantenho atiçada ao longo de toda a tarde.

Eustace anda mais quieto esses dias, não sei o motivo. Perguntei a ele se tudo estava bem e apenas deu de ombros, disse não entender o que eu queria dizer com aquilo. Achei melhor não insistir. Se houvesse alguma coisa errada, Eustace me contaria em seu próprio tempo.

Porém, hoje, quando tentei dormir, fui distraída por uma coisa, algum tipo de ruído na janela. Levantei da cama e olhei para fora, mas não enxerguei nada através da névoa. Fiquei em silêncio e percebi que não, não era algo vindo de fora; a origem do som estava dentro da casa.

Saí para o corredor escuro, segurando uma única vela nas mãos, e fui para a porta de Eustace, que em algum momento tinha sido fechada, apesar de eu sempre insistir que a deixasse entreaberta. Levantei a mão para puxar o trinco, preparando-me para abri-la, mas, antes de fazê-lo, fiquei surpresa ao ouvir sons lá dentro. Encostei o ouvido na porta e percebi que eram vozes, *duas* vozes, envolvidas em uma conversa séria, em tom baixo. Meu coração deu um salto arrítmico. Será que Eustace estava brincando? Fazendo uma voz falsa e conversando consigo mesmo, por alguma razão inusitada? Pressionei o ouvido com mais força, tentando entender o que os dois diziam, e ficou claro para mim que, enquanto uma das vozes era definitivamente de Eustace, a outra pertencia a uma menina. Como era possível? Não havia nenhuma naquela casa. Nenhuma mulher — exceto eu mesma — pisara lá desde que tínhamos nos mudado.

Escutei com mais atenção, decidida a não abrir a porta até entender o que estava sendo dito, mas as palavras eram incompreensíveis, abafadas pela madeira. E, então, uma palavra chegou até mim, clara como o sol da manhã. Apenas uma, um conjunto de sílabas, dita pela voz inconfundível de Eustace, saindo de seus lábios, flutuando pelo ar, passando por baixo da porta e chegando aos meus ouvidos. Fiquei ali, petrificada, o sangue congelando, a expressão empalidecendo, uma sensação de incompreensão e horror tomando conta do meu corpo quando me dei conta do que ele tinha dito.

Um único nome.

"Isabella."

ESTA OBRA FOI COMPOSTA EM PALATINO PELO ESTÚDIO O.L.M./ FLAVIO PERALTA E IMPRESSA EM OFSETE PELA GEOGRÁFICA SOBRE PAPEL PÓLEN SOFT DA SUZANO PAPEL E CELULOSE PARA A EDITORA SCHWARCZ EM JANEIRO DE 2015

A marca FSC® é a garantia de que a madeira utilizada na fabricação do papel deste livro provém de florestas que foram gerenciadas de maneira ambientalmente correta, socialmente justa e economicamente viável, além de outras fontes de origem controlada.